文化视阈下的俄罗斯文学研究

李毅芳 著

中国商务出版社

·北京·

图书在版编目（CIP）数据

文化视阈下的俄罗斯文学研究 / 李毅芳著 . -- 北京：
中国商务出版社 , 2024. 7. -- ISBN 978-7-5103-5317-8

Ⅰ . I512.06

中国国家版本馆 CIP 数据核字第 2024QP9161 号

文化视阈下的俄罗斯文学研究

李毅芳　著

出版发行：中国商务出版社有限公司
地　　址：北京市东城区安定门外大街东后巷 28 号　　邮　　编：100710
网　　址：http://www.cctpress.com
联系电话：010-64515150（发行部）　　　010-64212247（总编室）
　　　　　010-64515164（事业部）　　　010-64248236（印制部）
责任编辑：云　天
排　　版：北京天逸合文化有限公司
印　　刷：星空印易（北京）文化有限公司
开　　本：710 毫米 ×1000 毫米　1/16
印　　张：12　　　　　　　　　　　字　　数：202 千字
版　　次：2024 年 7 月第 1 版　　　　印　　次：2024 年 7 月第 1 次印刷
书　　号：ISBN 978-7-5103-5317-8
定　　价：79.00 元

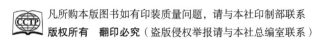

前　言

　　俄罗斯文学作为世界文学的重要组成部分,一直以其丰富多彩的文化底蕴和深刻的人文内涵吸引着全球读者的目光。而在中俄两国友好交往的历史长河中,俄罗斯文学也一直扮演着重要的角色,成为中俄文化交流的重要桥梁之一。本书旨在深入探究俄罗斯文学对中国陶染的影响,以及俄罗斯文学在中国的传播与接受情况。

　　本书涵盖了俄罗斯文学的概况、发展历程、文化特征、经典作家作品研究,以及中国俄侨文学的创作和中俄文学关系研究等多个方面。通过对不同时期、不同文学流派和代表性作家的研究,全面深入地了解俄罗斯文学对中国文学的塑造与影响。

　　本书在研究内容上力求全面系统,不仅涵盖了俄罗斯文学的发展历程和文学特点,还重点关注了其在中国的传播与接受情况,以及中俄文学交流的深度和广度。同时,通过对经典作家及其代表作品的深入研究,突出了俄罗斯文学在中国文化领域的重要地位和影响力,为促进中俄文学交流和俄罗斯文学在中国的传播提供了重要参考。

　　本书不仅有助于加深对俄罗斯文学的理解和认识,还能够推动中俄文学交流的深入发展,促进两国之间的友好合作。同时,对中国俄侨文学的研究也有助于拓展对华侨文学的认识,丰富中俄文学交流的内涵。因此,本书具有重要的学术价值和现实意义。

在本书的撰写过程中,笔者不仅参阅、引用了很多国内外相关文献资料,也得到了诸多亲友的支持和帮助,在此表示衷心的感谢。由于水平有限,书中难免存在疏漏和不足之处,希望各位同行专家和读者多提宝贵意见,以便本书的不断改进与完善。

作　者

2024 年 5 月

目　录

第一章　俄罗斯文学概论

第一节　俄罗斯概况

一、自然概况

（一）地理位置

俄罗斯，全称俄罗斯联邦，位于欧洲的东部和亚洲的北部，地跨欧、亚两大洲。以乌拉尔山脉为分界线，3/4 的领土在亚洲，欧洲部分仅占1/4。

从地理分布来看，虽然俄罗斯大部分领土在亚洲部分，但 4/5 的人口、大部分的城市以及首都莫斯科分布在欧洲。所以，东方还是西方的定位归属问题已经成为困扰俄罗斯数个世纪的"斯芬克斯之谜"。

俄罗斯是世界上面积最大的国家，面积为 1709.82 万平方千米，位于东经 30°～180°，北纬 50°～80°，占世界陆地面积的 11.4%。东西最长约 9000 千米，横跨 11 个时区；南北最宽约 4000 千米。俄罗斯的地理位置非常特殊，北面是北冰洋，东面是太平洋，西面是大西洋，还有波罗的海和芬兰湾。它和很多国家接壤，比如挪威、芬兰、爱沙尼亚、拉脱维亚、立陶宛、波兰、白俄罗斯，以及乌克兰、格鲁吉亚、阿塞拜疆、哈萨克斯坦等。海岸线也非常长，大约有 3.8 万千米。此外，俄罗斯还与日本、加拿大、格陵兰、冰岛、瑞典和美国隔海相望。①

(二)地形地貌

俄罗斯地形地貌的多样性展现了这个国家的壮丽之美。俄罗斯地域广阔,地形起伏不定,整体呈现出东高西低、梯形分布的特点。平原、高原、山地和丘陵等地貌相互交织,形成了独特的自然景观。

平原是俄罗斯最主要的地貌类型之一,占据国土总面积的 60% 以上。其中,东欧平原和乌拉尔以东的西西伯利亚平原是最为著名的两大平原。东欧平原因冰川作用形成,地势较为平坦,平均海拔在 200 米。这一地区气候温和,煤、铁、石油等丰富的矿产资源吸引了大量人口和城市的聚集。西西伯利亚平原地势相对较低,平均海拔约为 100 米,水系发达,沼泽广泛分布,是冷空气的主要来源地之一。

中部地区以高原为主,海拔为 500 ~ 700 米,总体地势南高北低。中西伯利亚高原是火成岩高原,长期受河流侵蚀,河谷纵横,地表破碎。东部地区地势较高,以高原和山地为主,主要包括东西伯利亚高原和远东山地。

俄罗斯南部的大高加索山脉是亚欧分界线上的重要山脉,延伸于黑海和里海之间,全长 1100 多千米,海拔大都在 3000 ~ 4000 米,最高峰厄尔布鲁士峰海拔 5642 米,是欧洲最高峰之一。

(三)气候特点

俄罗斯的气候反映了其地域广阔、纬度跨度大的特点,呈现出了多样性和复杂性。整体上,俄罗斯可以分为寒带、亚寒带、温带和亚热带四个气候带,但具体的气候类型在不同地区有着明显的差异。

大部分地区处于北温带,以温带大陆性气候为主。冬季漫长而严寒,夏季凉爽而短促,降水量相对较少,温差较大。东西部地区的气候差异显著,这一地带的人们习惯将一年分为冷季和暖季,冷季通常从 11 月持续到次年的 3 月,而暖季则从 4 月延续至 10 月。

北极圈以北地区属于寒带和亚寒带气候,冬季极为漫长,大地常年

---

① 俄罗斯 [EB/OL].https://baike.so.com/doc/2195528-2323067.html.

冰封,有极昼和极夜的现象。在北极圈内的地区,比如摩尔曼斯克,能欣赏到神秘的北极光,在冬季的夜空中狂舞闪耀。

南部的高加索山脉以南地区则是湿润的亚热带气候。这些地区阳光充足,气候温和,是理想的避暑疗养胜地。比如,索契位于黑海岸边,属于地中海气候,是俄罗斯最著名的海滨度假胜地之一,也是2014年冬奥会的举办地。

(四)自然资源

俄罗斯地域广阔,拥有丰富多样的自然资源,是世界上少数几个资源基本自给的大国之一。

首先是水资源。俄罗斯淡水资源丰富,仅次于巴西,在世界上排名第二。境内河流、湖泊众多,超过1000千米的河流多达58条,其中最长的是西伯利亚地区的鄂毕河,若以额尔齐斯河为源头计算,则全长5410千米,为世界大河之一。其他重要河流还包括叶尼塞河和伏尔加河。贝加尔湖则是亚欧大陆上最大的淡水湖,也是世界上最深的湖泊之一,以其独特的水文、生态价值被列入联合国教科文组织的《世界遗产名录》。

其次是森林资源。俄罗斯森林覆盖面积和蓄积量均居世界首位,其中"森林覆盖面积达到867万平方千米,占整个国土面积的一半左右,森林蓄积量约807亿立方米,占世界森林总蓄积量的20%"[1],主要分布在西伯利亚和远东地区,树种以落叶松、红松等针叶树为主。丰富的森林资源支撑了俄罗斯的森林工业发展。

最后是能源矿产。俄罗斯拥有丰富的石油、天然气和煤炭资源。作为天然气资源最丰富的国家之一,俄罗斯被誉为"天然气王国",其天然气储量位居世界前列。2020年的勘探结果表明,俄罗斯天然气储量为37.4万亿立方米,占全球天然气已探明总储量的19.88%,较2011年的18.94%增长了0.94%。[2]石油资源也非常丰富,是世界上最大的产油国之一。据俄罗斯联邦自然资源部表示,"截至2020年1月1日,俄罗斯的煤炭总储量为2754亿吨,其中有一半以上是褐煤,大

---

① 赵荣.俄罗斯文化风情漫谈[M].北京:九州出版社,2022.
② 同上。

约有 63% 的煤炭储量适合露天开采,按照当前的开采水平,俄罗斯的煤炭储量足够使用 100 年。"① 除了这些主要的能源矿产,俄罗斯还拥有丰富的其他矿产资源,"其中铁矿、金刚石、锑矿、锡矿探明储量居世界第一位,铝矿储量居第二位,金矿储量居第五位,钾盐储量占世界的 31%,钴矿储量占 21%,其他一些矿产储量也占据世界储量相当大的份额"②,为俄罗斯的工业体系奠定了重要的物质基础。

总的来说,俄罗斯以其丰富的自然资源成为全球重要的能源和矿产大国,这些资源的开发利用不仅支撑着俄罗斯国内的经济发展,也对国际市场产生着重要影响。

二、人文概况

(一)人口

俄罗斯是一个人口较少的国家,根据俄罗斯国家统计委员会的统计,截至 2023 年 1 月 1 日,俄罗斯国内常住人口(仅计算俄罗斯公民)约为 1.46425 亿人,过去一年减少了约 55.5 万人。③ 俄罗斯人口分布极不均匀,欧洲部分远远多于亚洲部分,欧洲部分人口约占全国总人口的 4/5。俄罗斯城市化率较高,人口最多的五大城市分别为莫斯科、圣彼得堡、新西伯利亚、叶卡捷琳堡和喀山。

对地大物博的俄罗斯来说,人口数量的不断下降无疑是一场巨大的"灾难"。自苏联解体以来,俄罗斯人口不断减少。低出生率和高死亡率并存是俄罗斯人口减少的主要原因。尽管俄罗斯政府也采取了一系列措施,想要改善人口减少的状况,但是效果并不是很理想。

(二)民族

俄罗斯作为一个拥有着上百个民族的国家,民族构成的多样性是其独特之处。这种多元文化的融合,使俄罗斯成了一个丰富多彩的民族大

---

① 俄罗斯:当前煤炭储量可供应 100 年 [EB/OL].https://news.chemnet.com/detail-3718284.html.
② 全球最大面积＋最富矿的十大国家 [EB/OL].http://www.360doc.com/content/22/0307/17/39305010_1020501128.shtml.
③ 2023 年俄罗斯总人口多少 [EB/OL].https://www.xiofo.com/ask/238084.html.

熔炉。不同民族之间的共同生活和相互影响,塑造了俄罗斯独特的文化景观。

首先,俄罗斯族作为最主要的民族,在俄罗斯的社会和文化中占据着重要地位。他们的语言、习俗和传统文化深深植根于俄罗斯的历史和文化传统之中,对俄罗斯的发展和演变产生了深远的影响。

其次,各个少数民族也都保持着自己独特的文化。比如,鞑靼人以及其他许多民族,都有自己独特的语言、宗教、传统服饰和风俗习惯,这些特色丰富了俄罗斯的多元文化。

最后,也有一些少数民族面临着消失的危险,其现存人口已经极为稀少。这些民族的文化和传统传承面临着严峻的挑战,需要得到更多的关注和保护。在俄罗斯政府和社会的努力下,采取了一些措施,以保护和促进少数民族的文化传承和发展。

总的来说,俄罗斯的多元民族构成不仅是其独特之处,也是其文化的丰富之源。保护和促进各民族文化的发展,将有助于俄罗斯社会的和谐稳定,以及国家的繁荣发展。

（三）语言

俄语作为俄罗斯的官方语言,在世界上占据着重要地位。它不仅是俄罗斯国内的主要语言,还在其他国家和地区,如哈萨克斯坦、白俄罗斯、吉尔吉斯斯坦等地区被广泛使用,并且在国际上也是一种重要的工作语言。

首先,俄语的使用范围广泛,拥有着庞大的使用人群。据统计,全球将俄语作为母语使用的人约为 1.7 亿人,其中绝大多数生活在俄罗斯。俄语作为斯拉夫语族中使用人数最多的语言,承载着俄罗斯人民的文化传承和交流需求。同时,在苏联解体后,尽管一些国家开始强调当地语言的重要性,但俄语仍然在这些地区被广泛使用,不仅是官方语言之一,也是人们日常生活和工作中的重要交流工具。

其次,俄语的语言结构和特点也使其在交流中具有独特的魅力和灵活性。俄语属于典型的屈折语,词形变化丰富,一个词可以有不同的语法形式,从而表达不同的语法意义。这种语法的灵活性和多样性使俄语能够准确地表达复杂的概念和思想,为人与人之间的交流提供了便利。

此外,俄语的文字表现形式也独具特色。俄语字母是西里尔字母的变体,共 33 个,包括 10 个元音和 21 个辅音,还有 2 个无音字母。这些字母形态既有印刷体又有手写体,使俄语文字在书写方面也有着丰富多样的表现形式。

总的来说,俄语作为一门重要的国际语言,不仅在俄罗斯国内有着广泛的应用,还在国际交流中发挥着重要的作用。其丰富的语法结构和灵活性,以及独特的文字形式,使俄语成了一种富有魅力和表现力的语言。

(四)国家标志

俄罗斯的国家标志包括国旗、国徽、国歌以及首都,这些标志体现了俄罗斯的历史、文化和国家精神。

俄罗斯的国旗有白、蓝、红三种颜色组成,长宽之比为 3∶2。

俄罗斯的国徽中,金色翘翅双头鹰图案,象征着俄罗斯是一个地跨亚欧两大洲的国家。在国徽中,双头鹰戴着彼得大帝的三顶皇冠,鹰胸前有一个小盾形,上面是一名骑士和一匹白马,代表着俄罗斯民族的历史和勇气。这一国徽设计于 1993 年,取代了之前的设计。

俄罗斯的国歌曾经经历了多次变化,最终确定为《俄罗斯,我们神圣的祖国》,使用的旋律是苏联时期的《牢不可破的联盟》,但歌词经过修改。这首国歌于 2000 年 12 月 8 日通过了俄罗斯国家杜马的法案,成为正式的国歌。

俄罗斯的首都是莫斯科,这座城市有着悠久的历史,建于 1147 年。作为俄罗斯的政治、经济、文化和科技中心,莫斯科拥有众多的高等教育机构、科研机构、剧院、博物馆和其他文化设施。莫斯科全市有 1000 多个科研所、设计院,80 多所高校,60 多家剧院,2 座马戏院,65 所博物馆。其城市规划优美,绿化面积占全市面积的 40%,有 11 个自然森林区,89 个公园,400 多个小公园,100 多个街心花园,城市掩映在一片绿海之中,有"森林中的首都"之美誉。[①] 该城市还是交通运输的重要枢纽,拥有世界一流的地铁系统和多个国际航空港,连接着世界各地。

综合而言,俄罗斯的国家标志体现了其丰富的历史文化和国家精神,展现了这个国家的强大和多样性。

---

① 赵荣.俄罗斯文化风情漫谈 [M].北京:九州出版社,2022.

第二节　俄国文学与俄罗斯民族意识

一、俄国文学概述

俄国文学的历史源远流长,从古代俄罗斯文学延续至今,涵盖了丰富多彩的文学形式和主题。在其发展过程中,俄国文学不断吸收和融合各种文化和思想,呈现出独特而多元的风貌。

古代俄罗斯文学是俄国文学的重要开端,其代表作品《伊戈尔远征记》等反映了古代俄罗斯社会的历史事件、传说和宗教信仰。这些作品不仅具有文学价值,也是俄罗斯文化的重要遗产,对后世的文学创作产生了深远影响。

随着俄罗斯帝国的兴起和发展,俄国文学进入了黄金时期。18 世纪至 19 世纪是俄国文学的全盛时期,出现了众多杰出的作家,如普希金、屠格涅夫、列夫·托尔斯泰、陀思妥耶夫斯基和果戈理等。这些作家的作品涵盖了各个领域,从诗歌、散文到戏剧,从农村生活到政治权力斗争,从爱情悲剧到哲学探索,形成了俄国文学丰富而多样的传统。

20 世纪以来,俄国文学经历了巨大的变革和挑战。革命、苏联时期的宣传文学以及后苏联时期的新兴文学潮流都对俄国文学产生了深远影响。契诃夫、索尔仁尼琴、布尔加科夫和阿赫玛托娃等作家在这一时期涌现出来,他们的作品不仅反映了俄罗斯社会的动荡和变迁,也探索了人类普遍的命题,如自由、正义、人性等。

总的来说,俄国文学是世界文学宝库中的一颗璀璨明珠。其作品不仅展现了俄罗斯文化的丰富多样性,也为人类文明的发展做出了重要贡献。俄国文学的影响不仅限于俄罗斯本土,还深远地影响着全球文学的发展和演变。

二、民族意识的内涵

民族意识作为个人和群体认同的核心要素,是构建一个国家社会整体认同的基础。它不仅涉及个人对所属民族的认同和归属感,还涉及对民族的文化、历史、团结合作以及对他者的认知和态度等多个方面。

首先,认同感和归属感是民族意识的基础。个体对自己所属民族的身份认同和归属感来源于对自身民族身份的确认和接受。这种认同感是个体与所属民族群体的联系和依恋,是个体与民族共同体之间紧密的情感联系,并因此形成了对民族的认同和归属感。

其次,文化认同是民族意识的重要方面。个体通过接受和传承民族的文化传统,建立起对自己民族文化的认同感。这种文化认同不仅是对民族传统的认同,也是对民族身份和价值观的一种表达和体现。对民族文化的认同,使个体加深了对自己所属民族的认同感和自豪感。

历史认同也是民族意识的重要组成部分。个体对所属民族的历史认同是通过了解和认同民族的历史遗产建立起来的。民族的历史经验和传统是民族认同和凝聚力的重要来源,个体通过对民族历史的认同,加深了对民族的认同感和自豪感。

再次,民族意识还有助于促进民族内部的团结和合作。个体意识到自己与其他民族成员之间存在共同的利益和目标,愿意为了民族的利益而团结合作。这种团结和合作意识对于维护民族的长远利益和稳定发展至关重要。

最后,民族意识也涉及个体对其他民族的认知和态度。个体可能会以自己民族为标准来评价其他民族,产生一种对他者的认知和态度。这种对他者的认知和态度受到个体所属民族的文化、历史和社会环境等因素的影响,可能表现为对他者的尊重、敌意或歧视。

综上所述,民族意识是一个复杂而多维的概念,涉及个体与所属民族的认同、文化传统、历史渊源以及与其他民族的关系等多个方面。它不仅是个体认同的基础,也是一个国家社会整体认同的重要组成部分。

三、俄国文学与俄罗斯民族意识的关系

俄国文学与俄罗斯民族意识之间的联系可以追溯到古代,随着时间的推移,这种联系变得越来越紧密,对俄罗斯文化的塑造产生了深远影响。

第一,俄国文学作为民族认同的表达方式,在历史上扮演着重要角色。古代俄罗斯文学中的史诗、传说和神话,如《伊戈尔远征记》等,不仅反映了古代俄罗斯人的历史和民族精神,也为后世俄罗斯文学奠定了基础。这些作品中所描绘的英雄形象和民族精神成为俄罗斯人认同自身民族身份的重要来源,激发了他们对民族文化的自豪感和尊重。

第二,俄国文学通过塑造民族形象,为俄罗斯民族意识的形成和发展做出了重要贡献。从普希金的《叶甫盖尼·奥涅金》到托尔斯泰的《战争与和平》,从陀思妥耶夫斯基的《罪与罚》到果戈理的《钦差大臣》,俄国文学中塑造的各种人物形象都成了俄罗斯民族形象的代表。这些作品中的英雄、反面人物,以及描绘的风土人情,构成了俄罗斯民族的文化符号,激发了人们对民族文化的认同和自豪感。

第三,俄国文学作为历史和文化的载体,记录了俄罗斯民族的历史、文化和精神生活,成为民族认同的重要历史和文化源泉。例如,普希金的《叶甫盖尼·奥涅金》和托尔斯泰的《战争与和平》等作品,生动地描绘了19世纪俄罗斯社会的各个层面的生活和精神面貌,为后人提供了珍贵的历史资料和文化遗产。

第四,俄国文学通过激发民族情感,加深了人们对自己民族的认同感和归属感。优秀的文学作品能够深刻触动人们的情感,唤起他们对自己民族的热爱和自豪之情,进而促进民族团结和凝聚力的形成。

第五,俄国文学对俄罗斯民族意识的塑造和发展具有重要作用。通过对民族历史、文化和价值观的探索,俄国文学促进了俄罗斯人对自身民族身份的认同和理解,推动了俄罗斯民族意识的发展和演变。

综上所述,俄国文学与俄罗斯民族意识之间的联系是紧密而深刻的。文学作为一种重要的文化表达形式,通过作品的创作和传播,深刻地影响着俄罗斯人对自身民族身份的认同和理解,同时也是俄罗斯民族认同的重要组成部分,构建了俄罗斯文化的核心。

第三节　俄罗斯文学的文化特征与精神品格

一、俄罗斯文学的文化特征

（一）俄罗斯文学在民族文化中具有中心地位

俄罗斯文学是民族文化的中心，这不仅是因为俄罗斯文学在历史上的发展和影响，更是因为其承载了俄罗斯民族的精神和文化基因，并在不同历史时期塑造和表达了民族的价值观、情感和思想。

首先，俄罗斯文学作为一种集体记忆的载体，记录了俄罗斯民族的历史、传统和文化。从古典文学时期的普希金、果戈理、屠格涅夫，到现代文学的托尔斯泰、陀思妥耶夫斯基、索尔仁尼琴，俄罗斯文学以其深刻的思想、丰富的想象力和感人至深的情感，描绘了俄罗斯民族的生活百态，反映了俄罗斯社会的变革和发展。

其次，俄罗斯文学在塑造民族意识和认同上发挥着重要作用。通过文学作品中的人物形象、情节和主题，俄罗斯文学传达了民族自豪感、团结精神和对祖国的热爱，激励着俄罗斯人民为了民族的利益团结一致、不断奋斗。

再次，俄罗斯文学也是俄罗斯民族精神和文化传统的承载者和传播者。俄罗斯文学作为一种民族文化的表达形式，通过文字和语言传达了俄罗斯人对生命、自然、人性和宇宙的思考，展现了俄罗斯文化的多样性和深度。俄国哲学家弗兰克说："在俄罗斯，最深刻的和最重要的思想和理念不是在系统的学术著作中，而是以文学的形式表达的。我们所看到的文学是充满了对生活深刻的哲学接受的文学。"[①]

最后，在俄罗斯文化中，文学不仅仅是一种艺术形式，更是民族的灵魂和精神的象征。俄罗斯文学在塑造俄罗斯民族的身份认同、文化认同

---

① 许传华.民粹思想与19世纪俄国文学[J].首都师范大学学报（社会科学版），2012（01）：109-113.

和价值观念方面具有不可替代的地位和作用。

(二)俄罗斯文学具有鲜明的地域文化特征

俄罗斯文学的地域文化特征在其作品中得到了充分展现,这种特征不仅体现在作家对于地理环境和自然景观的描绘,也反映在对于当地风土人情、民俗传统以及历史文化的深刻挖掘和呈现上。

首先,俄罗斯文学作家对广袤疆土的感受和表达是鲜明的。俄罗斯的地理环境复杂多样,有广袤的平原、壮美的山脉、辽阔的草原、蜿蜒的河流以及苍茫的森林,这些独特的地理景观为文学作家提供了丰富的创作素材。例如,托尔斯泰的《安娜·卡列尼娜》中对俄罗斯南部乡村田园风光的描写,以及高尔基的《在人间》中对伏尔加河流域的生活场景的描绘,都是对俄罗斯地理环境的生动展现。

其次,俄罗斯文学通过对乡土风情的塑造,展现了丰富多彩的地域文化。每一个地区都有着独特的文化传统、民俗风情和历史背景,而这些元素都成为文学作品中的重要内容。作家们常常通过对当地人物、人们的生活习俗、民间传说等的描写,深入挖掘了乡土文化的内涵,使作品具有了更加丰富和生动的表现力。例如,肖洛霍夫的《静静的顿河》中对顿河流域的农民生活的描绘,展现了顿河地区独特的风土人情和生活方式。

最后,俄罗斯文学也通过对地方历史文化的描述,展现了地域文化的丰富内涵。每一个地区都有着悠久的历史和丰富的文化遗产,而这些历史文化也成了文学作品中的重要元素。作家们常常通过对历史事件、古老传说、名人故事等的描写,展现地方文化的魅力和历史的厚重。例如,普希金的《叶甫盖尼·奥涅金》中对乌拉尔地区的历史和传统的再现,以及帕斯捷尔纳克的《日瓦戈医生》中对乌拉尔地区的战争历史的描写,都是对地方历史文化的生动展现。

总的来说,俄罗斯文学的地域文化特征体现在对地理环境、乡土风情和历史文化的深入挖掘和生动再现上,这种特征不仅丰富了文学作品的内涵,也为读者提供了更加真实和立体的阅读体验。

（三）俄罗斯文学具有深厚的宗教意识

俄罗斯文学的宗教意识深厚而独特，其以东正教的精神传统和文化为根基。这种宗教意识不同于西方基督教文学的神性意识，更强调复活与灵魂拯救的精神内涵。

首先，俄罗斯文学中的宗教意识是与东正教的教义和仪式紧密相连的。988 年俄罗斯正式接受基督教以来，东正教一直在俄罗斯的历史、文化和社会中扮演着重要角色。俄罗斯文学作家深受东正教精神的影响，在其作品中常常体现出对信仰、救赎、灵魂拯救等宗教主题的探索和表达。例如，陀思妥耶夫斯基的《卡拉马佐夫兄弟》通过对罪恶、救赎和信仰的探讨，展现了基督教的宗教道德观念。

其次，俄罗斯文学的宗教意识强调了复活与灵魂拯救的主题。与西方基督教文学强调基督降临改善现世的启示不同，俄罗斯文学更加关注基督的复活对人类灵魂的拯救性意义。这种复活型文学的精神超越了世俗法则，为人类赢得了灵魂的安宁、幸福和永恒。这一主题在俄罗斯文学中反复出现，成为许多作品的核心。

最后，俄罗斯文学的宗教意识也体现在对人性、道德和爱的探讨上。作家们通过塑造各种角色和情节，反映了人类内心的挣扎、信念的坚守以及对爱和美的追求。这种对人性的深刻探索常常与宗教的思想相结合，呈现出一种深刻而富有启示的文学形式。

与中国文学的宗教意识相比，俄罗斯文学更加强调人类与神的关系以及灵魂的永恒命题。中国文学虽然也有宗教元素，但对于神性的探索和人类的灵魂拯救并不像俄罗斯文学那样突出，更多地体现为对人性、道德和命运的思考。俄罗斯文学的宗教意识在文学创作中扮演着重要的角色，为作品赋予了深刻的内涵和丰富的情感。

二、俄罗斯文学的精神品格

（一）强大的责任伦理

俄罗斯文学的责任伦理体现了作家们对社会、民族和人类命运的担当和责任感。从普希金到索尔仁尼琴，俄罗斯作家们始终将文学视为一种社会责任和道德使命的表达方式,他们在文学创作中承担着揭露社会弊端、倡导人道主义、引领思想改革的重要责任。

首先,俄罗斯文学的责任伦理体现在其对现实弊端和道德沦丧的批判上。俄罗斯作家们敢于直面社会的黑暗面,勇于揭露人性的丑陋和社会的不公。他们通过作品中的形象塑造、情节安排和主题表达,表达了对社会不公、腐败和暴虐的愤怒和不满,呼吁社会改革和道德重建。例如,陀思妥耶夫斯基的《罪与罚》揭示了贫困和犯罪之间的关系,展现了主人公的内心挣扎和道德觉醒;索尔仁尼琴的《古拉格群岛》则深刻揭露了苏联劳改制度的残酷和不人道。

其次,俄罗斯文学的责任伦理体现在其预测并引领未来思想的功能上。俄罗斯作家们敏锐地洞察社会变革的趋势和未来发展的方向,在作品中通过思想探索和社会批判,引领着社会的思想变革和文化进步。例如,托尔斯泰的作品中探讨了个人与社会、人性与道德的关系,提出了关于爱与和平、真理与正义的思考,对社会变革和人类幸福具有深远的影响。

最后,俄罗斯文学的责任伦理体现在作家们多舛的人生经历中。许多俄罗斯作家经历了流放、监禁甚至死亡的迫害,但他们依然坚持不懈地追求真理和正义,为民族和人类的精神自由而奋斗。这种不屈不挠和牺牲精神体现了俄罗斯文学的责任伦理,使其成为历史上的良心和先知,被人们铭记和景仰。

综上所述,俄罗斯文学的责任伦理体现了作家们对社会和人类命运的责任感和担当精神,他们的文学作品承载着对社会的批判和思考,引领着社会的思想改革和文化进步,为民族和人类的精神自由而奋斗。

(二)鲜明的精神、灵魂向度

俄罗斯文学中的精神、灵魂向度是一种对物质世界和世俗生活的超越,以及对人类内心世界和生命存在的深刻关怀。作家们通过作品表达了对物质欲望的否定,揭示了追逐金钱和财富所带来的人性扭曲和精神沦丧。

在普希金、果戈理、列夫·托尔斯泰等作家的作品中,我们看到了对金钱和财富的批判。他们通过塑造各种形象,如贪婪的军官、安逸的地主、攫取财富的贵族等,展现了在追逐物质利益过程中的精神堕落和道德沉沦。这些作品不仅仅是对社会现实的揭露,更是对人类贪婪和欲望的深刻剖析,引发了人们对人生意义和价值观的思考。

另外,俄罗斯文学中也呈现了对精神世界的关怀和探索。陀思妥耶夫斯基的作品以其深刻的内心描写和复杂的人物性格而闻名,他通过揭示人类内心的矛盾、罪恶感和求索,探讨了人的灵魂与信仰的关系,引发了人们对人生意义和宗教哲学的思考。列夫·托尔斯泰的作品则以其对爱、信仰和生命意义的探索而著称,他通过塑造各种形象,如涅赫留多夫、安德烈、尼古拉·莱文等,表达了对人性的深刻理解和对精神解脱的向往。

总的来说,俄罗斯文学中的精神、灵魂向度展现了作家们对物质世界和世俗生活的超越,以及对人类内心世界和生命存在的深刻关怀。通过作品中的情节、人物形象和主题表达,他们的作品呈现了对金钱欲望的否定和对人性灵魂的探索,引发了人们对人生意义和宗教哲学的深刻思考,成为世界文学中的精神典范。

（三）崇高的理想主义

俄罗斯文学中的崇高理想主义不仅是一种审美理想,更是作家们对于人类社会、个体命运和人性境遇的高度思考和探索。在这些作品中,我们看到了作家们对于美好未来的向往,对于人类精神境界的追求,以及对于社会伦理和道德观念的探索。

普希金以其饱满的诗意描写和对人类命运的深刻触及,表达了对"迷人幸福的星辰"、对自由和美好未来的向往。他的作品中充满了对理想境界的渴望,对于人类社会进步的信心和憧憬。

屠格涅夫则通过塑造各种英雄形象,展现了其对于理想人格和高尚品质的追求。他的作品中充满了对于人性的理解和对于人类美好天性的赞美,为读者呈现了一幅充满希望和光明的画面。

列夫·托尔斯泰以其宽恕和博爱的基督精神,构建了一个能够抵御世界冷漠和暴力的理想天国。他的作品中充满了对于爱与和平的向往,对于人类和谐共处的美好愿景。

契诃夫则通过对生活的深入观察和对人性的多维度描摹,呈现了对于理想人格和理想生活的强烈渴望。他的作品中充满了对于美好生活的向往,对于人类品质的提升充满了信心和希望。

总的来说,俄罗斯文学中的崇高理想主义是作家们对于美好未来的向往,对于人类精神境界的追求,以及对于社会伦理和道德观念的探索。这种理想主义不仅是文学作品的主题,更是作家们对于人类命运和人性境遇的深刻思考和表达。

(四)内在的悲剧精神

俄罗斯文学中的悲剧精神是深深植根于作家内心的对人类命运、社会动荡和精神危机的反思和拷问。这种悲剧意识的形成既源于俄罗斯特殊的历史背景,又受到作家个人深沉的悲悯情怀的影响。

首先,俄罗斯文学的悲剧意识有着深厚的历史渊源。俄罗斯历史上长期的统治者暴政、封建农奴制度的残酷剥削以及持续的社会动荡与冲突,为悲剧精神的形成提供了丰富的历史素材。作家们通过对历史的反思和揭示,展现了俄罗斯社会的苦难和人民的疾苦,使文学作品充满了深沉的悲情和哀怨。

其次,俄罗斯文学作家内心的悲悯情怀也是悲剧意识的重要来源。这种情感并非简单的怜悯或悲伤,而是对人类命运的深刻体验和对社会现实的痛心疾首。作家们将自己的情感融入作品中,赋予作品更深层次的情感共鸣和感染力。

在俄罗斯文学中,悲剧精神表现为两种主要形态:一种是英雄的悲剧,另一种是无事的悲剧。前者通过塑造英雄人物的生活遭遇和命运抉择,展现了个体在社会压迫和精神折磨下的悲剧命运;后者则通过揭示日常生活中的不易察觉的悲剧,反映了社会压迫和人性扭曲对普通人生活的影响。这种对悲剧的双重关注使俄罗斯文学作品具有了情感色彩和审美意义,引人深思、动人心弦。

总的来说,俄罗斯文学中的悲剧精神是作家们对于社会现实和人类命运的深刻思考和表达,是一种对于生命的无尽哀惋和对人性的深刻探索。这种悲剧意识不仅赋予了文学作品深刻的内涵和感染力,也成为俄罗斯文学的重要特征和精神底蕴。

第二章　俄罗斯文学的发展

第一节　18世纪之前的俄罗斯文学

一、民间口头文学

18世纪之前，就有了民间童话故事，它们与多神教的过去渊源深厚。文字时代以前和基辅罗斯时期的民间口头创作并未流传下来，研究人员仅能根据间接的资料做考证。

歌颂古代壮士的歌谣——《远古时代》是民间口头创作的代表作之一。10—11世纪的基础时期出现了描写基辅、第聂伯·斯拉夫季奇、弗拉基米尔大公和勇士们的壮士歌。

11—17世纪的民间文学源于劳动人民的艺术创作，农民口头文学在不同阶层广为流传，包括小镇居民、士兵、仆人、服苦役的犯人、猎人、纤夫等。俄罗斯工人口头文学的发展始于18世纪。19世纪末工人口头文学中最主要的形式是革命歌曲。

俄罗斯民间口头文学是新民族文化和世界文化的财富，是作家、作曲家、画家、演员的重要创作源泉。俄罗斯壮士歌、歌曲及神话故事集成为读者们生活中的一部分。

二、古代俄罗斯文学（11世纪初至17世纪）

汇入古罗斯文学宝库的有文学著作及历史文献，包括编年史、历史小说、教会僧侣们所称颂的人物的传记故事；旅行记载(《旅游散记》)、书信、演说词以及一些公务文件。在这些文学遗产中可搜寻到艺术创作的痕迹，如对事情富有激情的描述，对某些现象作概括性的归纳，以及对叙述事件作政论性的评价。民间口头创作也以不同形式、不同尺度和不同程度用书面文字反映出来。

古罗斯的文学作品是以传抄的方式流传的。古罗斯手稿经常毁于火灾，关于这一点编年史不止一次地提到过。这是因为当时国内处于混战时期，城市、乡村、寺庙、教堂都被蒙古鞑靼人的铁蹄毁于一旦。尽管如此，还是有相当多的手稿书籍保存至今，成为我们了解古罗斯文学的重要途径。

古罗斯时代对文学家的创作的应变与今天截然不同，绝大多数情况下作者不署名，而抄写人常常扮演合著者的角色，融入自己的特色，按自己的文学品位对它进行再加工，插入新的故事情节，以新的观点重新描述事件。因此，同样的一部作品可能会存在不同的版本。对不同版本的作品进行比较分析使学者们有可能追溯此作品的文学渊源，现存的手稿中哪一个与最初的版本最接近，以及随着时光流逝它是怎么演变的。

《俄罗斯文学史》的编撰者把俄罗斯11—17世纪的文学史分为五个时期。

第一个时期：始于11世纪前25年，持续到12世纪初，这一时期是文学相对统一的时期。[①] 文学发展集中在两个地区，即南部的基辅和北部的诺夫哥罗德。这个时期的文学体裁带有宏伟纪念碑式的风格，出现了首批俄罗斯传记：《鲍利斯和格列勃传记》(11世纪)、《别切尔斯基传记》(11世纪80年代)和第一部标志性的编年史作品《往年纪事》(约1113年)。这一时期是统一的古罗斯基辅—诺夫哥罗德国家的时代。

第二个时期，自12世纪初到13世纪前25年，出现了新文学中心：弗拉基米尔—扎列斯基和苏兹达利，罗斯托夫和斯摩棱斯克，加利奇和弗拉基米尔—沃伦斯基。这一时期文学中汇入了地方特色和地方题材，形式多样，具有鲜明的时代性与政论性色彩。[②] 这一时期文学的最高成就是《伊戈尔远征记》(12世纪末)，它表现了高度的公民觉悟和文学技巧，把含有激昂的华丽言辞的传说故事与民间文学融合在一起。这一时

---

① 梅琳.俄罗斯的社会与文学及其发展演变历程[J].青年文学家,2012(24):28.

② 同上。

期,封建制度开始瓦解。

第三个时期,即 13—16 世纪上半叶,是俄罗斯文学从以修辞统一为特征的基辅文学转向未来的中央集权的莫斯科公国文学的过渡时期。这一时期以军事作品为主,以蒙古鞑靼人的入侵为主要题材。

这一时期,创作了有关蒙古鞑靼人入侵的一批小说:描写卡尔克战役的小说,展现夺取弗拉基米尔扎列斯基的战争小说,还有《俄罗斯大地陆沉记》和《亚历山大·涅夫斯基传》。

14 世纪末到 15 世纪上半叶属前文艺复兴时期,此时正值俄罗斯经济、文化复苏,也正是 1380 年的库里科沃战役前后。这是一个文学充满激情、充满爱国主义热情的时期,是历史叙述小说、传记颂歌辈出的时期,是俄罗斯在一切文化领域,如文学、建筑、绘画、民间文学、政治思想等转向独立的时期。

社会思想和政论的迅猛发展是 15 世纪下半叶和 16 世纪上半叶的特点。

第四个时期,16 世纪下半叶,正式文体在文学中发挥的作用越来越大。"第二次纪念碑式"的时期到来了,文学这种传统形式占据了主导地位,抑制了文学中个人因素和小说文学消闲性的发展。

第五个时期,即 17 世纪,这一时期是向新时期文学过渡的阶段。这是个人因素在各方面开始发展的时期,是个人的爱好和风格及作家职业化发展的时期。作家本人的感情、作家个人生活悲剧转折和由此而产生的个人反抗,还有文学作品中人物的独特个性都在这一时期得到了体现。这种个性鲜明化的萌芽为格律诗和正规剧的产生奠定了基础。

充满社会冲突的 17 世纪使民主讽刺新体裁活跃起来。讽刺文学中广为流传的形式各异的讽刺性模拟作品,比如,有关诉讼程序的《舍米亚金法庭的故事》《叶尔舍·叶尔绍维奇的故事》等。

17 世纪在俄罗斯文学中出现了韵律诗,其实诗歌文艺体系早在中世纪的罗斯就很流行,只是那时并不懂什么叫韵脚。韵律诗的出现受到了波兰格律诗的影响。俄罗斯韵律诗的创始人是 17 世纪的大诗人 C. 波洛茨基(《识字课本》《圣诗律诗》、两卷手稿集《格韵集》和《多彩的风城》),后来他的学生卡利昂·伊斯托明和西里维斯特尔－梅德维捷夫继承了他的衣钵。

在 17 世纪出现的以表现自我意识为主的体裁中,戏剧占据了特殊的位置。有记载的最早的演出是 1672 年在沙皇阿列克塞·米哈依诺维奇的宫廷剧院。C.波洛茨基是俄罗斯戏剧的始祖,他为宫廷剧院写的剧本(《关于一个浪子的警世喜剧》)提出并探讨了一些反映复杂而又多事的年代的严肃问题。

第二节　18世纪的俄罗斯文学

18世纪的前25年,是俄罗斯文学新旧形式共存的时期,也是一个"中篇"即故事体繁荣的时期。《俄罗斯水兵瓦西里·卡辽茨基的故事》享有盛名,其情节很像17世纪的小说。但是,它反映的是新时代的生活和理想。与17世纪的浪子不同的是彼得大帝时期的主人公的命运不是由上天安排的,而是由他自身的品质决定的。

这是摆脱宗教思想桎梏的新文化的重大成就的见证。该时期的其他文学也具有纯粹的非宗教情节,如《勇敢的骑士亚历山大的故事》《一个小贵族儿子的故事》,这些艺术上尚不够完善的小说带给人更多认识新时期的机会。《彼得故事集》的主人公是一群年轻而精力充沛的贵族们,他们相信理智与科学的力量,意识到自己不仅是新俄罗斯的公民,也是欧洲人。

18世纪40年代到60年代末,俄罗斯古典主义在俄罗斯文学中占统治地位。与西欧有所不同的是其国内的古典主义与启蒙运动联系得更紧密,使俄罗斯古典主义文学具有民主的特点。大量的美学冲突和规范的典型形象在其中起主要作用。

罗蒙诺索夫是俄国第一位诗人,他为18世纪的俄罗斯新文学了解欧洲文化奠定了基础。罗蒙诺索夫的重要贡献在于,他考虑到了彼得一世改革所激活的新文化建设的第一需要,在创作中,将学习欧洲的传统与积极运用丰富的民族文化成果相结合。罗蒙诺索夫改革了俄罗斯诗体创作,写出了充满英雄主义、乐观情绪、生机勃勃的优秀诗作,成为俄罗斯诗歌的初步形式,对以后的俄罗斯文学全面发展具有扫盲作用。

在18世纪中期文学的天空中出现了一颗星,它就是天才诗人和古典主义理论家苏玛罗科夫。他所创立的学派推出了讽刺诗和抒情诗。

苏玛罗科夫是杰出的剧作家,是俄罗斯诗体悲剧《霍烈夫》《西纳夫和特鲁伏尔》《新月桂》的作者。这些剧作以民族爱国主义为主题,充满公民激情、现实主义及民族性。苏玛罗科夫把建立与其他一系列欧洲文学相抗衡的俄罗斯文学视为自己生活的目标,在1748年出版的《书简二札》中,苏玛罗科夫按照布阿罗的样子对俄罗斯作家提出了三个问题:在不同的诗歌体裁中他们应该追随哪一种,这些体裁本身应该是怎样的,诗歌创作者的艺术表现在哪里。

在18世纪的后30年,文学现实主义这一新方式开始形成并在戏剧中获得成功。它们中体裁全新的作品是丹尼斯·伊万诺维奇·冯维辛的《旅长》,这是他的第一部"道德喜剧"。他把一些可笑的人物及人与生俱来并且无须解释的缺点搬上舞台,以夸张的舞台动作表现人的基本特征,诸如吝啬、嫉妒、虚伪、愚蠢等。在《旅长》中使用了18世纪喜剧中流行的爱情故事:父母想给孩子们找一门有利可图的亲事,可他们孩子的心却另有所属。实际上,《旅长》是俄罗斯的第一部民族喜剧。而《纨绔子弟》则是第一部现实主义喜剧,从表面上看,《纨绔子弟》似乎是一部生活喜剧,用一系列日常生活画面吸引着观众,但冯维辛在《纨绔子弟》中却触及了一个新且深刻的主题。表现一定的人际关系体系的现代"道德"是《纨绔子弟》获得艺术成功的先决条件,按照普希金的话说,他使喜剧"人民化"了。

在18世纪的最后10年,感伤主义是贵族文学的主要倾向。18世纪的感伤主义和现实主义之间有许多共同点——两个流派都依托于启蒙思想,都对地球上人的伟大作用充满信心,都崇尚教导人们树立自尊,但是它们在描述人物的方法上各有千秋。如现实主义,在揭示人的个性时,将个性和周围世界合一,而感伤主义则力图将人从环境的束缚中解放出来。俄罗斯感伤主义的繁荣与亚·尼·拉季谢夫和尼古拉·米哈伊洛维奇·卡拉姆津的创作密不可分,后者曾在莫斯科建立了新流派特色中心。

1792年在卡拉姆津创办的《莫斯科杂志》上刊载了他的系列小说,小说展示了此体裁的几种不同表现形式。《娜塔丽娅——贵族女儿》是一部传奇小说,描写的是古代一段奇遇;《美丽的公主和幸福的小矮人》是一部童话故事;《柳多尔》是惊险小说,而《苦命的丽莎》则完全是一部现代城市小说。实际上《苦命的丽莎》开创了俄罗斯新散文的先河,在朴实的外表和甚至稍显简单的情节中表现了卡拉姆津深邃的思想和信念,在这部小说中提出了当时的一个典型问题——社会不平等。这个问题也是拉季谢夫在《彼得堡至莫斯科旅行记》(1790)中展示的主要问题,拉季谢夫的《从彼得堡至莫斯科旅行记》并未对18世纪的文学造成直接影响,它的作用在后来的十二月党人运动中才体现出来。

18世纪末各个俄罗斯作家和诗人作品中所反映出的文体和美学体系特点在数十年后茹科夫斯基、青年普希金及其他作家的创作中得到了发展。卡拉姆津的小说《博恩霍尔姆岛》(1794)和《西耶拉－莫列那》(1795)则标志着他的创作以及整个俄罗斯文学进入了新阶段。这是俄罗斯文学史上首批纯浪漫主义小说。

第三节　19世纪的俄罗斯文学

19世纪上半叶文学发展的紧张性表现在艺术流派,即感伤主义、浪漫主义和现实主义处于急速变换之中。

俄罗斯的浪漫主义是在社会的先进群体对国家现实状况极度不满的情绪中诞生的,该流派的形成与瓦西里·茹科夫斯基的创作有关,他认为诗歌的任务在于教育人,唤起人们的美妙情感(如叙事诗《柳德米拉》《斯维特兰娜》)。诗人在对一心追求升官发财的思想进行批判的同时,宣扬个性高于一切,个性必须与陋习决裂,宣扬植根于俄罗斯现实的风格作风。他不仅提出了人生价值的新概念,还描写了他奉为崇高美德的友谊、责任、爱国热情(《俄国军营中的歌手》,1812)。

孔德拉季·费奥多洛维奇·雷列耶夫批判了茹科夫斯基的神秘主义(这一点反映在他19世纪20年代的诗中),他本人则是公民浪漫主义最鲜明的代表。他的抒情诗中浸透着崇高的献身主义思想,充满了政治热情(如《沉思》,长诗《沃伊纳罗夫斯基》《纳里瓦伊科》)。雷列耶夫号召作家同人应不遗余力地在各自的作品中表现高尚的情感、思想和永恒的真理。他本人也以作品中表现出的为社会服务和"为唤醒沉睡的俄罗斯人"不惜献出生命的思想而成为世人的楷模。

浪漫主义散文的发展也为历史小说的创作奠定了基础(别斯图热

夫－马尔林斯基,扎果斯金）。

克雷洛夫和格里鲍耶陀夫的创作构成了 19 世纪前 25 年文学发展的另一主线,在致力于美学、戏剧创作的过程中,他们确定了面向社会实际的生活态度,这就为今后批判现实主义打下了美学基础。两位作家的创作都以讽刺性著称,他们都以敏锐尖刻的态度刻画现实,竭尽全力地揭露和鞭笞不符合社会理性规范的现象,他们在接纳不同文学形式的过程中,逐渐开始客观地理解生活。俚语——这一口语修辞手法是克雷洛夫寓言文体的基础,他创作的寓言源于生活,摆脱了程式化的古典主义的束缚,表现了独特的思维模式和民族的"合理理念"。

格里鲍耶陀夫的喜剧《聪明误》（1824）,是古典主义和现实主义相结合的成果,他的喜剧以描绘日常生活细节和心理细节见长,极具个性的语言风格,再加上色调鲜明的生活场景,使他的喜剧具有决定性的意义。

19 世纪 30 年代中期现实主义在俄罗斯文学中扎根。普希金作品的现实主义特征体现在他的小说《叶甫盖尼·奥涅金》中,这部小说内容丰富,包罗万象,在他 19 世纪 30 年代创作的抒情诗、戏剧和散文中这个特征更为鲜明。普希金是一位善于在平常的事物中发现美的真谛和诗意的作家,他的艺术思想也因此而形成,与此同时,他进行的文学标准语工作也接近完成。他的语言特征是,打破传统"固定文体"的限制,吸收民族语言的本质元素,与生活现实直接联系在一起。普希金将文化整体纳入自己的文艺体系,创作出极具特色的抒情诗、戏剧（小悲剧,舞台剧）、叙事长诗（《波尔塔瓦》,1828；《青铜骑士》,1833）、散文体小说（《别尔金小说集》,1830；《黑桃皇后》,1833；《上尉的女儿》,1836）。[①]

果戈理不仅是俄罗斯新文学的缔造者之一,一个纯之又纯的俄罗斯作家和思想家,而且也几乎是他们之中最神秘、最悲惨的一位。果戈理的神秘就在于他像霍夫曼一样,是一位作家、幻想家,这在他早期的小说（《狄康卡近乡夜话》,1831—1832）以及他的较为成熟的作品（《彼得堡故事》,1835—1836；《钦差大臣》,1836；《死魂灵》第一卷,1835—1843）中都有体现。他的悲惨命运实际上是他的宗教探索和对"教会与文化"问题的痛苦思索。作为一个作家、思想家,1831—1835 年他所创作的主题之一是人的美学起源。

在诗歌创作上与民族宗教情绪最接近的当属莱蒙托夫,他的抒情诗

---

① 汪文一.浅谈十九世纪俄国文学 [J].青年文学家,2015（27）:89.

被认为是"诗体祷文",俄罗斯宗教情绪的模式。诗人将个人的、公民的、哲学的主题融入自己的创作中(诗歌《波罗金诺》,1837;《祖国》,1841;长诗《童僧》,1840;《恶魔》,1829—1841;戏剧《假面舞会》,1835—1836;小说《当代英雄》,1840)。

另一位思想深刻的俄罗斯诗人是丘特切夫。他的诗歌一开始便与哲学相连。诗人希冀既能洞悉人类生活的隐秘,也能探知宇宙的奥妙。尽管丘特切夫的心灵哲学和宇宙学来自他所熟悉的古希腊哲学、德国的古典哲学以及对哲学家思潮的熟知,但诗人也提出了自己对人生哲学问题的独特艺术见解。

普希金、果戈理、莱蒙托夫和丘特切夫的创作确立了俄罗斯传统文学的特点,即人文主义、公民性、民族性。19世纪四五十年代倾向现实主义的作家还有涅克拉索夫、陀思妥耶夫斯基、屠格涅夫等。

1842—1855年,社会斗争十分尖锐,斯拉夫派和西方派意识形态问题的争论日趋激烈,人类唯物主义的学说和空想社会主义思想以及黑格尔的辩证法孕育着革命的民主思想,使之迅速成熟,俄罗斯文学就是在这种环境中发展起来的。这些思想在赫尔岑的政论作品和别林斯基的文学评论中都有反映。

19世纪下半叶的俄罗斯文学是欧洲最具哲学性与社会性的文学,在它所创造的艺术形象身上体现了伟大民族思想的全部力量,但这种思想却未能在科学论文中得到反映(因哲学和社会学还不发达)。在陀思妥耶夫斯基和托尔斯泰、屠格涅夫和列斯柯夫的艺术创作中我们可以挖掘到这种思想和精神的精髓。

陀思妥耶夫斯基是天才的艺术家和杰出的哲学家,也可以说是19世纪作家中担负说教使命的作家。作为一位深刻分析人类思想的作家,他是一个具有预言未来能力的天才。在其预言性作品《宗教大法官》中他天才地洞察到未来的极权制度。陀思妥耶夫斯基的创作反映了尖锐激烈的俄罗斯主题(《死屋手记》,1861—1862;《被侮辱与被损害的》,1861;《罪与罚》,1866;《白痴》,1868;《卡拉马佐夫兄弟》,1879—1880)。

冈察洛夫也是19世纪俄罗斯杰出的长篇小说家之一,他具备非凡的文艺概括力,创造出了如奥勃洛莫夫的"典型俄罗斯人物"形象(《平凡的故事》,1847;《奥勃洛莫夫》,1859;《悬崖》,1869)。

屠格涅夫以鲜明的反农奴制者的身份在19世纪中叶的文学中占

有一席之地(《猎人笔记》,1847—1852)。在改革后的数十年间作家展现了俄罗斯19世纪60年代主要社会力量之间的冲突,并创作了新主人公——平民知识分子这一充满矛盾的形象(《父与子》,1862;《烟》,1867;《处女地》,1877)。对现实尖锐问题的敏锐洞察力,深刻的现实主义,严谨的结构,丰富的语言以及一系列美丽的妇女形象使屠格涅夫的作品成为俄罗斯和世界文学的宝藏(《阿霞》,1858;《贵族之家》,1859;《前夜》,1860;《春潮》,1871;等等)。

列夫·托尔斯泰的作品的突出之处不在于人物形象丰富多样,而是对人们生活细节和大自然的娴熟描绘,精确地复现"心灵辩论法"。在逐步熟悉人民真实的生活和大自然的过程中,痛苦地寻觅道德理想这一主题贯穿了作家创作的全过程。在19世纪极度真实的氛围中,列夫·托尔斯泰算是真实中最真实的作家,而他在文学中所表达的那种真实是活生生的并且折磨着他的(《战争与和平》,1863—1869;《安娜·卡列尼娜》,1873—1877;《复活》,1889—1899)。

国家发展的前途问题显得异常尖锐,这一点首先表现在杂志的论战中。《现代人》杂志成了革命民主主义者的思想论坛,车尔尼雪夫斯基和杜勃罗留波夫相继在该杂志上论证革命的唯物主义美学思想,捍卫文学的民主化,反对"纯艺术"的思想家和"保守"理论,反对农奴制的"黑暗王国"。

赫尔岑的回忆录《往事与随想》(1852—1868)是19世纪30—60年代思想探索的见证。

在19—20世纪的俄罗斯文学中,现实主义倾向在以下作家的作品中得到延续:列夫·托尔斯泰的《复活》(1889—1899)、《哈泽·穆拉特》(1896—1904)、《活尸》(1900);契诃夫创作的反映知识分子的精神探索和以为日常生活操心的"小"人物为主题的优秀作品有《第六病室》(1890)、《带阁楼的房子》(1896)、《姚内奇》(1898)、《带狗的女人》(1899)、《海鸥》(1896)等;青年作家布宁的故事集《天涯海角》(1897)、《乡村》(1910)、《旧金山来的绅士》(1915)和库普林的《莫洛赫》(1896)、《奥列霞》(1898)、《火坑》(1909—1915)。

同时,新的文艺特色,包括间接表现现实的手法,也在现实主义中崭露头角。新浪漫主义的普及便是一例。早在20世纪90年代第一批新浪漫主义作品《马卡尔·楚德拉》(1892)、《切尔卡什》(1895)等就已使年轻的高尔基崭露头角。作家以其高超的现实主义作品描绘了20世纪更迭之时,在特殊的经济发展和社会意识斗争环境中的俄罗斯生活的广阔画面(小说《福马·高尔捷耶夫》,1899;剧本《小市民》,1901;《底层》,1902;《敌人》,1906;小说《母亲》,1906;等等)。

20世纪初期的俄罗斯文学没有产生恢宏的小说,却孕育了以象征主义为主要倾向的诗歌精品。象征主义者梅列日科夫斯基在反对批判现实主义和"摧残心灵毫无生气的实证主义"后提出了"……新艺术的三个要素:神秘主义的内容,象征和艺术印象的扩展"①;他摒弃了俄罗斯文学的民主性与公民社会性的传统,宣扬极端的个人主义。象征主义者团结在刊物团体的周围,如《北极星》《艺术世界》《新路》,以及后来的《天平》和《金羊皮》。

象征主义者可以分为"老一辈"和"少壮派"两个派系,"老一辈"象征主义者如勃留索夫、索洛古勃、梅列日科夫斯基等于19世纪90年代开始文学创作,时值诗歌危机的严重时期,他们宣传对美的崇拜和诗人表现自我的自由权利。"少壮派"象征主义者如勃洛克、维亚齐·伊万诺夫、索洛维约夫等把哲学和神智学探索提到了首要位置。

1910年"象征主义结束了自己的发展范围",取而代之的是阿克梅主义。古米廖夫、戈罗杰茨基、阿赫玛托娃等阿克梅派的拥护者们奉行把诗歌从象征派对"理想化"呼吁的状态中解放出来,还诗歌以明朗、实在和"愉快感受生活"的色调。

同时还存在着另一股现代派潮流,即未来主义派,它又包括几个分支:"自我未来主义派"(谢维里亚宁等)、"诗歌阁楼"派(拉甫涅尼约夫、伊万诺夫等)、"离心机"集团(阿谢耶夫、帕斯捷尔纳克等)。"热带雨林"的成员有布尔柳克、马雅可夫斯基、赫列勃尼科夫等,他们称自己是立体未来主义派,将来人,即来自未来的人。

此时的诗歌创作中还有一些独具鲜明个性的派别,很难将他们归入某一流派,如沃洛申、茨维塔耶娃。能涌现出如此多的卓越诗人,这在其他任何时期都是不曾有的。

世纪之交的文学中农民诗人也发挥了重要作用,如克留耶夫、奥列申,他们并未提出明确的美学纲领,但他们将宗教美学主题与捍卫农民文化传统相结合的思想体现在其创作之中。叶塞宁在创作道路的初期

---

① 仝慧.探索与解读:独具特色的俄罗斯文化探析[M].北京:新华出版社,2021.

曾与农民诗人,特别是克留耶夫关系密切,他在自己的作品中将民间口头文学传统与古典艺术融为一体。

第四节　20世纪以来的俄罗斯文学

一、俄罗斯苏维埃文学

俄罗斯苏维埃文学作为一种社会主义现实主义文学代表了世界文学发展的一个阶段。而高尔基的创作则对社会主义现实主义文学的形成起了特殊作用,他的小说《母亲》和剧本《敌人》(两者都是1906年的作品)成了社会主义现实主义的奠基作品。其自传性小说集《童年》(1913)、《在人间》(1916)、《我的大学》(1933)叙述了一个底层人走上文化高峰的历程,并描写了他革命思想的形成过程。在长篇小说《阿尔塔莫诺夫家的事业》(1925),以及剧本《耶戈尔·布雷乔夫等人》(1932)、《陀斯契加耶夫等人》(1933)中反映了俄罗斯剥削阶级的瓦解和必然灭亡。

1918—1920年国内战争时期的文学突出表达了革命热情。革命后的马雅可夫斯基的诗歌是世界抒情史上的新现象,《革命颂》《向左进行曲》等均是其1918年所作。绥拉菲莫维奇的《铁流》(1923),这部国内战争的悲剧史诗对苏维埃文学的发展具有深远的意义。富尔曼诺夫在长篇小说《恰巴耶夫》(1923)中成功塑造了一个富有传奇色彩的师指挥员形象,达到了深刻的历史真实和心理真实。书中被革命唤醒的民众向往新生活,向往创造。他们的典型性格被人格化了。这一特点在法捷耶夫的《毁灭》(1927)中也有体现。

苏联各民族的紧密联系是20世纪30年代文学发展的一大特点,各兄弟民族的生活是俄罗斯文学中的一个重要主题,例如,吉洪诺夫的《卡赫齐亚诗集》(1955);英贝尔的《旅行日记》(1939);帕乌斯托夫斯基的《卡拉－布加兹海湾》(1932);《黑海》(1936);等等。

20世纪30年代的苏联文学的关注点在新人身上,他们都是在现代环境中成长的一代。文学描写这批人的成长过程,他们的革命斗争、劳动创造,以及他们和集体与国家社会生活的密切联系。奥斯特洛夫斯基的《钢铁是怎样炼成的》就塑造了一个忘我地将自己的精力和生命献给革命事业的青年共产党员形象。

20 世纪 30 年代一系列现代散文巨著问世。肖洛霍夫的史诗小说《静静的顿河》(1928—1940)描写了顿河哥萨克人在革命中的历史命运。阿·托尔斯泰的《苦难的历程》三部曲(1920—1941)是一幅多层次的历史画卷,它描绘了俄罗斯旧知识分子中的优秀代表如何走上革命的道路,如何参与国内战争,也描绘了布尔什维克党领导下的人民群众的运动。

20 世纪二三十年代是苏联儿童文学的繁荣时期。做出重大贡献的有楚科夫斯基和马尔夏克的童话和诗歌,盖达尔的充满崇高革命热情的作品,马雅可夫斯基、米哈尔科夫的儿童诗等。

从 1941—1945 年伟大卫国战争的第一天起,整个苏联文学界就全身心地把自己投入保卫社会主义祖国的事业中了。作家们既编辑战地刊物,也手拿武器参加战斗。其中许多人都为国捐躯,包括盖达尔、克雷洛夫、彼得罗夫、斯塔夫斯基、乌特金等。

战争时期的优秀作品反映了一种特有的精神氛围,即将思想道德飞跃同现实主义相结合,反映了全民日益增长的公民责任感与对全人类、对个人(如友谊、爱情、家庭、家园、生活、死亡)的责任感结合在一起的爱国热情。在这种热情洋溢的思想感召下,西蒙诺夫创作出了《你记得吗,阿辽沙,斯摩棱斯克的大道……》(1941);苏尔科夫创作出了《火在狭小的炉中燃烧》及其他一些诗作。

特瓦尔多夫斯基的长诗《瓦西里·焦尔金》是战争年代文学的巅峰作品,该诗极为深刻地阐述了人民对战争的认识,表达了战争时期全民族情感的厚重与深刻。

以深刻分析当代苏联生活为主的新作品丰富了 20 世纪 50 年代的文学。纪实文学在文学发展进程中占有显著地位,涌现出一批研究分析法西斯主义经济、社会、心理根源,揭露其反和平、反人类的滔天罪行,公开战争罪犯和受害者的名字,讲述苏联人民同敌人英勇斗争故事的作品,如威尔施戈拉的《纯洁良心的人》(1946)、梅德维捷耶夫的《罗夫诺近郊往事》(1948)。斯米尔诺夫的《布列斯特要塞》(1957)和《布格河上的要塞》(1959),为伟大卫国战争做出了巨大贡献。

20 世纪 60 年代文学的主题有几条清晰的主线。肖洛霍夫的《一个人的命运》（1957）是"战争散文"新阶段的奠基作品，相继出现的有：卡利宁的长篇小说《严峻的战场》（1958），巴克兰诺夫的《一寸土》（1959），邦达列夫的《最后的炮击》（1959），阿纳尼耶夫的《坦克成菱形前进》（1963），瓦西里耶夫的《这里的黎明静悄悄》（1969）等。

20世纪五六十年代的文学大事便是肖洛霍夫的长篇小说《被开垦的处女地》的第二部（1955—1960）和长篇小说《他们为祖国而战》（1949—1969）的出版。

"农村题材"在20世纪六七十年代散文中继续占有重要地位。例如，阿勃拉莫夫的三部曲《普里亚斯林一家》（1974）；克鲁季林的《利皮亚吉人》（1963—1965）；多罗什的《乡村日记》（1957—1971）；拉斯普京的《玛丽娅借钱》（1967）、《告别马乔拉村》（1976）；特罗耶波利斯基的《黑土地》（1958）；还有田德里亚科夫、伊斯坎杰尔、舒克申、诺索夫的短篇小说话和中篇小说，以及阿斯塔菲耶夫的《原谅我吧》（1980）、《最后的鞠躬》的最后章节（1992）。

历史小说是记忆的大树。这棵树在20世纪60—80年代开始长大，枝繁叶茂，包括叙述沙皇和公爵的历史小说。如皮库利的小说《笔与剑》（1970）、《铁血宰相的战斗》（1977）、《宠臣》（1984）。巴拉绍夫的几部长篇小说在对历史的思考和对寄予哲学希望的探索方面达到了较高水平，代表作品有《诺夫哥罗德大公先生》（1970）、《小儿子》（1977）、《大公宝座》（1980）、《权力的重担》（1982）、《高傲者西米昂》（1984）。1986年底至1987年初开始发表在勃列日涅夫时期被禁止出版的文学作品有雷巴科夫的《阿尔巴特街的儿女们》、杜金采夫的《白衣》、格拉宁的《野牛》、特里丰诺夫的《消失》、格罗斯曼的《生活与命运》、普里斯塔夫金的《金色的云儿在这里过夜》。这些作品描述了斯大林时期知识分子的命运和民族关系问题。除上述作品，还发表了20世纪二三十年代及后来长期被禁止发表的文学作品，如扎米亚京的《我们》（1920），皮利尼亚克的《永不熄灭的月亮》（1926），古米廖夫的诗，普拉东诺夫的小说《切文古尔》（1927—1928）、《地槽》（1929—1930）、《格拉多夫城》（1926），以及霍达谢维奇、什麦廖夫、纳博科夫的作品。

这一时期还发表了一批"第三次浪潮"运动中的侨民作家的作品，这些作家是罗茨基、加里奇、涅克拉索夫、阿克肖诺夫、沃依诺维奇。因为这些作品，他们失去了苏联国籍。此时，一个重要事件是开始发表索尔仁尼岑的作品《古拉格群岛》（1958—1968）。

20 世纪 90 年代的前 5 年,俄罗斯文学因以下新作品而得以充实:阿克肖诺夫的《蛋黄》(1991)、阿斯塔菲耶夫的《被诅咒与被杀害》(1994)、瓦西里耶夫的《一滴接一滴》(1991)、沃兹涅先斯基的《自我诉讼的公理》(1990)、纳吉宾的《彭塔什岛屿》(2005)、索尔仁尼琴的《红轮》。

二、新俄罗斯文学

苏联解体后新俄罗斯文学时期开始了。新俄罗斯文学比以往更加注重美学价值,继续发扬 19 世纪和白银时期古典文学的传统,全面地学习世界文学和文化中的精粹。从这一时期起俄罗斯最具影响的是后现代文学、女性散文和视觉诗歌等。

20 世纪 90 年代丰富了俄罗斯文学的新作品有哈里托诺夫的《命运线,或米拉舍维奇的小箱子》(1991)、阿克肖诺夫的《蛋黄》(1991)、阿斯塔菲耶夫的《被诅咒与被杀害》(1994)、瓦西里耶夫的《一滴接一滴》(1991)、弗拉基莫夫的《统帅和他的军队》(1994)、沃兹涅先斯基的《自我诉讼的公理》(1990)、马卡宁的《地下室,或称当代英雄》(1998)、纳吉宾的《彭塔什的岛屿》(2005)。索尔仁尼琴的《红轮》是这一时期的一部大型历史纪实研究作品。

此时,一批较为年轻的作家和诗人的名字开始受到欢迎并被视为俄罗斯文学的希望。他们是瓦尔拉莫夫、别列文、帕夫罗夫、斯拉夫尼科夫、贝克夫等。

值得一提的是,20 世纪 90 年代俄罗斯布克奖受到人们关注,该奖项用于奖励在当代俄罗斯长篇小说领域成就突出的作家。最早获得布克文学奖的俄罗斯作家有哈里托诺夫、马卡宁、奥库德扎瓦、弗拉基莫夫。

俄罗斯文学发展的新时期,如同文化史中常有的,并非与新世纪的开始同步,大约从 2002 年开始,于 2008 年结束。类似的划分不仅基于文学因素,也有非文学因素,比如,部分作家由于逝世结束了自己的创作,如巴拉肖夫、达维多夫、艾特玛托夫、普里斯塔弗金、索尔仁尼琴。文学发展,流向——历史长篇小说和抒情、自传体及哲学小说的发展、新时期纪实叙述体作品的发展都与他们中的每个人息息相关。

2008 年成为总结性的一年。这一年发表了一些作者的早期作品,而这些作者的主要作品都是在"过渡期"(从 1985 年至 21 世纪初)问世的,这就为展示他们的创作历程提供了可能,如索罗金的短中篇故事集《游泳》(2008)、乌利兹卡娅的一卷本话剧《俄罗斯果酱及其他》、鲁比娜娅的《老爱情故事》。

三、境外俄罗斯文学(侨民文学)

当谈到俄罗斯文学时,不能不提俄罗斯侨民文学。

1917 年的十月革命和随之而来的国内战争使得许多人迁居国外。侨民文学也一样异彩纷呈。作家们在境外的拥挤空间里,较早地跻身于不可调和的环境中,这些批判现实主义、象征主义、阿克梅派、自我未来主义派等传统的继承者们如今还不得不生活在"同一屋檐下",如在布拉格,或是在巴黎。因此,可以说,俄罗斯境外文学正如文学本身一样依然存在,它拥有大量读者和由分布在各地的出版社、杂志、报纸、图书馆和阅览室构成的网络。

俄罗斯文学研究者们将俄罗斯侨民文学分为三个时期,即"三次浪潮"。按时间顺序推算,"第一次浪潮"产生于两次世界大战之间。在第二次世界大战中就已有数十万"被迫流亡国外的人",他们构成了"第二次浪潮"的基础。"第三次浪潮"出现在 20 世纪 70 年代初期,出于大部分成就卓著的知识分子,包括作家的政治要求,这一潮流初露端倪是苏联的持不同政见人士反对苏联军队入侵捷克斯洛伐克之后。一般说来,"第三次浪潮"的文学最为绚丽多姿,它们被分裂为各个单一的名称,而这些名称之间很少有共同之处。

在俄罗斯侨民文学受挤压、受排斥的情况下,仍然可以毫无愧色地列出一排作家和他们的作品,他们是:布宁的《阿尔谢尼耶夫的生活》(1927—1937)、《昏暗的林荫道》(1943);库普林的《士官生》(1933)、《时代的巨轮》(1930)、《扎涅塔》(1933);什梅廖夫的《死人的太阳》(1923)、《上帝的夏日》(1933)、《天堂之路》(1937—1948);扎伊采夫的《格列勃游记》(1937)、《寂静》(1948)、《少年时代》(1950)、《生命之树》(1953)等。

除了布宁、库普林、什梅廖夫、扎伊采夫,在俄罗斯侨民中还有不少有名望的作家,他们是被称为"老一代"的侨民作家:梅列日科夫斯基、列米佐夫、阿维尔琴科、阿尔达诺夫。

　　俄罗斯侨民文学中涌现出不少在国外成长的作家。他们被称为"少壮派"作家,包括散文家纳博科夫、波普拉夫斯基、茨维塔耶娃、索尔仁尼琴。

　　还有不少一流的诗人流亡国外,他们在俄罗斯享有盛誉,代表了20世纪充满探索的俄罗斯文学的不同流派。首先流亡至国外的几乎全是"老一辈"象征主义者,其中有梅列日科夫斯基、巴尔蒙特、伊万诺夫等。在青年一代诗人中有列夫·洛索夫、诺贝尔文学奖(1987)的获得者勃罗茨基等。

　　20世纪90年代初俄罗斯文学彻底地摆脱了苏联意识形态的控制,俄罗斯侨民作家可以自由地在俄罗斯出版发行作品了。因此,作为独立文学的俄罗斯侨民文学已经不存在了,但是,它作为文学现象,无论过去和现在都是存在的,并且需要我们认真研究。

第三章　俄罗斯文学与文化研究

第一节　俄罗斯文学的题材

一、俄罗斯文学圣徒题材

俄罗斯宗教文化孕育的圣徒现象深刻影响着俄罗斯文学的发展,作为宗教末世论、彼岸思想、救赎观念、弥赛亚意识等宗教观念的结晶,圣徒题材文学承载着人们对信仰、救赎和道德理想的追求,展现了俄罗斯文学深厚的宗教情感和文化传统,为俄罗斯文学注入了崇高的道德情感和宗教意蕴,成为文学发展中不可或缺的重要元素。

（一）俄罗斯文学圣徒题材的形象类别

俄罗斯文学中的圣徒题材是一个丰富而深刻的文学主题,涵盖了各种形象和意象,反映了俄罗斯民族的精神信仰和价值观。在这一主题中,圣徒形象及其分支的圣愚形象在文学作品中扮演着重要角色,展现了俄罗斯文学中的伦理审美功能。

首先,让我们来探讨一下圣徒形象。在俄罗斯文学中,圣徒往往被描绘成具有超凡品质和使命感的人物。一个重要的圣徒形象是"俄罗斯的摩西",他们以承担苦难、拯救他人为使命,体现了基督的爱和使命感。例如,高尔基的《伊泽吉尔老婆子》中的丹柯就是一个典型的"俄罗斯的摩西"形象,他用自己的心脏为人们照亮前进的道路,展现了俄罗斯民族精英的精神力量。

另一个重要的圣徒形象是"为基督的母亲",她们代表了母爱与神圣的结合,在俄罗斯文学中具有重要的象征意义。这些圣徒以母爱的光辉拯救受难的心灵,体现了宽恕和救赎的力量。例如,列夫·托尔斯泰的《谢尔基神甫》中的巴申卡以及高尔基的《母亲》中的佩拉格娅都是典型的"为基督的母亲"形象,她们通过自己的信仰和牺牲,影响和感化着周围的人们。

其次,还有"中介新娘"这一特殊的圣徒形象,她们往往是在堕落和苦难中寻求救赎的人物。这些女性形象具有罪孽和被迫堕落的经历,但通过信仰和牺牲,最终得到了上帝的宽恕和拯救。陀思妥耶夫斯基的《罪与罚》中的索尼娅就是一个典型的"中介新娘"形象,她通过自己的爱和牺牲,改变了罪犯的命运,完成了自我救赎和他人拯救的使命。

再次,我们来探讨一下圣愚形象。在俄罗斯文学中,圣愚形象往往具有超越世俗的智慧和精神力量,他们以不同的方式体现了基督的爱和救赎。其中,"公式化圣愚"和"程式化圣愚"是两种典型的圣愚形象。

"公式化圣愚"形象往往具有特定的行为规范和神秘主义意蕴,他们通过自虐与愚痴式的受难方式,传达上帝的旨意和救赎世人的使命。[①]这些圣愚形象体现了"虽愚却圣"的精神品质,例如列夫·托尔斯泰的《童年》中的格里沙就是一个典型的"公式化圣愚"形象。

而"程式化圣愚"则是一种理想化的形象,他们不再佩戴铁链或四处漂泊,而是通过自己的独特方式展现与上帝的交往和智慧。这些圣愚形象往往是患有病痛或心地善良的人物,通过他们特殊的生存哲学和精神境界,超越了世俗的理性和认知,实现了自我救赎和他人拯救的使命。

最后,还有一类以醉鬼为代表的圣愚形象,他们以醉酒为生存常态,但在精神层面上却具有超凡的智慧和力量。这些圣愚形象通过醉酒的状态表达对世俗的拒绝和对神圣的追求,体现了人类对真理和救赎的渴望。

总的来说,俄罗斯文学中的圣徒和圣愚形象展现了人类对真理、爱和救赎的追求,反映了俄罗斯民族的精神信仰和价值观。这些形象不仅具有文学意义,更是对人性和信仰的深刻探索,为读者提供了启示和思

① 傅星寰,吕小婉.俄罗斯文学圣徒题材的形象类别与诗学范式初探[J].辽宁师范大学学报(社会科学版),2011,34(02):65-69.

考的空间。

（二）俄罗斯文学中"圣徒"题材的诗学范式

俄罗斯文学中的圣徒题材,以及它所呈现的诗学范式,确实反映了俄罗斯历史、宗教和文化的丰富内涵。在形象模式方面,作品中涌现出了一些以耶稣基督、摩西、圣母、抹大拉的玛利亚等宗教历史人物为原型的圣徒形象。这些形象不仅仅是对宗教历史的再现,更是对俄罗斯文化和民族精神的诠释。同时,作品中也体现了对男性圣愚和女性圣徒的不同塑造,反映出俄罗斯文化中对于女性圣徒的崇拜和对于男性圣愚的尊重。

其中,《从彼得堡至莫斯科旅行记》以及《从莫斯科到彼图什基》都展现了"躯体流浪"的结构模式。这种流浪不仅仅是身体的移动,更是一种对俄罗斯民族历史、现实和精神境界的探索。从彼得堡到莫斯科的旅行,象征着俄罗斯在现代化道路上的挣扎和选择,以及在传统与现代之间的挣扎。而从莫斯科到彼图什基的流浪,则是对精神彼岸的探索,是对永恒真理的追求和对现实世界的否定。

另外,在精神流浪的结构模式中,还展现了"在醉与醒之间"的精神状态。这种状态不仅仅是对现实世界的逃避,更是对永恒真理的一种触摸。《从莫斯科到彼图什基》中主人公的酒醉和清醒之间的转换,寓意着人类在生死边缘的徘徊,以及对生命和存在的思考。这种"醉"不仅是对世俗的逃避,更是对精神境界的一种探索。

总的来说,俄罗斯文学中的圣徒题材所展现的诗学范式,既是对宗教历史的再现,更是对俄罗斯民族文化和精神的诠释。这种诠释既体现在作品对于圣徒形象的塑造上,也体现在对于流浪和精神境界的探索上。这些作品不仅仅是文学作品,更是对俄罗斯文化和民族精神的一种表达和传承。

二、俄罗斯文学"彼得堡—莫斯科"题材

"彼得堡—莫斯科"题材在俄罗斯文学中是一座桥梁,跨越着历史与现实、传统与现代的差异,反映了俄罗斯现代化进程中两座城市的文化特点与发展轨迹,揭示了俄罗斯民族内在的矛盾与文化融合,同时也

呈现了作家们对于这两座城市文化象征的深刻思考和描绘。

（一）"彼得堡—莫斯科"题材及诗学范式的一般界说

"彼得堡—莫斯科"题材文学是俄罗斯文学中的一个重要分支，承载着丰富的历史内涵和文化意蕴。这一题材的诗学范式不仅体现在作品的城市意象和形象模式上，还在表现手法、叙事结构以及角色塑造等方面有着自己的特点。

首先，作品中的城市意象反映了彼得堡和莫斯科作为两座城市的文化差异和历史传统。彼得堡常被描绘为现代化的象征，充满工业化和西方化的气息，而莫斯科则常被赋予更多的传统和东正教的色彩，代表着俄罗斯的历史和文化传统。这种对比凸显了俄罗斯现代化进程中传统与现代、东方与西方之间的冲突和融合。

其次，诗学范式还体现在作品的叙事结构上。一些作品采用了交叉叙事或对比叙事的方式，通过彼得堡和莫斯科两个城市的对比来展现俄罗斯社会的多样性和矛盾性。同时，一些作品也通过人物的命运和情感经历来反映彼得堡和莫斯科两座城市的不同面貌和文化氛围。

最后，角色塑造也是诗学范式的重要组成部分。作品中的人物往往代表着不同的社会阶层和文化背景，通过他们的生活经历和情感表达，展现了彼得堡和莫斯科两个城市的社会结构和文化氛围。有的人物可能在两个城市之间往来，体验到了不同的生活和文化，从而反映出这两座城市的差异和联系。

综上所述，"彼得堡—莫斯科"题材的诗学范式不仅包括城市意象和形象模式，还涉及叙事结构、角色塑造等方面，通过对这些方面的研究和分析，可以更深入地理解俄罗斯现代化进程中的文化变迁和历史演变。

（二）"彼得堡"题材城市意象及形象模式

1."彼得堡"城市意象

彼得堡作为一个象征着现代化与西方化的城市，在俄罗斯文学中扮演着重要角色。从不同作品中可以看出，彼得堡的城市意象呈现出多样化的特点,包括"影子之城""罪恶之都"和"孤独的英雄之城"。

首先,作品中常常将彼得堡描绘为一个"影子之城"。在安德烈·别雷的小说《彼得堡》中,这座城市被描绘为一个虚幻而不稳定的地方,仿佛是一座没有实体的"影子之城"。这种意象源于彼得堡建立在沼泽地上的现实,以及在现代化进程中所受到的种种冲击和挑战。在作品中,彼得堡的物质化身不断被钢筋水泥取代,城市的生命力似乎逐渐凝固成了一种冷酷的存在,使彼得堡成了一个虚幻的梦境。

其次,彼得堡也常被描绘为一个"罪恶之都"。这一意象部分源自《圣经·旧约·创世纪》中关于所多玛城的故事,将罪孽深重、肮脏污秽的城市与所多玛相提并论。在俄罗斯文学中,彼得堡常被描绘为一个充斥着社会不公、道德沦丧和人性扭曲的地方。果戈理的《外套》和陀思妥耶夫斯基的《罪与罚》等作品中,都刻画了彼得堡底层小人物所经历的悲惨命运和无尽苦难,展现了城市的阴暗面和社会的不公。

最后,彼得堡也被塑造为一个"孤独的英雄之城"。在第二次世界大战期间,彼得堡(列宁格勒)遭受了德军长达900天的围困,但最终当地人民以坚韧和勇气战胜了敌人。这场战斗使彼得堡成为俄罗斯人民坚强意志和英雄精神的象征。恰科夫斯基的《围困》等作品栩栩如生地再现了这一历史事件,表现了彼得堡人民在困境中的顽强拼搏和不屈精神。

综上所述,彼得堡的城市意象在俄罗斯文学中呈现出多重特点。既有虚幻和冷酷的一面,也有罪恶和不公的一面,更有坚忍和英雄的一面。这些意象丰富了俄罗斯文学的表现力,同时也反映了彼得堡这座城市在现代化进程中所面临的挑战和命运。

2. 形象模式:"青铜骑士"

"青铜骑士"在俄罗斯文学和文化中具有深远的象征意义,代表着彼得堡这座城市的历史和文化遗产。普希金的叙事长诗《青铜骑士》为这一形象奠定了基础,将彼得大帝塑造成了一个改革者和民族弥赛亚的象征。这些不同的形象模式在不同的文学作品中得到了展现。

首先,作为改革者的形象。彼得大帝被描绘成一个伟大的改革者,他努力将俄罗斯带入现代化的轨道。在阿·托尔斯泰的《彼得大帝》中,彼得大帝被赞誉为一个使国家跻身于西方文明进程中的伟大改革者。[①]这一形象强调了彼得的坚强性格和创新精神,将他视为俄罗斯历史上的重要人物。

其次,彼得大帝也被描绘成一个敌基督者的形象。在一些文学作品中,他被视为上帝的叛逆者,代表着恶和叛逆的一面。在梅列日科夫斯基的作品《基督与敌基督》中,彼得大帝被视为"反基督"的化身,这一形象凸显了他在俄罗斯文学中被贬抑的一面,表达了一部分人对他的不满和批评。

最后,彼得大帝还被描绘成一个民族弥赛亚的形象。他被视为俄罗斯民族的拯救者,代表着俄罗斯的特殊使命和命运。在西蒙斯的作品《青铜骑士》中,彼得大帝被塑造成民族弥赛亚式的人物,他的改革被视为必然的历史进程,为俄罗斯的发展和进步做出了重要贡献。

总的来说,彼得大帝作为"青铜骑士"的形象在俄罗斯文学中扮演着多重角色,代表着彼得堡这座城市的复杂历史和文化,反映了不同时期人们对他的不同评价和理解。

(三)"莫斯科"题材的城市意象及形象模式

1."莫斯科"城市意象

莫斯科作为俄罗斯的心脏,承载着丰富的历史和文化内涵,从古至今,它一直是文学作品中的重要主题。在文学作品中,莫斯科不仅是一个地理位置,更是一个象征,代表着俄罗斯的民族精神、传统文化以及对未来的希望和追求。

首先,我们可以从《彼得大帝》中看到莫斯科作为"第三罗马"的意象。这部作品通过季诺维耶夫,表达了对莫斯科作为俄罗斯传统精神的集中体现的理解和赞美。这种观念源于俄罗斯普斯科夫修道院长老费洛非伊的说法,将莫斯科视为继罗马和君士坦丁堡之后的"第三罗马",是基督教信仰的守护者。这一理念激发了俄罗斯人的民族自豪感和大国情怀,成为俄罗斯文化和思想的核心。

其次,莫斯科也被描绘为"大墓地",这一形象在恰达耶夫等作家的

---

① 朱雯.阿·托尔斯泰和他的《彼得大帝》[J].上海师范大学学报(哲学社会科学版),1986(01):1-8+48.

作品中得到了体现。他们将充满陈腐宗法制度的莫斯科视为死亡之城,认为专制统治和残暴的统治方式使俄罗斯无法前进,只能停滞在狭隘的现实中。这种观点反映了对俄罗斯社会和文化落后的担忧,以及对专制统治带来的负面影响的不满。

最后,莫斯科也被赋予了"凤凰城"的象征意义。在经历了多次灾难性的大火之后,莫斯科不断重建,象征着俄罗斯民族的生命力和重振雄风的可能。这一形象在文学作品中得到了广泛的传颂和赞美,成为俄罗斯文学中的一个重要主题。作品《十二月党人诗选》和格林卡的爱国主义诗篇,都表达了对莫斯科的敬意和赞美,将其比作勇敢的战士,在经历了种种挫折后,仍然坚强地站立在那里。

综上所述,莫斯科在文学作品中被赋予了丰富的象征意义,代表着俄罗斯的传统、文化和民族精神。无论是作为"第三罗马""大墓地"还是"凤凰城",莫斯科都是文学作品中不可或缺的角色,反映了俄罗斯人对于国家和民族命运的思考和探索。

2. 形象模式:"伊凡雷帝"

在俄罗斯文学中,伊凡雷帝这一形象模式具有重要的象征意义,代表着专制统治下的强权者和严厉的父亲形象。这种形象在文学作品中得到了广泛的塑造和表现,反映了俄罗斯社会和文化的特点以及对权力的理解和认知。

首先,伊凡雷帝被描绘为一个强权者。作为俄罗斯的第一位沙皇,他对权力的渴望和追求是无与伦比的。他认为自己是"第三罗马"的继承者,是新罗马的君主,这种观念体现了其对俄罗斯大国地位的追求和自豪。在文学作品中,伊凡雷帝的统治被描述为充满专制的力量,他通过一系列政治改革和权力集中措施,将国家大权牢牢地掌握在自己手中。作家特罗亚的历史小说《一代暴君——伊凡雷帝》详尽地描绘了他对权力的追求和维护,以及对反对势力的镇压和打击。

其次,伊凡雷帝也被塑造为一个严厉的父亲。在俄罗斯的传统观念中,沙皇被视为人民的"小父亲",拥有与上帝同等的权力。因此,伊凡雷帝在文学作品中常常被描绘为一个严厉而又强势的父亲形象。他对儿子的严厉教育和管束体现了他对权力和纪律的高度重视,也反映了他对家族和国家利益的忠诚和担当。在维·弗·叶罗菲耶夫创作的小说

《好的斯大林》中,斯大林被塑造成一个神与人、善与恶并存的形象,他对下属的关怀和严厉体现了他作为一个"严厉的父亲"的特质。

综上所述,伊凡雷帝这一形象模式在俄罗斯文学中具有重要的意义,代表着专制统治下的强权者和严厉的父亲形象。通过对这一形象的塑造和表现,文学作品反映了俄罗斯社会和文化的特点,以及对权力和纪律的理解和认知。

三、俄罗斯文学知识分子题材

俄罗斯文学中的知识分子形象涵盖了反抗者与持守者、思想家与理想主义者、颓废者与失落者以及流亡者与异乡人等形象集群。这些形象反映了知识分子在俄罗斯现代化进程中的心路历程和思想追求,同时也凸显了文学作品对社会变革、道德困境和个人命运的深刻关注。通过对这些形象的研究和归纳,我们可以更全面地理解俄罗斯文学对知识分子问题的反思与表达,及其在探索现实与理想、个人与社会关系等方面的独特价值和意义。

(一)"与时代错位的人"形象集群

俄罗斯文学中有许多被称为"与时代错位的人"的形象集群,包括"多余人""地下人"和"当代英雄"。这些形象集群在俄罗斯文学中扮演着重要角色,反映了知识分子在不同历史时期所面对的困境和挑战。

首先是从"多余人"开始。这个形象最早出现在屠格涅夫的作品中,后来被用来指称具有类似奥涅金性格、气质和命运特征的贵族知识分子。[①]这些人受到西方"现代性"启蒙,但又难以与民众结合,导致他们在俄国社会中处于一种无根基状态。如奥涅金试图改革、皮却林在冒险中探索、罗亭的思想启蒙等,但由于时机未到,改革难以实现。他们的悲剧在于先验思想与时代的错位,感到被世俗孤立,无法摆脱被主流社会排挤的宿命。

其次是"地下人",这个形象在陀思妥耶夫斯基的《地下室手记》中得到了表现。他们是在"现代性"视域下反驳自由、理性及所有社会规

① 　王成鹏.痴傻世界的边缘人——试论商晚筠小说《痴女阿莲》中的阿莲之"边缘性"[J].名作欣赏,2017(08):76-78.

约"合法性"的知识分子。他们的行动和思考只能在"地下"秘密进行，是与主流意识形态对抗的种子。他们的悲剧命运在于强烈的意识感赋予了他们强烈的意志，但这种意志又引发了他们的颠覆社会意识形态的"非理性"冲动。

最后是"当代英雄"，这一形象在莱蒙托夫的代表作《当代英雄》中开始出现。他们是桀骜不驯、敢于反抗至尊、颇具"恶魔"气质的人物形象。[①]他们的出现有着西方个人主义和自由主义的思想基础，但在俄罗斯专制政体中，他们渴望自由、叛逆规约。然而，他们内在精神生命孱弱且缺乏传统道义上的"神圣"，在追求自由的过程中试图以恶制善，但最终陷入道义与理性的不和谐之中。

这些形象在俄罗斯文学中通过不同的作品得到了生动表现，如奥涅金、陀思妥耶夫斯基的作品，以及莱蒙托夫的《当代英雄》等。他们的命运悲剧在于他们的精神气质和所秉持的价值观念与时代的错位和偏离，以及个人主义与制度之间的矛盾。这些形象的存在使俄罗斯文学得以深入反思社会现实和人性困境，展现了知识分子对于社会问题的痛苦思索和无奈。

（二）"父与子"形象集群

"父与子"形象集群源自屠格涅夫的著作《父与子》，在学术上被用来探讨俄罗斯现代化进程中传统与现代价值冲突的问题。其中，"父"象征着俄罗斯传统文化或守旧的观念，"子"则代表着西方现代社会思潮或进步的态度。这一集群生动地展现了俄罗斯知识分子群体在历史变迁中的思想斗争与冲突。

而在别雷的《彼得堡》中，则反映了19世纪末20世纪初俄罗斯知识分子政治与使命之间的矛盾。这些作品揭示了俄罗斯知识分子在社会变革中所扮演的角色和其内在冲突。

此外，"父与子"形象集群还体现了俄罗斯知识分子群体在历史进程中的不同立场和思想倾向。例如，"新人"形象代表着具有高尚品德和乌托邦构想的文化精英，致力于社会变革和自我完善；而"群魔"形

---

① 傅星寰，刘丹. 俄罗斯文学知识分子题材形象集群及诗学范式初探[J]. 外语与外语教学，2010（03）：80-83+87.

象则象征着受到西方思潮影响而走向极端的知识分子,对传统文化持怀疑态度,甚至表现出极端利己主义的倾向。

"疲倦的老人"形象则反映了知识分子群体在现代化进程中所面临的精神困境和道德迷失。这些知识分子已经失去了对传统文化的信仰和责任感,变得消沉和无所作为。

总体而言,"父与子"形象集群是俄罗斯文学中的重要主题,它呈现了知识分子群体在社会变革中的角色与命运,以及他们在传统与现代、东方与西方之间的思想斗争和选择。

四、俄罗斯反乌托邦文学题材

乌托邦思想在俄罗斯的根源确实可以追溯到古代,反乌托邦则是对现实的一种批判,尤其在现代社会中,随着科技和理性的发展,它们的对立和相互影响更加显著。俄罗斯反乌托邦文学的发展也是历史和文化的必然结果,它在不同的历史时期表现出不同的形态,但都传达了俄罗斯特有的末世情绪和文化传统。

（一）资本主义的乌托邦

资本主义的乌托邦思想,尤其在俄罗斯文学中,反映了对西方资本主义工业文明的文化批判。从 19 世纪开始,这种思想就贯穿了俄罗斯的文化传统,表现出对整个世界的终极关怀和对人类道德自我完善的期许。这种乌托邦思想不仅关注个体的独立和自由,更致力于实现人与人、人与自然的和解与友爱。

在反乌托邦文学中,资本主义乌托邦题材凸显了资本主义制度的缺陷和对人类生存状态的警示。作品如符·奥陀耶夫斯基的《无名城》和《最后的自杀》,尼·费奥多罗夫的《2217 年的夜晚》,瓦·勃留索夫的《地球》和《南十字架共和国》,都揭示了资本主义制度下人类的异化和精神困境。[①]

首先,这些作品反对了功利主义。在资本主义社会中,追求物质利

---

① 傅星寰,贾德惠.“现代性”视阈下俄罗斯反乌托邦文学题材辨析 [J].俄罗斯文艺,2010（01）：18-27.

益成为普遍价值,拜金主义和功利主义侵蚀了人们的灵魂,导致人们丧失了对精神文化的追求,而将生命的价值局限于物质追求。例如,《无名城》描述了一个在功利主义原则上建立的城市,其中人们只关注最大化的物质幸福,最终导致了社会的战争和毁灭。

其次,这些作品质疑了理性与秩序。《2217年的夜晚》中描绘的城市被巨大的玻璃罩围困,生活被统一管理,人们丧失了个性和自由,成为冰冷的"机器"。同样,《南十字架共和国》和《地球》中的故事也展现了对自由生活、家庭和人际关系的剥夺,以及对思想文化传播领域的控制,导致了人们的思想疾病和暴力反抗。

最后,这些作品通过对资本主义制度的批判,引发了对现代性的反思。现代性在西方被视为经济、政治、社会发展的共同特征,但这些作品却揭示了现代性给人类带来的灾难和精神困境。因此,它们呼唤着对现代社会的深刻反思和对人类生存方式的重新思考。

(二)极权主义的乌托邦

在探讨极权主义的乌托邦的主题时,俄罗斯文学作品提供了深刻而引人深思的案例。扎米亚京的《我们》以及《岛民》和纳博科夫的《死刑邀请》等,都展现了极权主义对个体自由、幸福和人性的摧残。

首先,这些作品质疑了绝对理性的合理性。在极权主义的体制下,对理性的过分追求往往导致对个体权利的剥夺和对人性的忽视。《我们》中描述的大一统王国就是一个典型的例子,国家通过严格的规定和控制,将理性带入了极端。建筑、教育、社会生活等都被科学化、数理化,个体的自由和创造力被严格限制,导了人类的思想和精神受到严重束缚。这种对绝对理性的过度追求,最终导致了对人性的践踏和对个体自由的摧毁。

其次,这些作品探讨了自由与幸福的悖论。在极权主义的体制下,个体往往被迫在自由与幸福之间做出选择。《我们》中通过亚当与夏娃的故事,揭示了自由与幸福无法调和的矛盾。在大一统王国中,号码们虽然看起来"幸福",却是在丧失了自由的前提下获得的。这种自由与幸福的悖论,反映了极权主义体制对个体权利的剥夺和对集体利益的偏重。

最后,这些作品否定了个体的价值。在极权主义的乌托邦中,个体往往被视为集体的一部分,个人的意志和欲望被置于集体之下。《我们》

中的号码们失去了个体身份,只能以集体的身份存在,个人的自由和尊严被彻底否定。这种对个体的否定导致了社会的僵化和个人的精神困境。俄罗斯文学作品通过对这些主题的深入探讨,向读者展现了极权主义体制的弊端和对人类生活的严重威胁,呼吁人们保护个体权利,追求真正的自由和幸福。

(三)技术的乌托邦

工业革命的胜利带来了巨大的变革,但也引发了人类与自然之间的紧张关系。机器的问世打破了过去人类与自然和谐共生的模式,仿佛一座巍峨的高山横亘在两者之间。科学技术的发展不仅让人类能够征服自然,也使人类自身受其控制。尽管科技解放了人类,却也以新的形式束缚了人类。人们渴望利用科技的力量改变和掌控自然,却往往忽略了科技所带来的双重影响。在人们对科技进步抱有美好期望的同时,他们也逐渐意识到,科技已经改变了人类和自然的本质。面对这些令人不堪的后果,人们开始反思人类与自然之间的关系,以及智慧与科技的边界应该如何限定。技术的乌托邦,正是俄罗斯思想家从宗教伦理的角度对于现代社会科技过度发展和滥用所引发的灾难提出的警示和劝诫。这些思想体现在布尔加科夫的《孽卵》和《狗心》,托尔斯泰娅的《野猫精》,以及尤里·科兹洛夫的《夜猎》等作品中。这些作品深刻反映了科技发展可能带来的负面影响,警示人们不要盲目追求科技进步,而是应该审慎对待,寻求一种更加可持续和人文的发展方向。这类作品通常涉及以下主题。

1. 生态危机

生态危机是由科技过度发展引发的,这一现象引起了俄罗斯民族的末日危机感。在思考以科学技术为现代社会标志的问题时,俄罗斯作家们普遍关注环境、资源以及人类生存等议题。他们对科学技术进步导致的生态危机持怀疑态度,认为科技的片面发展和无节制使用将对人类造成新的奴役,并对自然界造成破坏,从而导致人类文明的倒退。随着能源资源的日益枯竭,核技术的应用越来越普遍。面对切尔诺贝利核事故的悲剧重演以及核武器毁灭地球的威胁,尤里·科兹洛夫以他丰富的想象力和合理的推测力,描绘了一个恐怖的未来景象:地球遭受严重的核辐射,所有细菌和微生物瞬间灭绝。在核污染下,动物发生变异,物种数量减少,水域只剩下一种畸形的鱼类,被称为魔鬼鱼,陆地上则出现一种变异的大老鼠,被称为"野兽",环境糟糕到令人触目惊心的地步。作家们敲响警钟:由自身创造的文明可能会毁灭自己,这可能是人类等待的终极命运。这些作品深刻地揭示了科技发展的阴暗面,警示人们要谨慎对待科技的发展,并思考其潜在的危险性。

2. 人的异化

科技发展的初衷是更好地服务人类,但最终可能导致人类自身的异化。科技的发展不仅会对自然环境造成破坏,也会对人类自身产生负面影响。在自然受到破坏后,人类面临着直接的反作用,比如战争给人类带来的直接伤害。然而,一些作品如《野猫精》所展示的则是人类在生物和心理层面异化的更加可怕的后果。在这些作品中,描述了大爆炸后出生的人都带有不同的后遗症,包括身体异变和精神上的问题。即使没有明显的后遗症,老年人也可能出现诸如粉刺从眼睛冒出、胡子从不起眼的地方生长直至膝盖边,甚至鼻孔从膝盖上钻出的情况。《夜猎》中描述的动物变异让人毛骨悚然,如果人类也发生变异,我们无法想象世界将会变成怎样。作品中还描绘了叶列娜无法生育的悲哀,她和其他人一样,受到核辐射的影响,无法传宗接代,只能依赖科技来繁衍后代,但X射线繁育的人同样也失去了生育能力。科技的过度发展不仅会导致身体上的异变,更会导致人类精神上的异化。在现代社会,人们过度崇尚工具理性,导致传统价值理性的丧失和对传统美德的遗忘。在进步、权力、金钱和利益的诱惑下,人们变得自私、虚伪和冷漠。在作品中,人们要么追求权力,要么追求金钱,感情变得冷漠,美德丧失殆尽。《野猫精》更进一步展现了现代人的精神荒原:知识匮乏、情感冷漠,甚至失去了做人的根基。这些作品旨在提醒人类,受到工具理性的影响,人类可能逐渐异化为没有情感的动物,甚至是钢铁的机器。到那时,人类可能只能面对厮杀和毁灭。

这些作品深刻反映了科技发展过程中可能带来的负面影响,警示人们不要忽视技术的潜在风险。同时,它们也呼吁人们审视科技发展的道路,寻求更加可持续和人文的发展方向,以避免人类陷入技术的乌托邦。

（四）末世乌托邦

《圣经》中对基督的二次降临和千禧年愿景的描绘，在基督教世界中引发了普遍的期待和信仰。这种期待在东正教思想中体现为末日论思想、千年王国学说以及弥赛亚情结，在俄罗斯民族中更为强烈。

列·尼·安德烈耶夫的《撒旦日记》（1919）、托尔斯泰娅的《野猫精》（1986—2000）、尤里·科兹洛夫的《夜猎》（1995）等作品，通过对人性、自由和信仰的思辨，最终得出结论：屈服于恶的诱惑的人类，将无法在历史进程中等待千年王国的降临。这种结论反映了对人类信仰和道德困境的深刻反思，提出了对于现实世界中困境和挑战的理性思考。

1. 人性叩问

在对人性的探讨中，俄罗斯作家们进行了对于人性本质的深刻反思。尽管俄罗斯宗教哲学认为人具有神性的潜质，但这一神性的实现前提在于对基督教的信仰和生活方式的遵循。然而，在当代物欲横流的社会中，人性的神性往往被埋没。作家们认为，充满欲望的人类本质上是恶的，其内在充满了贪欲和惰性。

尽管人类渴望幸福并期待未来，但往往缺乏对实现幸福的行动。他们更倾向于相信虚假的承诺，而不愿意在没有明确承诺的世界中努力。人类的理性在这一过程中变得无效，成为一种华丽而无用的表象。作家们指出，人类不断陷入自欺与狂热之中，其固有的缺陷和弱点似乎注定了他们无法在当下实现理想中的"千年王国"。

2. 自由幻灭

在末世乌托邦的文学作品中，作家们深刻反思了自由的悖论和幻灭。自由作为一种理想，常常被视为乌托邦社会的核心要素之一，然而这些作家认为，真正的自由在人间无法实现，因为自由本身就存在着一种悖论。

在作品中，人们受到各种形式的约束，无论是来自专制政权的压迫还是集权统治的束缚，都导致了个人的自由受到限制。然而，作家们指出,即便是在解放后的社会,自由依然是一个虚幻的概念。个人的自由往往与他人的自由相冲突,而且自由的追求往往伴随着巨大的牺牲和代价。

在《夜猎》和《撒旦日记》等作品中,作家们得出了一个惊人的结论:追求自由等同于追求死亡。这一论断表明,追求自由的过程中充满了挑战和牺牲,而最终实现真正的自由似乎只有通过死亡这个途径。因此,作家们认为,自由的幻想是不切实际的,美好世界中充满自由的想象也只是一种幻觉。

3. 信仰失落

在现代社会,人类的信仰逐渐失落,这导致了一种普遍的迷茫和幻灭感。信仰给人的生命带来了意义,而人类的文明则需要信仰的支撑来寻求理性的归途。然而,在现实世界中,人们被物欲困扰,亲历战争的残酷后,他们的信仰却变得疲惫和虚弱。末世乌托邦小说展现了这种信仰失落后的迷茫感。在《撒旦日记》中,主人公"撒旦"经历了信仰的破灭,感受到了无法言喻的痛苦。即使还有人在寻求着上帝,也失去了以往的坚定,变得迷茫和困惑。这些作品真实地反映了人们信仰世界的真实困境。

20世纪是一个充满变革和战争的时期,俄罗斯经历了多次革命和战争,政治和意识形态的更迭也让人们信仰的方向变得摇摆不定。对"千禧年"的乌托邦的期待使人们不断尝试着各种"人间天国"的方案,却不断地陷入幻灭和冷感之中。20世纪后期,全球进入了后消费主义时代,物质富足的同时,人们精神上却呈现出了空虚和荒凉:信仰失落、道德沦丧。末世乌托邦小说的作者们从宗教的视角描绘了人们在信仰和神性丧失后的迷茫。

然而,尽管作品中充满了消极悲观的情绪,作者们依然展现了对美好的向往和对上帝的渴望。这种向往和渴望显示了俄罗斯反乌托邦文学的"民族化"特征,一种对美好的虔诚追求。人们渴望与上帝相遇,寻找灵魂的归宿,这不仅是对神性的追求,也是对人性本真的探索。俄罗斯人民不仅仅是在等待历史的"新天新地",更希望通过内在的变革和对上帝的接近来到达"人间天国"。

第二节　俄罗斯文学的风格

一、俄罗斯文学风格研究的历史回顾

俄罗斯学术界对文学风格的研究和探讨在 20 世纪 50 年代以后逐渐形成了一个新的高潮,尤其是在 60—70 年代,俄罗斯出版了许多研究这一课题的力作。因此,我们通过对俄罗斯文学风格理论的历史回顾,分 50 年代以前和 50 年代以后这两个阶段来加以阐述。

（一）20 世纪 50 年代以前的风格理论

18 世纪以前的俄罗斯文学,受宗教的影响很深,真正称得上文学的作品很少;另外,关于民族语的语言学尚未形成。因此,风格问题还被淹没在体裁、流派等问题之中。17—18 世纪,文学中感伤主义、浪漫主义的形成与发展,促成了文学的自觉意识。一些学者借鉴欧洲其他国家语言学研究的成就,开始建立俄语文学。在这样的背景之下,罗蒙诺索夫提出了俄语修辞的"三品说"。他在《关于俄语宗教典籍的益处》的前言中指出:"正如人们的语言所反映出的各种事物在其重要性上不同一样,俄罗斯语言通过在宗教典籍中的运用而表现出规范上的差别:高品、中品和低品。"以此为出发点,他认为用俄语写成的各种体裁的文章也分为三种不同的风格:高雅的风格包括英雄史诗、颂歌、悲剧等;中雅的风格,包括友人间的诗体书信、牧歌、哀诗等;低俗的风格则包括喜剧、讽刺短诗、友人间的散文体书信、日常琐事的记述等。在这里,罗蒙诺索夫区别的基本上是文体、体裁,其依据主要是语言的修辞色彩。这一修辞学风格论在本质是文体论。他的思想对后来的语文学产生了重要影响。

19 世纪时,人们发展了罗蒙诺索夫的思想,不仅探讨了语言手段的色彩,并且扩展到表达的"方式""形式"等方面。据著名美学家洛谢夫提供的总结性材料,分别于 1822 年、1878 年、1886—1887 年出版的《俄罗斯科学词典》等权威性工具书对风格的释义是:风格即文笔,是"用词语组织、写作或表达思想的方式",艺术风格是"某流派、艺术家表现思想的特征";风格是"讲话的方式、语言中词语的分布方式……某流派或艺术家认识或表现的形式"。这里有两点很值得注意:其一是强调某流派或艺术家个人的特点;其二是强调创作主体的表现方式,视风格为表现方法,这就从文体论转入了具有现代意义的风格论。另外,19 世纪出现了别林斯基、赫尔岑、车尔尼雪夫斯基、杜勃罗留波夫等著名文艺评论家,他们从文学与现实生活、作家与文学创作以及文学创作的一般规律等角度探讨了文艺学的各种重要课题。他们十分重视风格研究,但很自然地强调风格同作家个人艺术特点的密切联系,关注的是作家的创作个性。别林斯基在论述莱蒙托夫的《当代英雄》时指出:风格"绝不单是写得流畅、文理通达、文法无误的一种能力",风格"指的是作家的这样一种直接的天赋才能,他能够使用文字的真实含义,以简洁的文辞表现许多含义,能寓简于繁或寓繁于简,把思想和形式密切地联系起来,而在这一切方面打上自己的个性和精神的独特印记"。在这些关于风格的论述中,别林斯基对作家创作个性的强调是很明显的。而对风格的这种理解,在古典作家和评论家的见解中颇具代表性。

20 世纪初,俄罗斯文坛更出现了作家辈出、流派纷杂的局面,风格问题也一度成为人们关注的热门话题。这方面,形式方法论的文论家们的论述最为突出。他们把文学作品看作一个形式的系统,认为文学风格也是一个表现手段的体系。日尔蒙斯基在 1910—1920 年出版的《百科词典》中对风格的阐释是:风格指"某作品、作家、文学流派或时代所特有的艺术手段的体系"。他还将风格同修辞进行了区分,认为修辞指的是语言手段,修辞学是语言学的一部分;而风格不仅包括语言手段,而且包括其他要素,如情节手段等。

此外,在 20 世纪 20—40 年代,维诺格拉多夫从修辞学角度分析了普希金、果戈理、陀思妥耶夫斯基、卡拉姆津、叶赛宁、阿赫玛托娃等作家、诗人作品的风格,他写了《关于文学风格的理论》(1925)、《诗语理论的建立》(1926)等论文和专著《论艺术散文》(1930),从理论上初步阐述了修辞学的风格理论。但他的修辞学风格理论的完成则是 20 世纪 50 年代以后的事情。

（二）20世纪50年代以后的风格理论

　　20世纪50年代以后，俄罗斯学术界出现了探讨文学风格的热潮。50年代末至60年代中期出现了许多关于文学风格的重要著述。具有代表性的是：维诺格拉多夫的《论文学语言》（1959）、《作者问题和风格理论》（1961）、《修辞学·诗语论·诗学》（1963），洛谢夫的《古代美学史（早期古典主义）》（1963），季莫菲耶夫的《苏联文学：方法，风格，诗学》（1964），科学院版《文学理论》第三卷（1965），科瓦廖夫的《苏联文学中的风格多样性》（1965），拉尔明的《艺术方法和风格》（1964），利哈乔夫的《古俄罗斯文学的诗学》（1967），等等。20世纪60年代末至70年代，关于风格问题的著述不仅为数众多，而且开拓了新领域、新视角，更具有理论形态。比较重要的有：索科洛夫的《风格理论》（1968）、契切林的《思想与风格》（1968）、波斯别洛夫的《文学风格问题》（1970）、赫拉普钦科的《作家的创作个性和文学的发展》（1970）、维诺格拉多夫的《关于艺术语言的理论》（1971）、科学院版的论文集《社会主义现实主义的艺术形式问题》（两卷，1971）和《文学风格的更替》（1974）、波利亚科夫的《诗学和艺术语义问题》（1978）等。20世纪70年代中期至80年代初，科学院陆续出版了四卷本论文集《文学风格理论》（1976—1982），入选论文涉及面十分广泛，是对50年代以来风格问题的探讨做了一个总结。1979年出版了巴赫金的文集《语言创作的美学》，1988年在《文学学习》杂志的第1、第4、第5期上刊载了洛谢夫于70年代写成的《关于风格学历史的几个问题》一书的片段。也是在这一年，鲍列夫的《美学》出了第四版。所有这些都是研究风格问题的重要参考书。从以上情况可以看出，近半世纪中苏俄的文学风格理论研究，无论在广度还是在深度上都获得了巨大发展，取得了令人瞩目的成绩，标志着这一重大文学理论的日益成熟。

　　纵观当代俄罗斯的文学风格研究，大致可以分为文艺学、语言学、美学和艺术学等。它们对风格的基本看法，因侧重不同而颇有歧义。

　　从文艺学角度探讨风格问题，主要有巴赫金、波斯别洛夫、利哈乔夫和赫拉普钦科。巴赫金认为，艺术作品包括内容、形式和材料三个部分，而对风格的理解应该是"把加工和完成主人公及其世界的手法以及受其制约的加工和调整（内在地克服）材料的手法，合称为风格"。波斯别洛夫把文学风格视作"(包括细节描写、布局、语言在内的)艺术描绘和表现上的所有原则的完整统一体。这一统一体与民族文学的一定历史发展时期所必然产生的作品思想内容的特色完全相适应,并一再重现于某一流派的某个或某些作家的创作中……"并且明确指出:"艺术作品的内容不包括在风格之中,但由风格表现出来。风格是艺术内容的表现。"从"crwm(风格)"一词的语源上看,它也是指作品形式的特征,因此,"风格是艺术形式的特征"。利哈乔夫突出了风格的审美意义和审美价值,他指出:"风格——这不仅是某些形式特征的集合,不仅是决定形式特征的思想体系,而且是风格本身在历史上和艺术史上所占的位置",风格"不是语言形式,而是把作品所有内容和所有形式联合起来的审美准则"。赫拉普钦科认为文学风格同作家的创作个性关系密切,后者表现在他的风格之中,"作家个人风格是文学过程的一个重要环节",而风格其实就是作家"形象地把握生活的表现方法,就是说服和感染读者的方法"。他认为,在作品中存在着一个风格组织:"在艺术创作的风格组织中,表现出的不仅有形式的独特性,而且有内容的独特性。我们常常称为形式的那些东西,如艺术语言、情节、结构、韵律等因素,在一般意义上是属于风格的,但是,除此之外,它还包括揭示思想和主题的特征、描绘主人公的特点、艺术作品的情调因素。"在作品中,风格组织的作用便是组织创作素材、表现客体和增强说服力、感染力。可见,照赫拉普钦科看来,风格是作家独特的表现方法和感染方法所组成的体系,它帮助作家组织生活素材、形象地把握生活和说服感染读者。

运用语言学修辞学——语言理论研究文学风格问题,代表作家是维诺格拉多夫。在晚年,他对自己多年来研究具体作品风格的成果作了理论上的总结,提出了一套比较系统的修辞学文学风格理论。他认为文学风格主要是指作家个人风格,应该通过研读文学作品的修辞结构,揭示作家的个人风格特色。"文学修辞学的目的:就是通过相关的分析来揭示出文学作品的风格结构的规律和手法,来确定作家个人风格、文学流派、文学作品建构体系的个性化特征。"[①] 在作品中,风格是一个语言表现手段的体系,是修辞手段的系统;在这个整体中,存在着一个修辞的核心——作者形象,它也是作品风格的核心。这个核心包括两个方面,一是体现在作品中的作家对所描绘的现实的态度,二是作品中所包含的

---

① 李懿.普希金对阿赫玛托娃的影响[D].北京:首都师范大学,2009.

作家对民族语的态度。维诺格拉多夫从修辞学角度出发，围绕着作者形象这个核心，提出了一种理论上比较贯通，实践上具有可操作性的修辞学风格论。

还有一些学者从艺术学和美学的角度探讨文学风格。这方面的代表人物有洛谢夫、鲍列夫、索科洛夫等人。洛谢夫认为风格"应是一个整体，但这个整体却不妨碍它的要素的无限多样性，因为它表现为同现实对称的全部美学目的性"。鲍列夫认为风格是"基因束"。他写道："在艺术上，风格——这不是形式，不是内容，也不是它们在作品中的统一。……风格却又属于形式、内容，而且存在于它们的统一体中。'形式'和'内容'属于基因，这些基因影响着实体的组织，它的个性的、种的和类的特征，它整体的类型。风格是文化的'基因束'，它决定着文化整体的类型。"他接着又说，风格是"所有元素对其中心的倾向性，是作品的向心力"，是"艺术世界的组织原则"。在鲍列夫对风格的界定中，不难看出其对审美特性和艺术组织规律的重视；他还从文化学的角度，考察了风格的功能，即表现艺术家对现实的态度，决定艺术的本体存在，保障艺术作品同其他艺术作品及文化的关系，实施审美感染等。索科洛夫从一般艺术论出发，将风格定义为"艺术法则"，他指出："作为美学现象的风格，首先是它的所有因素都遵循某种艺术法则，这种艺术法则联结这些因素，使其具有整体性并使风格体系各元素成为必要。"

二、俄罗斯文学风格的结构

风格是可以言传的，因为可以用实实在在的方法把握它的具体内容。我们觉得这就是结构—功能分析法。风格这种综合的审美品格，是多种风格要素相互作用的结果，在作品中表现为一个独特的表达体系。这犹如人的品格是由他的禀性气质、道德修养、才能专长、人生观和世界观等各方面因素形成的人品结构一样。因此，认识风格的第一步，我们应把审视的目光投向风格本身的结构。

风格作为完整的表达体系，存在于作品之中，而文学作品众所周知也是一个结构的整体。从文学修辞学的角度看，作品这个系统，是由四个层次组织起来的："辞章、形象、涵义、作者"，四个层次只是相对独立、实际上是水乳交融的。

显然，风格只是作品的一个侧面，它不等同于作品。所以风格的结构也不能等同于作品结构。风格在作品中渗透或贯穿所有四个层次,但它所涉及的只是各个层次的审美特征,即艺术表达的独特性。易言之,各层次上的审美特征合为一体,便是作品的风格结构。它包括作品语言层的艺术风貌、形象层的艺术风貌、涵义层的表现方法和作者形象的审美原则。这些因素组成了风格结构的骨架。

现在,我们就从这四个方面来解剖一下风格的结构要素:(1)作品语言的风格特色;(2)意象塑造的风格特色;(3)题旨表达的风格特色;(4)作品风格与作者形象。

(一)作品语言的风格特色

在文学作品中,语言的风格特色是作家独特的表达方式和形式的体现,其内在联系反映了作者对语言的偏好、选用和组织方式。从维诺格拉多夫的角度来看,作品语言的风格可以通过三个方面来探讨:选择语言和修辞手段的特征、表达形象体系的特点以及叙述者和叙述结构的特点。

首先,在语言和修辞手段的选择方面,作品会体现出对民族语各种成分的亲疏远近关系,呈现出文气与白话、藻丽与朴实等审美特征。作品的语言材料如果倾向于历史语词或带有明显书面语色彩,就会呈现出文绉绉的特点;而如果倾向于当代生活语汇或带有明显口语色彩,就会呈现出清新、鲜活的特点。

其次,在表达形象体系的方式上,作品的语言运用不同的方式会产生平淡与新奇、明快与含蓄等不同的审美品质。平淡的语言注重于深入浅出,使作品在平凡中显现出深刻;而新奇的语言则注重于创新,以新颖的印象增强表现力。运用语言还会产生明快与含蓄的审美品格,明快的语言直截了当,而含蓄的语言多采用象征、隐喻等手法,引人入胜。[①]

最后,在叙述者和叙述结构方面,作品的语言表现出不同的审美特征。不同人称和视角的选择,以及多声的组合方式,决定了作品叙述的形式和语言风格。例如,第一人称的叙述让读者感觉与叙述者亲近,建立起相互信任的关系;而第三人称的叙述方式则给人一种客观冷静的感觉,同时也提供了叙述的灵活性和多样性。

---

① 王娟.冲不出去的命运怪圈[D].南京:南京师范大学,2014.

　　总的来说,作品语言的审美特征体现了作家对民族语材料的选择和运用方式,以及对语言艺术的独特态度。通过对语言的精心组织和表达,作家赋予作品独特的风格和魅力,从而塑造了丰富多彩的文学世界。

（二）意象塑造的风格特色

　　文学作品刻画与表现的是形象世界。艺术形象或称"意象",并非简单地指作品所描绘的人、事、景等具体的物象,而是渗透着、包含着作家的认识和感情,所以才可以叫作意象。具体地讲,作品的形象世界包含三个基本要素,在象与意以外,还有情,即体现在形象身上的作家的感情评价态度。在塑造和描写形象时,作者对形象的认识,他透过形象要表达的思想,必然寓于形象之中。感情态度同样必然与这种认识相伴而行。这样,象、意、情三者在意象中得以综合,是一个有机的整体。在具体的作品中,塑造意象的方法,象、意、情三者相互关系的安排和协调,情节的组织,以及由作家感情态度外化而形成的情调,都是不相同的,反映着作家创作的独特性,构成形象艺术的多种审美品格,自然也是作品风格所不可或缺的因素。这里,我们想强调以下四个方面:第一,象、意、情三者结合的特点;第二,塑造意象的方法;第三,情节安排的技巧;第四,情调的性质。

　　车尔尼雪夫斯基指出:"艺术的第一个作用,一切艺术作品毫无例外的一个作用,就是再现自然和生活。""艺术的主要作用是再现生活中引人兴趣的一切事物;说明生活、对生活现象下判断,这也常常被摆到首要地位。"[①] 这就是说,文学作品任务,首先就在于描绘现实生活的形象,并对这些形象做出判断,采取立场,即同时传达出象、意、情。而象是意和情的载体。创造意象的审美要求,第一要真切生动,绘声绘影;第二应该传神,即要神形兼备。不过,象、意、情在具体作品中如何统一却呈现出不同的形态,作家在三者之间常有所偏重,也由此形成因人而异的审美品格。在俄罗斯文学中,一直有所谓客观笔法与主观笔法的区分。契诃夫无疑是客观笔法的大师,如《变色龙》。为揭示警官奥楚蔑

---

① 刘涵之,马丹.车尔尼雪夫斯基"美是生活"的美学思想与现实主义艺术观——以《艺术与现实的审美关系》为中心 [J].俄罗斯文艺,2011（01）:20-28.

洛夫对将军谄媚逢迎、对平民刁钻刻毒的嘴脸,作家不动声色地描写警官的语言、神态、动作,将主人公这些特征一一客观地表现出来。幽默以至揶揄是形象唤起的,作家本人却不作任何感情性的评价。由于抓住了人物形象独特的一颦一笑、一喜一怒,描写生动逼真,绘声绘影,就把警官的形象活生生地显现在读者面前。透过这些客观的刻画,读者不难体会到形象深层的蕴涵。这是客观的笔法,它主要靠的是形象的描写。另一些作家则注重意和情的表达,即喜欢采用主观的笔法。现代作家别尔戈丽茨在《白天的星星》中,通过"我"在人生不同的时刻对"白天的星星"的追求,揭示"人的心灵、生活和命运"这样的主题。在作品中,作家着墨最多的,不是"白天的星星"的形象塑造,而是浓郁的感情的抒发,表现主观之"我"的思考和情愫。形象融入浓浓的抒情境界,摄景入情,情景交融,形成形神兼备的审美效果。

意象塑造的风格特色,还体现在塑造意象的描写方法上。就拿描写人物的心理活动来说,屠格涅夫和列夫·托尔斯泰都是行家里手,但他们却使用了不同的方法。我们试看《贵族之家》和《战争与和平》。《贵族之家》有一段描写主人公拉甫列茨基的心理活动,但并没有直接去写心态,而是采用了侧面烘托的方法。遭受婚姻打击的拉甫列茨基回到故乡,在宁静的田园生活和对童年的美好回忆中,逐渐弥合了心灵的创伤。他恢复了对生活的勇气,并逐渐对善良纯洁的少女丽莎产生了爱情。一次,他邀请丽莎一家来自己的庄园做客,在送丽莎返回的路上,心情激动。书中有一段描写拉甫列茨基此刻的心理活动。作家为了传达拉甫列茨基对丽莎的无限柔情,用大量的笔墨描写宁静温柔的夜色、温暖的空气、芬芳的夜风等,只是间或提及拉甫列茨基的内心感受:他想同丽莎说话,认真地听丽莎的声音,他觉得惬意、亲切、甜蜜、温存。大量的景物描写同人物的心理活动结合在一起,形成寓情于景、情景交融、互相衬托的审美境界。而在《战争与和平》中,描写主人公安德烈·保尔康斯基的心理活动,采用的则是直接描写的方法。主人公在同法军的决战中身负重伤,躺在病榻上,对"爱的幸福"、祖国、人类等问题进行了深深思考。在小说第三卷第三部的第32章中,作家描写了安德烈关于爱的思考。景物、环境,以及人的语言、动作等,都被排除在外,作家的笔触,独独对准了人物的心理活动过程。在作家笔下,主人公内心所想层层深入,都实录不误,像剥笋一样渐渐揭开了人物心灵的隐秘。这就是用所谓"心灵辩证法"来塑造人物性格。研读这样的描写,只觉率直痛快,细腻而深刻。

　　作品的意象塑造还包括形象世界的组织方法,即情节结构,这是风格特点的又一方面。在俄罗斯文学中,我们常见的架构情节的方法有顺叙法、倒叙法和穿插法。巧用多种叙述方式的组合,可使作品的情节波澜起伏、引人入胜;同时也反映着作家的艺术特色。《贵族之家》是用顺叙法讲述丽莎和拉甫列茨基的爱情故事。但在小说开篇之后,有一段倒叙了拉甫列茨基的祖辈和父辈的情况,以及他的出身和回国以前的生活经历。小说中间还插入一章,介绍丽莎的生活和受教育的情况,介绍她的爱好、性格。顺叙把故事层层推进,组织着全部情节的自然发展,但不时留下些悬念;倒叙则回溯过去的历史,逐步解答悬念;插入的叙述又打断故事,另辟一条线索。这样,边叙述边交代背景,使读者不断产生疑问,也产生兴致,又不断有新的发现。所以小说具有严谨紧凑而又自然流畅的审美特点。

　　作品的意象塑造对风格特点的形成往往具有巨大影响,应该说,是作品的情调。在形象世界的象、情、意中,情是至关重要的。它是作者对这一世界的感情态度,外化而为作品的情调。作品各部分都有一定的情调,各部分的情调融合形成作品总的调子,可以把它称为基调。从本质上说这代表着作者对艺术现实的一种审美的评价,或是崇高,或是悲凉,或是憎恶,或是赞叹,不一而足,构成一种重要的风格特征。作品情调,既是通过形象世界透露出来的,它也必定要通过作品的语言、叙述、描写等手段表现出来。情调同语言、叙述、形象的相互作用,在作品中形成一种内驱力,使叙述在一定的情调氛围中发展,仿佛变为一个情感巨流,贯穿作品的始终。读者则透过作品接收到这种感情态度,产生共鸣,受到感染。不同性质的情调,审美效果也大相径庭,于是出现不同的风格。

　　总体来看,在作品的形象层上,塑造形象的方法、组织情节的技巧、象、意、情三者的关系,体现了作家个人的特色,是显而易见的。情调作为作品的审美特征,也是众所公认的。上述这些因素,除情调一身兼有内容与形式的两种性质外,都可说是作品表达体系的组成要素。这又一次证明风格就其基本内容来说是表现的方法问题。

（三）题旨表达的风格特色

　　题旨表达的风格特色在文学作品中至关重要,它涉及作品所表达的主题思想或中心思想的呈现方式。尽管题旨的性质与作品的表达体系风格没有直接的制约关系，但不同的作家或作品会选择独特的方法来表达主题思想，从而影响到作品的审美特点。

首先，题旨表达的风格特色可以体现在主题的直接与间接表达上。有些作品选择直接呈现主题思想，通过对人物、事件、环境等的直接描写来阐述主题；而另一些作品则更倾向于间接表达，通过隐喻、象征等手法来含蓄地呈现主题思想，使读者在阅读中进行深层次的思考。

其次，题旨表达的风格特色还体现在主题的表现深浅和奥义程度上。一些作品的主题表现得较为浅显，容易被读者理解，而另一些作品则较为深奥，需要读者进行更深入的解读和品味。这种表现深浅和奥义的程度也会影响到作品的审美特点。

最后，题旨表达的风格特色还反映了作者的态度是冷静客观还是主观感情宣泄。一些作品展现出冷静客观的态度，客观地呈现主题思想；而另一些作品则更加倾向于主观感情宣泄，作者通过作品表达自己的情感和态度。

综上所述，题旨表达的风格特色在文学作品中具有重要意义，它不仅关乎作品的形式表达体系，还包括作品的内容因素。作品通过选择不同的表达方式和展现深浅程度来呈现主题思想，从而塑造出丰富多彩的文学世界，反映作家的审美追求和个性特征。

（四）作品风格与作者形象

维诺格拉多夫对作者形象的理论研究做出了独特的贡献。他在长期研究文学作品修辞的过程中，认识到每一部作品都包含一个作者形象，主要体现在作品中的作家对艺术现实的态度、对语言的态度这两方面。他又进一步指出，作者形象是作品"思想和修辞的焦点"，是作品风格的核心，这是一个极有价值的见解。文学作品中确实有这么一个作者形象作品主体的因素。但它不仅指作为叙述人的作者，还是一个内涵更深的概念。从作者形象的内涵来分析，（1）所谓作家对艺术现实的态度，贯穿于整个作品，当然也表现为作品的情调，但确为更概括更核心的东西；（2）所谓作家的语言艺术观，同样是一种高度的概括，统率着作品中的语言运用、形象描绘、题旨表达等；（3）作者形象还包括作家在作品中所表现出来的对读者的态度。关于最后一点，还得补充几句。赫拉普钦科指出:"在作家整个创作过程中,以自觉或不自觉的形式表现出来的内在的对读者的取向,在风格的形成中起着比生活素材更大的作用。""同读者的精神交流,不仅是文学创作的总体目标,而且是对作品结构、作品风格产生巨大影响的促进因素。"的确,作家创作的目的,既然在于吸引和感染读者,也只有在被读者接受以后,作品的审美价值才可以实现。这样,作家所创作的作品中,必然体现着作者对读者的态度取向。

这个取向,其实就在于作者用什么态度对读者叙述和要达到怎样的审美效果。这一点决定着用怎样的方法来表达,如何向读者传达相应的审美信息。因此,对读者的态度,存在于作者的构思和创作过程,而最终是落实在作品的表达体系上。[①] 所以它成为作品风格的一个因素,应该把它看作作者形象的一个方面。

（五）风格结构的内在联系

我们在作品结构中分析了风格的四个要素:语言运用、形象塑造、题旨表达和作者形象。它们分属作品各要素的运用方面,所以组合起来就成为一种独特的表达的体系。换句话说,作品的艺术表达的侧面,就是风格这一表达体系。上举的几个风格要素也就构成了作品风格的结构。那么,作品风格内部这些要素之间是怎样的关系呢?

作品风格作为一个表达体系,必是结构统一的整体。文学的表达,无不围绕形象的塑造,而且是象、意、情三者融合的塑造。语言的运用要适应形象的塑造,运用语言的特点也是在适应形象的过程中形成的。作品题旨意蕴也好,对读者的态度取向也好,全是通过形象塑造实现的,那么实现和表现的方法,自然也寓于写象过程中。所以抓住形象塑造的方法,对认识风格可以起到提纲挈领的作用。

但如果进一步问,在风格这一表达体系中,形象塑造方法是由什么决定的呢?自然不是形象体系本身,而是作者的立意、态度、目的,以及他的语言艺术观。这个决定因素就是作者形象。有不少风格论者,把风格归结为作者个性。这种看法强调了作品主体对作品风格的作用,但较为笼统和含糊。很显然,作者的气质天赋、情趣等个性特点,会影响到作

---

① 汪媛．"陌生化"与"日常化"的交融:论什克洛夫斯基自传三部曲的叙述艺术 [D].南京:南京师范大学,2019.

品和风格,但实实在在体现到作品中的不是这些,而是上述所指的作者形象。

　　另外,作品风格各要素的统一,并不排斥它们各自的相对独立性。作品语言的运用要适合形象的塑造和题旨的表达,但语言运用本身也有其特点,语言艺术有其独立的规律。同样,形象的塑造也体现着艺术的自然的规律性,不是用语言规律能够全部概括的。这意味着风格的一些要素,本身就构成独立的审美研究对象。对作品风格任何要素进行科学分析,都能得到关于作品风格某一局部的真切认识。

(六)从表达体系到审美品格

　　风格是一个由语言运用、形象塑造、题旨表达和作者形象四个要素组成的独特表达体系,这些要素组合成它的结构。一部作品的具体风格结构,作为艺术表达体系,具有审美的价值,譬如美不美,美在哪里,是怎样的美,等等。这说明风格各要素和风格整体都能形成一定的审美特征。因此进一步地讲,作为表达体系的风格,同时又是作品的一种审美品格。作家创造出作品风格这个独一无二的表达体系,就是赋予作品一种特定的审美价值。任何一种成熟的风格,都体现为一定的审美品格。

　　风格能够形成怎样的审美品格呢?我们在前文中论及各风格要素时提及的一系列概念,如文气与白话、藻丽与朴实、明快与含蓄、生动逼真、神形兼备、直露与委婉,都是风格的审美品格。契切林在《俄罗斯文学风格史概要》一书中概括了俄罗斯19世纪部分著名文学大师的风格。按照契切林的看法,普希金风格的审美品格可概括为"清晰明白而精致文雅的简练"。莱蒙托夫《当代英雄》的风格特征是"抒情政论性文笔",叙述中三个声音(善良单纯的马克西姆·马克西梅奇、严厉而直露的作者和主人公毕巧林)相映成趣,自然主义写实同浪漫主义想象的融合。果戈理的风格特征是:多用辞格;细节描绘得细密,形象开掘的宏大深刻;运用浪漫主义想象,描写鲜明生动;情调幽默而又辛辣。屠格涅夫的风格特色是:语言雅致,有鲜明的音乐性,融合多声的叙述;人物肖像、动作、语言描写精确入微,并同景物描写相结合,情节呈多线索发展;情调平和,轻松,略带忧伤;题旨表达含蓄隽永。列夫·托尔斯泰的风格特征是:繁复的句法结构,圆周句等多种辞格的使用;从多方面,甚至相互矛盾的方面分析人物心理,心理发掘细致入微;绘声绘色地描写形象同刻画强烈的感情体验相结合；描写场面宏伟，情节多头交错；作者直白地表达见解和态度。萨尔蒂柯夫－谢德林的创作风格特征是：语言平易而近于朴拙，政论笔法，形象描写富于象征意义，充满幽默和嘲讽。可见风格包含的审美品格是多角度多层次的。上举的审美特征，有的是风格某一要素的品格，有的则是风格整体的特征。这些审美品格，实际上都同风格这个表达体系的多种要素有着对应的关系。

风格的一切审美价值和审美品格，在文学理论中均概括与表现在风格范畴之中。所谓风格范畴，其实就是能够界定和传达风格主要审美品格的那些科学概念。索科洛夫指出："这是那些最具普遍性的概念，在它们的帮助下，某个艺术整体的风格变得明显并能被人理解。在理解并领会风格时，我们把它放在一些最具普遍性的概念中去加以思考，这些概念用于该风格上就被赋予了具体的内容。而这些具体内容都是风格范畴本身所不具备的。"换句话说，风格在形成审美品格时，就出现了风格范畴。按照索科洛夫的分析，文学风格大致有如下一些范畴：（1）文学表现中的主观性和客观性，如描写客观形象与抒发主观感情，客观的笔法与主观的笔法等。（2）所反映的是事物的普遍特征还是个别特征，如概括性的描写与具体的描写。（3）对艺术假定性的态度，即重艺术假定（如荒诞、漫画、想象等），还是重生活写实。（4）传统与创新。指按艺术形式进行创作（如古典主义）还是独特创新（如浪漫主义），对艺术形式是严格遵循还是自由发挥。（5）繁与简。指用语的繁缛与简洁，选取形象的多与寡。（6）形象开掘的宽广与狭小。指描写宏大的场面或描写细小的形象。（7）静态与动态的配合。在描写形象时，是描写静景，还是描写动态变化。这些风格范畴，可以说是对风格的审美品格的一种很好概括。同时，繁与简，传统与创新等可同时表现在语言运用和形象塑造上，有的则主要指形象塑造、题旨表达的特点。可见这些界定审美品格的范畴，不同风格各个要素有着某种联系或对应关系。

的确，如果把这些风格范畴同前面列举的古典作家的创作的审美品格仔细对比一下，就不难发现风格范畴同表达体系（即风格要素）的深刻一致性。具体的审美品格分属于不同类型的风格范畴，二者又都物化在风格结构中，体现在风格要素中。例如，语言的运用会涉及繁与简、传统与创新等风格范畴，形成的审美品格可有文气与白话、繁缛与简洁、朴实与藻丽、平淡与新奇、多声与单声等。形象塑造几乎涉及所有类型的风格范畴，形成的审美特征诸如生动逼真、神形兼备、含蓄隽永、波澜曲折等多种。题旨表达涉及表现的主观性与客观性等风格范畴,也能形成浅近与深奥、直白与委婉等审美品格。至于作者形象,它统率着其他要素,与其相呼应的风格范畴和审美品格,自然更为概括,更为综合,是对作品审美的整体把握。

总而言之,风格这一表达体系,显示出这样或那样的审美特色,即形成一定的审美品格。所以可以认为审美品格来源于风格结构及其要素。作品风格的整体面貌,便是这个表达体系各要素的审美特征的综合,是作品的一种总体的审美品位。因此,研究风格首先要把握它的结构,但在解剖了它的各要素及其相互关系之后,还应当从分析走向综合,从众多具体的审美特征中概括上升到表达体系的审美品格。这样,才能全面评估文学作品的审美价值。

第三节　俄罗斯文学的文化思潮

一、虚无主义思潮

"虚无主义"一词源自拉丁语词根"nihil"(意为"乌有")和希腊语词尾,表示一种对世界、存在和人生的否定或悲观态度。从地域的角度来看,虚无主义可以分为东方虚无主义和西方虚无主义两大类。

东方虚无主义起源于佛教和印度教,也被称为悲观主义。在东方虚无主义中,生命的本质被理解为无尽的生死轮回,缺乏任何意义和终极目标。人的救赎被认为是解脱生死轮回的束缚,实现生命的救赎。

这种观念反映了对存在的绝对否定,强调了世界的虚无和生命的苦难,以及对超越世俗界限的追求。东方虚无主义的核心思想之一是通过超越生死轮回来实现解脱和救赎,从而摆脱苦难和痛苦的轮回循环。

西方虚无主义的源头可以追溯到中世纪,当时一些否定基督历史存在的异教徒被称为"虚无主义者"。十八、十九世纪,"虚无主义"一词在欧洲国家文学、艺术、宗教和哲学领域出现,且具有不同的含义。其中德国和俄国对虚无主义的阐释和发展最丰富,在世界上的影响也最大。

在德国,哲学家叶尼什于 1796 年首次将"虚无主义"一词引入哲学争论,表示"极端理想主义"之义。1799 年,雅可比在写给费希特的一封信中频繁使用该词,将他所反对的唯心论斥骂为虚无主义。1803 年,德国浪漫主义代表作家让·保罗在《1803 年美学的预备流派》一书中将浪漫主义诗歌称为虚无主义。之后,宗教思想家、哲学家巴德尔在主题为"论天主教和新教"和"论知识分子的自由"的两次发言中,都把虚无主义解释为"将一切化为乌有的理性教条"。19 世纪中叶,"虚无主义"一词悖论性地出现在德国两部截然对立的著作中:其一是德国小资产阶级无政府主义的创始人麦克斯·施蒂纳宣扬侵略性无政府主义的著作《唯一者及其所有物》;其二是马克思和恩格斯对费尔巴哈、鲍威尔和施蒂纳为代表的各种唯心史观进行批判的著作《德意志意识形态》。有趣的是,"虚无主义"一词在这两部敌对的著作中都指称"无政府主义",但前者是肯定的态度,后者是否定的态度。

19 世纪末,德国哲学家尼采和海德格尔继续深化和发展了虚无主义的内涵。作为西方现代哲学的先驱者之一,尼采对虚无主义表现出了特别关注,并将其视为欧洲精神生活中最重要的事件之一,进行了系统的哲学研究。尼采对虚无主义进行了明确定义:"没有目标;没有对'为何之故?'的回答。虚无主义意味着什么?——最高价值的自行贬黜。"这一定义是从价值观的角度出发的。尼采认为,虚无主义意味着人类陷入了信仰危机。

尼采从三个方面对现代理性主义进行了批判和否定。首先,他否定了现代理性主义的"进化的目的假设",即相信人类是不断进化和发展的,因此符合进化趋势的行为就是善的。其次,他质疑了现代理性主义的"系统性或整体性假设",即认为世界上的存在物是相互依存、不可分割的。尼采认为,世界不是有机体,而是一团混沌。最后,他否定了现代理性主义的"真实性假设",认为世界上存在普遍真理。尼采认为,这种观念是形而上学的虚构。

在尼采看来,当这三种现代理性主义的假设被废弃后,现代人就处于彻底的虚无之中。上帝死了,人类的神圣性和道德性都消失了,而人类的生命也陷入了虚无之中。在《快乐的科学》中,尼采首次表达了"上帝已死"的言论,这一言论剥夺了上帝的神圣性和永恒性,打破了基督教世界观中的人类中心主义。

海德格尔是存在主义哲学的创始人之一,他对尼采的虚无主义思想肯定与批判的矛盾给出了自己的理解。海德格尔认为,虚无与价值无

关,而是相对于存在而言的概念。他认为虚无主义的本质在于存在本身
是虚无的。同时,海德格尔也批判了尼采的权力意志学说,认为其在贬
低最高价值的同时,又为人类设立了新的价值。

在俄国,"虚无主义"一词首次出现在纳杰日金发表在 1829 年《欧
洲公报》上的《一群虚无主义者》一文中,并被当作"虚空"和"无知"的
同义词。

在 19 世纪 30—50 年代,该词的使用频率并不高,且不具有后来屠
格涅夫所赋予的含义。那时,"虚无主义者"一词主要用来指称"什么也
不知道的人,在艺术和生活中毫无基础的人"。别林斯基也曾使用过这
个意义层面的"虚无主义"一词。1858 年,喀山大学教授贝尔韦在其《对
生命起源和终结的心理学比较观点》一书中,将那些否定一切现实存在
的人称为"虚无主义者",并将"虚无主义"用作"怀疑主义"的同义词。
但不久,杜勃罗留波夫就在 1858 年第 3 期《现代人》杂志上撰文,抓住
这个词嘲笑贝尔韦。1861 年,卡特科夫发表了一系列反对《现代人》杂
志的论战性文章,首次将"虚无主义"等同于"唯物主义"。在卡特科夫
的文章中,"虚无主义"被阐释为残酷坚决的否定立场,是为了破坏而宣
扬破坏,是对"所有有知识、有教养的人所珍惜"的一切的嘲笑,是对俄
罗斯生活中的一切进步表现的嘲笑。不难看出,"虚无主义"一词在卡
特科夫的这些文章中已经具有后来屠格涅夫在《父与子》中表达的含
义。其实,仅在一年之后的 1862 年,屠格涅夫的长篇小说《父与子》就
发表了,"虚无主义"一词也由此开始在欧洲各国广为流行,并获得了最
明确、最广泛的意义。正如斯特拉霍夫所言,这部小说取得的最大成就
是"虚无主义者"一词,无论是该词的敌人还是拥护者,都毫无条件地接
受了它。

在屠格涅夫的小说中,"虚无主义"指的是 19 世纪五六十年代俄国
社会涌现的一股以否定和批判现代社会为特征的思潮和革命运动。这
一思潮和革命运动的发起者是以车尔尼雪夫斯基、杜勃罗留波夫、皮萨
列夫等平民知识分子和俄国革命民主主义者为首的一群人。他们继承
了十二月党人的战斗精神,呼吁用革命手段推翻沙皇专制、废除农奴
制,反对贵族生活方式及其传统的价值观,如荣誉、爱情、家庭和义务,
主张进行激进的改革。这些观点和运动遭到当局的痛恨,他们被当局斥
责为"虚无主义者"。

在当时的俄国社会,虚无主义表现出了多种思想倾向。在社会价值

观方面,虚无主义倾向于功利主义,即将实用学说视为人的道德评判标准,认为物质利益的满足是生命中唯一的幸福,而将个人的力量投入改善大多数人的命运中是应尽的责任。在美学方面,虚无主义倾向于"破坏美学",与"纯"艺术斗争,试图颠覆传统的审美标准。在科学和哲学领域,虚无主义否定感性经验范围内的一切,也否定形而上学的存在,即那些被视为不切实际的理论知识。此外,虚无主义还体现在个人主义和无政府主义等社会政治思想和主张上,例如以米哈伊洛夫斯基为代表的个人主义和以巴库宁为代表的无政府主义。

　　屠格涅夫希望在小说中塑造一个人物形象来反映当时俄国社会的虚无主义思潮和运动。早在 1860 年,萌发创作《父与子》的念头时,屠格涅夫就说:"这位杰出人物正是那种刚刚产生,还在酝酿阶段,后来被称为虚无主义的化身。"最终,屠格涅夫在小说中塑造了巴扎罗夫这一虚无主义者形象。小说中的"虚无主义者"一词的内涵可以用巴扎罗夫的大学同学和崇拜者阿尔卡狄的话来概括:"虚无主义者是一个不服从任何权威的人,他不跟着旁人信仰任何原则,不管这个原则是怎样被人认为是神圣不可侵犯的。"[①]的确,巴扎罗夫批判一切,否定一切,"是一个用批评的眼光去看一切的人"。他不承认任何权威,总是淡漠地、疏远地对待父辈们及养尊处优的贵族地主们。他否定艺术,嘲笑诗人和诗歌,嘲笑一切与浪漫主义情绪有关的人与事,认为阿尔卡狄的父亲不专心管理田产而花时间读诗歌、拉提琴是不务正业的表现。他嘲笑进步、西方自由主义、原则、逻辑以及整个社会制度,与贵族阶级优秀代表兼自由主义者巴威尔的言语论战和决斗充分说明了这一点。巴扎罗夫是一个唯物论者和自然科学工作者,但他在承认"一个好的化学家比二十个诗人还有用"的同时,又对科学进行了彻底的颠覆,认为"所谓的一般的科学"是没有用的。最后,巴扎罗夫否认人类最普遍的情感——爱情、亲情,甚至生命和生活本身。充满悖论的是,他自己最终坠入了情网,爱上了贵妇人奥津左娃。但他那种想爱又压制爱的矛盾心理和举止最终让奥津左娃拒绝了他的爱情,导致了巴扎罗夫在无望中死亡的悲剧。显然,小说中的巴扎罗夫是一个否定一切的人。他对传统、权威、社会制度的怀疑和否定,在一定程度上具有进步意义。但他对艺术、情感乃至生

---

① 刘森林.虚无主义的阶级论界定:从马克思看屠格涅夫 [J].深圳大学学报(人文社会科学版),2012,29(02):71-77.

活的怀疑和否定,完全违背了人性。因此,小说前半部分作者对巴扎罗夫的否定思想含有赞赏和同情,小说的后半部分作者对主人公的态度显然发生了变化,最终以巴扎罗夫的猝死结尾,凸显出虚无主义者的悲剧下场。

受屠格涅夫《父与子》的影响,同时也受 19 世纪 60 年代俄国虚无主义运动乃至流行于德国等欧洲国家的虚无主义思潮的影响,19 世纪后半叶俄国文学中不乏虚无主义者形象。车尔尼雪夫斯基、陀思妥耶夫斯基的作品中都出现过虚无主义者形象。有研究者甚至说,虚无主义思潮其实早在 19 世纪初俄国作家格里鲍耶陀夫的喜剧《智慧的痛苦》中就出现了,虽然没有直接在剧中使用"虚无主义"或"虚无主义者"这些词,但通过剧中人法穆索夫的一句台词形象地诠释了俄国文化虚无主义的含义:"想要除恶,就要收缴一切书籍并将之付之一炬。"

在 19 世纪后半叶的俄罗斯文学中,虚无主义思想体现于陀思妥耶夫斯基的创作中。1871—1872 年,作家在《俄国导报》上发表的长篇小说《群魔》,以当时因参与无政府主义运动和大学生革命活动而被处死的涅恰耶夫事件为基础,反映了 19 世纪 70 年代俄国社会中的虚无主义思潮。小说塑造出两个虚无主义者基里洛夫和斯塔夫罗金。基里洛夫是一位富有哲理思想的建筑工程师,也是无政府主义者尼古拉·韦尔霍文斯基的朋友。当他确认上帝不存在后,就准备通过自杀表达自己而非上帝对生命的主宰权。基里洛夫的自杀逻辑遵循了人神主义:若上帝存在,则一切意志都是上帝的意志,他不能违反上帝的意志;但上帝并不存在,所以他必须表达他自己的意志。基里洛夫以自己的死完成了其"人神"的精神探索,表达了运用意志主宰自己生命的强烈愿望。他的虚无主义思想与尼采唯意志论式的虚无主义在某种程度上不谋而合。虚无主义思想同样折磨着小说的中心人物斯塔夫罗金。他是一个贵族少爷,曾受业于 19 世纪 40 年代的自由主义者、无神论者斯捷潘·韦尔霍文斯基(尼古拉·韦尔霍文斯基的父亲),因而变成了一个内心空虚、信仰矛盾、丧失原则的人。与基里洛夫彻底否定上帝信仰不同,斯塔夫罗金对上帝信仰的态度极其矛盾。一方面,他不信上帝,一生都希望让自己的意志做主,因此他为所欲为,做出种种无耻的勾当;另一方面,当他发现这种"无限的力量的试验"仅仅是"为了自己并且为了自我炫耀"时,他又重新开始信奉上帝。斯塔夫罗金的信仰矛盾最终并未消除,所以他选择通过自杀解决这种矛盾。从《群魔》中两个虚无主义者的悲剧结局来看,在陀思妥耶夫斯基的心目中,虚无主义是来自西欧的一种异己现象,它在俄国的民族土壤中不能扎根且格格不入,因此要给予严厉的抨击。

《卡拉马佐夫兄弟》是陀思妥耶夫斯基的另一部长篇小说,同样涉及虚无主义主题。在这部小说中,虚无主义的影响主要体现在道德方面。问题困扰着卡拉马佐夫一家人:如果没有上帝和灵魂不死,那还有没有善?如果没有善,人还有什么价值?老卡拉马佐夫信奉着上帝不存在的观念,认为严肃生活毫无意义,因此过着纸醉金迷、纵欲无度的生活。他的儿子们对这个问题的回答各不相同。老大米卡对上帝的信仰摇摆不定,感到惶惑不安,内心充满了矛盾,一方面追求肉欲,另一方面却内心高尚,最终通过自我完善达到了精神的“复活”。二儿子伊凡则鄙视父亲的行为,但接受了父亲不信上帝的观念,他认为没有灵魂不死就没有道德,一切都可以做。伊凡的思想与尼采的虚无主义思想相似,他崇尚理性,研究自然科学,坚持无神论和唯物主义,但最终在道德上完全堕落。唯一信仰上帝的是老三阿廖沙,他纯洁、善良、温顺、博爱,是一个如基督般超凡脱俗但有着普通人健全的感情的人。

通过《卡拉马佐夫兄弟》,陀思妥耶夫斯基对俄罗斯上流社会,特别是年轻人中亵渎上帝的虚无主义思想进行了批驳。这部小说深刻探讨了人性、信仰和道德的问题,揭示了虚无主义对个人和社会的深远影响。

19世纪六七十年代是俄罗斯虚无主义首次达到高潮的时期。卡特科夫、屠格涅夫、斯特拉霍夫、陀思妥耶夫斯基、赫尔岑等哲学家和文学家对虚无主义有不同的反应,总体上持否定态度,这种态度逐渐加强。在俄罗斯,虚无主义的特征与欧洲虚无主义相似,但也有自己的独特之处。

俄罗斯虚无主义不仅是信仰丧失和文化崩溃,还具有理性和对知识的崇拜等特征。它是由实证主义、个人主义、宗教伦理道德、社会审美以及乌托邦构成的一个独特综合体。与东正教有着千丝万缕的联系,对世界的否定和对生活中所有多余创造物的罪孽的认识是其基础。俄罗斯虚无主义常常表现为对整个邪恶世界的背离,与家庭以及全部已确立的生活方式的彻底决裂。由于俄罗斯人更容易走极端,他们的虚无主义经常表现为对专制统治、权力、传统道德的背叛。

20世纪初白银时代,虚无主义再次达到高潮。但从20世纪开始,虚无主义的内涵在欧洲和俄罗斯都发生了变化,开始与现代哲学、文化

学、心理学等人文科学中的一系列新现象相关。

20世纪末,随着苏联解体和社会动荡,俄罗斯经历了第三次虚无主义高潮。人们开始质疑俄罗斯历史文化中过往的一切,甚至对生活本身及生存的意义都加以怀疑。这次虚无主义浪潮具有全民性特征,对俄罗斯的影响空前。

总的来说,虚无主义在俄罗斯历史中扮演了重要角色,在社会发展的转折期和危急时刻异常活跃。随着时间的推移,虚无主义的形式和内涵也在不断变化,但其影响仍然深远。

二、宗教文化思潮

东正教在俄罗斯文化中扮演着多重角色,作为国教,它统一了国民思想,塑造了民族形象;在俄罗斯文字、文学中发挥了关键作用,为俄罗斯文化的传承和发展奠定了基础;同时,东正教的伦理道德和价值观成为俄罗斯传统教育的核心,深刻影响了社会的发展和文化的演变。在俄罗斯文学中,东正教的精神和价值观念得到了体现,与俄罗斯文学的审美需求相互交融,共同构建了俄罗斯文学的独特风貌。

在17世纪及之前,古罗斯文学主要是教会文学,包括翻译来自拜占庭和希腊的宗教书籍、圣经故事,以及僧侣们创作的圣徒传、祷告文、布道讲话等。这些作品宣扬了教会所设定的基督教教义,成为当时文学的主题。18世纪起,尽管俄国文学开始世俗化,但仍深受东正教影响,尤其是古典主义时期的作品,如颂诗和悲剧。到了19世纪,尽管文学开始体现原始的泛神论和基督教的融合,但宗教信仰仍然是主题之一。东正教思想影响了许多19世纪作家笔下的人物性格和生活,如普希金、屠格涅夫等,他们的作品体现了宗教对俄罗斯社会的深远影响,以及它在人们的家庭观、伦理道德观中的重要地位。

像陀思妥耶夫斯基和列夫·托尔斯泰这样的作家,一生都在苦苦思考上帝问题。在《罪与罚》中,陀氏通过塑造拉斯柯尔尼科夫思考了生与死、善与恶、上帝和魔鬼等永恒主题;在《白痴》中,通过梅什金公爵塑造了“美拯救世界”的宗教哲学理念;在《群魔》中,通过韦尔霍文斯基批判了虚无主义信仰;在《卡拉马佐夫兄弟》中,通过家庭成员的不同命运反映了信仰与无信仰的斗争。列夫·托尔斯泰将“不以暴力抗恶”和“道德自我完善”发展成自己的人道主义观念,如在《安娜·卡列

尼娜》中的卡列宁和《复活》中的玛丝洛娃,展现了宽恕、爱和道德感化的力量。这些作家的作品深刻地探讨了宗教信仰在个人生活和人际关系中的作用,展现了它们对人类行为和社会的深远影响。

19世纪末20世纪初,随着资本主义在俄国的发展,传统的东正教思想逐渐不适应经济的变革,出现了"新宗教意识"哲学。这种哲学本质上是自由主义和改良主义的,既不满足于传统的基督教历史,希望通过改革巩固东正教的地位,又对影响日益扩大的马克思主义唯物论和科学的无神论不信任,决心用新的基督教来取代它,成为社会中心和文化核心的宗教。这种宗教的最大特点是运用反智力说和非理性主义对科学和文化进行神秘主义的解释,使社会关系的各个领域都笼罩上神秘主义色彩。主张"新宗教意识"的人包括宗教界的主教和东正教牧首谢尔盖,以及知识分子阶层的代表如别尔嘉耶夫、谢·布尔加科夫、舍斯托夫、尼·洛斯基、罗扎诺夫、梅列日科夫斯基、尼古拉·明斯基等宗教哲学家。索洛维约夫的"万物统一"哲学也属于这种新宗教意识哲学的范畴,他将自由神智学视为"神学、哲学和科学的有机综合,只有这种综合才能包容知识的完整真理"。

在十月革命前夕,一些俄国知识分子将革命与宗教联系起来,试图赋予革命宗教意义,将宗教世俗化、革命宗教化。例如,勃洛克的长诗《十二个》和别雷的诗歌《基督复活》都以基督为原型预示革命的来临。然而,十月革命后,苏维埃政府颁布了国家和教会分离的法令,宣布东正教失去国教地位,对宗教实施严格管理,甚至迫害宗教界人士和破坏教堂。尽管苏维埃政权进行了长期的无神论教育,宗教在官方领域内失去了影响力,但在民间,东正教传统仍然秘密传承和发展着。民间依然保留着重要的东正教节日,宗教仪式和信仰在人们的日常生活中扮演着重要角色。即使在官方文学领域,一些作家也没有摆脱宗教的影响。例如,高尔基的作品中常常闪耀着基督的影子,表达着人性的复杂和宽恕的力量。即使一些作家侨居国外,也不忘祖国的基督教传统,他们的作品中也常常融入宗教主题,表达着对祖国的深情眷恋和对人性的思考。

近代俄罗斯文学向宗教主题回归的序曲可以追溯到1966年至1967年。在纪念十月革命50周年之际,米哈伊尔·布尔加科夫的《大师与玛格丽特》,这部被封存了25年的作品,重新出版,引发了一场宗教精神复兴运动。这部小说以其深刻的宗教主题和对苏联社会现实的独特描绘而闻名,揭示了宗教在人类精神生活中的重要性。重新出版后,

《大师与玛格丽特》在文学界引起了轰动,激发了对宗教和信仰的深刻思考。

从那时起,俄罗斯文学逐渐开始关注宗教主题,作家们开始审视宗教在俄罗斯社会和个人生活中的作用。东正教作为俄罗斯传统文化的一部分逐渐恢复,成为文学创作的重要灵感来源。在戈尔巴乔夫时代的改革期间,俄罗斯社会逐渐开放,宗教活动得到了更多的自由。这一时期,文学作品中对宗教主题的探索更加深入,作家们勇敢地挑战了苏联时期对宗教的禁忌,以及对宗教思想的压制。

宗教主题的回归使俄罗斯文学在探讨人类信仰、道德和存在意义方面更加丰富和深刻。作家们通过文学作品探索人与神的关系、人类精神的追求以及宗教在个人和社会中的作用,为俄罗斯文学注入了新的活力和深度。这种宗教主题的回归不仅丰富了俄罗斯文学的内涵,也反映了俄罗斯社会对宗教和信仰的重新关注和重视。

1988 年是俄罗斯受洗千年纪念周年,也是苏联东正教迅速复兴的重要一年。国内举办了大规模的受洗千年纪念活动,戈尔巴乔夫在克里姆林宫接见了宗教界人士,大量国外教会人士受邀访问苏联。甚至在1990 年,根据苏共中央政治局的指示,通过了新宗教法,其中包括保障教授宗教原理的自由、赋予教会法人权利、教会工作人员与其他公民平等、保障传播宗教教义的自由等原则。与此同时,一些人重新走进教堂,被更名或遭到破坏的宗教遗址得以恢复,宗教书籍也被允许大量出版,俄罗斯国内掀起了东正教文化研究的热潮。

1991 年苏联解体引发了俄罗斯社会各领域的重大变革。东正教不仅重新融入俄罗斯人的生活,还得到了官方的大力支持,这主要体现在以下六个方面。第一,官方取消了反对宗教的无神论政策,东正教信徒不断增加。这一宗教政策开始于戈尔巴乔夫改革时期,并直接导致国内宗教热潮的上升。叶利钦执政期间,对东正教的政策更为积极,俄罗斯东正教的情况发生了根本性变化,国内信教群众超过 7 亿人,已占全国总人口的一半。普京总统继续前任总统的宗教政策,并将东正教思想作为新千年社会团结的重要因素之一。第二,得益于俄罗斯政府的政策和财政支持,全俄范围内的教堂被迅速修复,各种圣像和雕像被悬挂起来,各种圣物被出售,俄罗斯教堂内外气氛空前热烈。第三,宗教节日风俗盛行。在东正教十二大节中,主降生日(即圣诞节)成为国家节日,而谢肉节、复活节等其他东正教节日也在俄罗斯教堂和民间广泛流传,节日期间气氛十分热烈,国家甚至用复活节取代了五一国际劳动节。第四,东正教领袖的地位和作用进一步提升。许多神职人员不仅当选为议会议员,而且在国内重大战争和矛盾冲突中充当调停人,积极介入国家政治生活。第五,国家对东正教的重视程度大大提高。近年来,俄罗斯政府不仅在经济上大力支持教堂的修复和重建工作,还积极参与宗教活动,宣传并开办教会学校,公众场合发言宣传东正教思想和文化。俄罗斯许多共产党员也开始倾向于宗教,反对无神论。第六,宗教教育事业得到了扩展,宗教书籍刊物日益增多。随着俄罗斯政府对宗教教育事业的大力支持,宗教书籍刊物在俄罗斯社会中的地位日益增强。政府的支持使教会能够自办神学院培养传教人才,并且可以派遣教士到各种公共场合,如大学、中学、工厂、企业和军队,传授宗教和神学课程。这种政策鼓励了俄罗斯社会对宗教的重新关注和重视,为宗教教育的扩展提供了有力支持。从 1991 年起,俄罗斯国内宗教书籍的销量大幅增加,宗教刊物也在不断增多。一些官方杂志开始宣传宗教,比如《少先队员》刊载了大量圣经故事,《接班人》和《青春》竞相刊登宗教作品,《文学学习》杂志连载《新约》,《莫斯科》杂志开设了"家庭教堂"栏目,而俄罗斯最大的文学刊物《新世界》也设立了"宗教—哲学杂志"的专栏。这些举措有助于俄罗斯社会更深入地了解宗教文化,促进了宗教教育的普及和发展。自 1988 年以来,俄罗斯国内举行了多次庆祝俄罗斯基督教 1000 年的活动,这进一步加深了人们对宗教的关注。学术界也掀起了对东正教与俄罗斯文学、文化关系的研究热潮。20 世纪 90 年代以来,这种研究热情依然持续,出版了许多专门论述文学与宗教关系的著作。这些研究不仅丰富了人们对俄罗斯文学的理解,也揭示了宗教在俄罗斯文学和文化中的重要地位。

东正教不仅成为当代俄罗斯学术界的研究热点,更成为俄罗斯学校和家庭教育的核心思想之一。面对新时期俄罗斯民众普遍存在的精神危机,一些知识分子,包括教育界人士,开始在民族文化中寻求出路。东正教深深根植于俄罗斯民族土壤,吸引了众多探寻者的目光。其核心思想,如仁爱、善良、美、和谐等,成为灵魂空虚的中老年俄罗斯人的精神寄托,也成为教育下一代的伦理道德典范。近年来,由于认识到东正教在伦理道德教育中的重要意义,一些俄罗斯高校增设了神学和东正教文化等专业,高校和中学制定了东正教文化教学大纲。尽管东正教在当代俄罗斯不具备旧时代的国教地位,但毫无疑问,它是当代俄罗斯文化教育和传统伦理道德教育的根源之一。经历了国家命运变迁和民族危机的老一辈俄罗斯人都深深认识到,东正教才是俄罗斯文化的核心,是俄罗斯千百年来的精神魂魄。正如季特科夫在《没有东正教就不可能有俄罗斯的精神复兴》一文中所写的那样:"俄罗斯民族的精神道德价值体系以及整个文化,都与东正教紧密关联,都是建立在东正教基础之上的。在苏维埃政权时代,由于我们痴迷于与宗教意识斗争,弃绝东正教价值观,因而不可避免地破坏了历史文化传统,这从本质上成为我们在20—21世纪陷入混乱和悲剧性断裂局面的一大原因。俄罗斯一度遭遇最强烈的意识形态危机——理想崩溃了,俄罗斯团结思想被遗忘了。结果,也丧失了对生活意义的深刻理解。"东正教传统的复兴还有一个重要的原因,即不少俄罗斯人已经认识到,要想恢复祖国昔日的大国实力和风范,只有依靠精神无比强大、凝聚力超强的人民才行。而东正教传统尤其是团结性是目前唯一能将大多数俄罗斯人凝聚成一体的因素。

当代东正教哲学家们对祖国各个时代的神学和哲学遗产都给予了极高的评价和重视。这种态度旨在维护和巩固东正教及其在当代俄罗斯社会和国家中的地位与作用。特别是,他们对白银时代的"一切统一玄学"和"新基督教意识"哲学的创立者们表示尊敬和敬仰。

为了适应新时代的变化形势,当代东正教哲学家进行了现代化改革。在社会制度方面,他们不再强调社会制度的区别,而主张不同制度的国家之间和平共处和相互合作。[①] 在社会劳动方面,他们将所有的劳动都纳入东方基督教的价值体系,并号召所有信徒参与创造性劳动,参与社会建设。对待妇女问题,他们主张男女平等的社会地位和权益。在对待科学方面,他们承认东正教和科学是统一的"两种真理",主张二者的共存甚至联盟。在宗教辩护学方面,他们密切关注当代社会的现实问题,包括人道主义、人权问题、宗教与道德问题、宗教与精神文明的关系、战争与和平、人类未来的发展问题和责任以及环境问题等。

在东正教复兴与兴盛的过程中,随着俄罗斯社会总体的宗教氛围越来越浓郁,越来越多的当代作家开始在自己的创作中表现基督思想及伦理道德观,探讨人与基督教的关系。他们将圣经的人物形象、情节故事融入自己的文学作品中,以此展现对东正教传统的尊重和敬仰。这些作

---

① 徐藤.新世纪中俄关系发展的动力因素研究[D].青岛:中国石油大学(华东),2011.

家包括传统派和自由派的代表,他们的作品涵盖了各种文学形式,从长篇小说到叙事诗、从短篇小说到长篇叙事诗,都反映了对基督教文化的深刻思考和探索。比如玛雅·库切尔斯卡娅的《现代修士行传》,奥列霞·尼古拉耶娃的《弥尼提客勒乌法珥新》《何惧之有》,谢尔盖·谢尔巴科夫的《身边的人》,等等。也有自由派作家作品,比如维克多·阿斯塔菲耶夫的长篇小说《该诅咒和该杀的》,尤里·库兹涅佐夫的长篇叙事诗《基督之路》,列昂尼德·科斯塔玛罗夫的叙事诗《大地与天空》,阿拉·阿维洛娃的短篇小说《成功的三角恋爱》,阿列克谢·瓦尔拉莫夫的小说《生》《沉没的方舟》《教堂圆顶》,斯维特兰娜·瓦西连科的小说《小傻瓜》,等等。这些文学作品不仅展现了当代俄罗斯人对东正教的情感认同,也为俄罗斯文学增添了新的内涵和活力。

　　此外,传统派作家如谢尔巴科夫通过《身边的人》展现了人们对上帝信仰的渴望,描绘了农村居民在艰难生存环境中的坚韧和信念。作品中人们聚集在神龛前,表现出他们因宗教信仰而团结在一起,获得了战胜困难的勇气和信心。

　　而自由派作家瓦尔拉莫夫则通过《沉没的方舟》展现了宗教复兴背后的阴暗面。作品中,人们因对宗教的渴望而受到伪教的欺骗和摧残,揭示了在现代社会中宗教信仰被滥用的可能性。这种对宗教的扭曲和虚伪引发了对俄罗斯社会发展方向的深刻反思。

　　后现代主义作家们也开始在文学创作中探讨宗教主题。他们对传统的颠覆并非一味否定,而是在寻求新的可能性的过程中,探讨了基督和东正教信仰的价值和意义。通过对宗教人物形象、情节故事或精神思想的描述,后现代主义作家展现了与俄罗斯精神文化和基督教的联系,为文学作品注入了新的思想和内涵。

　　综合来看,当代俄罗斯文学中的宗教主题具有丰富的表现形式和深刻的内涵,反映了作家们对信仰、人性和社会现实的多层次思考和探索。这些作品不仅丰富了俄罗斯文学的传统,也为当代社会带来了启示和反思。

第四章　俄罗斯经典作家作品研究

第一节　普希金、果戈理及其代表作品

一、普希金及其代表作品

（一）人物简介

亚历山大·谢尔盖耶维奇·普希金是俄国文学的巨匠,他的作品涵盖了诗歌、小说、戏剧和文论等多种体裁,为俄罗斯文学的发展做出了卓越的贡献。

首先,普希金的诗歌被誉为俄罗斯诗歌的太阳。他的诗歌充满了浓郁的浪漫主义情感,以及对祖国、人民和自由的热爱。《鲁斯兰与柳德米拉》等叙事诗以古老的民间传说为题材,展现了普希金对俄罗斯文化传统的尊重和热爱,同时也融入了现实主义手法,使作品更具生动感和真实性。他的抒情诗如《自由颂》等,表达了对自由的向往和追求,深深触动了俄罗斯民众的心灵。

其次,普希金在小说和戏剧方面也有杰出的成就。他的小说作品《叶甫盖尼·奥涅金》等,描绘了俄罗斯社会的种种弊端和不公,反映了人民的苦难和对改革的期盼。他的戏剧作品《波尔塔瓦》等,以历史事件为背景,展现了俄罗斯人民的英雄气概和不屈精神,对俄罗斯文学和文化产生了深远的影响。

最后,普希金的文论和史著对于俄罗斯文学也具有重要意义。他的

文论著作《古斯塔夫三世的时代》等,对俄罗斯历史和文化进行了深入研究和分析,为后人提供了宝贵的历史资料和文化遗产。他的史著《普加乔夫史》等,则详细记录了普加乔夫起义的历史背景和过程,对研究和理解俄罗斯历史起到了重要的推动作用。

（二）主要文学作品体裁

1. 抒情诗

普希金的抒情诗作为俄罗斯文学的瑰宝,以其丰富的内容、多样的形式和清新的风格,深受人们的喜爱和推崇。在他的诗歌中,表达了对祖国的热爱、对人民的同情、对自由的向往,同时也抒发了自己内心深处的情感,倾诉了爱情与友谊,描绘了大自然的美丽。

《皇村回忆》展现了普希金对祖国的深厚感情,尤其在描写卫国战争时,他深情的笔触让人感受到了对祖国的无限热爱和对战争中人民的同情。这首诗在风格上接近杰尔查文,是普希金早期作品的代表。

《自由颂》表达了普希金对自由的渴望和对帝王的愤恨。通过模仿拉吉舍夫的诗篇,他鲜明地表达了对专制统治的不满和对自由的追求,呼唤人民团结起来为自由而斗争。

《致恰达耶夫》是普希金的一首著名赠诗,直接表达了对十二月党人追求自由的热切希望和对祖国的爱。这首诗被广泛传播,成为革命者们的精神旗帜,激励着人们为自由而奋斗。

《致大海》是一首政治抒情诗,将海当作知音,表达了作者对自由的追求和对暴政的反抗。诗人通过对大海的描绘,展现了自己追求自由的心路历程,诗情凝重深沉而又激动人心。

《假如生活欺骗了你》是普希金写给邻居女儿的一首赠诗,表达了对生活的理解和对未来的期许,激励着人们积极向前,勇敢面对生活中的挑战。

普希金的抒情诗以优美的音韵、深沉的情感和富有创造力的想象,吸引着读者的目光,展现了他作为俄罗斯诗歌太阳的独特魅力。

2. 小说

普希金的小说作品展现了他在文学创作上的多样性和深度,《别尔金小说集》《上尉的女儿》和《叶甫盖尼·奥涅金》等是其代表作。

《别尔金小说集》是普希金的重要作品之一,标志着他的作品体裁开始从诗歌向散文过渡。其中,《驿站长》是最成功的篇章之一,通过对主人公老维林的生活遭遇的描述,揭示了普希金对小人物命运的同情和人道主义思想,开创了俄罗斯文学中"小人物"主题的先河。

《上尉的女儿》以普加乔夫起义为背景,通过主人公格利鸟夫的视角,展现了普希金对历史事件的解读和对社会问题的关注。作品中对暴力运动持反对态度,主张通过改善风俗来实现改革,体现了普希金的现实主义创作观点。

《叶甫盖尼·奥涅金》是普希金的代表作之一,反映了19世纪20年代俄国的社会生活和青年人的思想变化。通过主人公奥涅金的命运,作品揭示了贵族青年的迷茫和困惑,以及他们与社会现实的矛盾,因此别林斯基称它为"俄罗斯生活的百科全书和最富人民性的作品"①。奥涅金的形象被视为俄国文学中第一个"多余人"的典型,展现了普希金对时代精神的敏锐洞察和对人性的深刻剖析。

普希金的小说不仅反映了时代的社会风貌和人民的生活状况,在艺术形式上也具有独特的魅力和创新。他的散文作品不仅注重现实主义的描写和人物性格的刻画,还融入了诗歌的抒情色彩和音乐的节奏感,呈现出丰富多彩的艺术风貌,为俄罗斯文学的发展做出了重要贡献。

(三)代表作品:《叶甫盖尼·奥涅金》

《叶甫盖尼·奥涅金》是普希金的代表作。这部诗体小说反映了19世纪20年代俄国的社会生活,真实地表现了那一时代俄国青年的苦闷、探求和觉醒,提出了许多重要的社会问题。

作品的主人公是贵族青年奥涅金。奥涅金有过和一般的贵族青年

① 俄罗斯生活的百科全书 [EB/OL].http://www.81.cn/jfjbmap/content/2018-04/28/content_204861.htm.

相似的奢靡的生活,但是当时的时代气氛和进步的启蒙思想、亚当·斯密的《国富论》和卢梭的《社会契约论》、拜伦颂扬自由和个性解放的诗歌,都对他产生了影响,使他对现实的态度发生了变化。他开始厌倦上流社会空虚无聊的生活,抱着对新的生活的渴望来到乡村,并试图从事农事改革。但是,华而不实的贵族教育没有给予他任何工作的能力,好逸恶劳的恶习又在他身上打下了深深的烙印,加之周围地主的非难和反对,奥涅金到头来仍旧无所事事、苦闷和彷徨,并染上了典型的时代病——忧郁症。

奥涅金与达吉雅娜和连斯基的关系,进一步显示了主人公身上的深刻矛盾。如果说奥涅金误解和拒绝达吉雅娜对他的真挚的感情还多少有不满上流社会庸俗习气的因素,那么他为了维护个人的虚荣而轻率地与连斯基进行决斗则暴露了他唯我主义的本质。奥涅金后来对已成为贵夫人的达吉雅娜的追求虽不乏真情,但更多的是贵族子弟的虚荣。作品留给奥涅金的依然是迷惘的前程和一事无成的悲哀。

作者塑造的奥涅金的形象准确地概括了当时一部分受到进步思想影响但最终又未能跳出其狭小圈子的贵族青年的思想面貌和悲剧命运,使其成为俄国文学中的第一个"多余人"。

《叶甫盖尼·奥涅金》在艺术上也颇有特色。作品生活场景广阔,人物形象鲜明,语言优美,体裁别具一格。它用诗体写成,兼有诗和小说的特点,客观的描写和主观的抒情有机交融。独特的"奥涅金诗节"(每节十四行,根据固定排列的韵脚连接)洗练流畅,富有节奏感。

二、果戈理及其代表作品

(一)人物简介

尼古拉·瓦西里耶维奇·果戈理是19世纪俄国著名的批判现实主义文学家,被誉为"自然派"的奠基人和杰出的讽刺作家。他的作品深刻揭露了俄国社会的黑暗面,尤其是农奴制度的残酷和官僚腐败,对后来的俄国文学产生了深远影响。

果戈理于1809年4月1日出生在乌克兰波尔塔瓦省的一个地主家庭。他在童年时期就展现出了艺术天赋,喜欢绘画和乌克兰民间传说。然而,由于家境困难,他不得不在青年时代就离家谋生,先后在国有财产及公共房产局和封地局工作。

1831 年至 1832 年，果戈理发表了短篇小说集《狄康卡近乡夜话》，这标志着他正式步入文坛。这部作品融合了传说、幻想和现实，以幽默的笔调揭示了乌克兰大自然的诗意和人民的品质，同时批判了社会的丑恶和自私。①

随后，果戈理出版了《密尔格拉德》和《彼得堡故事》两部小说集，作品中的讽刺色彩更加浓厚，对社会底层人民的命运表达了深切同情。1837 年普希金逝世后，果戈理将批判现实主义推向了新的高度，与普希金一同成为俄国批判现实主义文学的奠基人。

1842 年，果戈理出版了《死魂灵》的第一部，这部作品通过真实生动的描写，有力地揭示了俄国专制统治和农奴制度的黑暗面。然而，由于思想危机和内心痛苦，他在 1845 年焚毁了《死魂灵》的第一部书稿，并开始倾向于宗教赎罪思想。

1846 年后，果戈理的作品和思想逐渐受到保守势力的影响，开始宣扬道德和宗教观念，与民主派产生分歧。这导致了他与别林斯基等人的论战，以及《给果戈理的信》等著名文学事件的发生。

最终，果戈理于 1852 年 3 月 4 日在精神失常的状态下辞世，享年 43 岁。他一生未娶，几乎都在贫困中度过。然而，他在短暂的创作生涯中，创作了一系列具有深刻社会意义的作品，成为俄罗斯现实主义文学的一代宗师，对后来的俄国文学产生了深远影响。

果戈理的代表作品集中展现了他对俄罗斯社会的深刻观察和对人性的独特洞察，同时以幽默、讽刺和戏剧化的手法呈现出社会的种种荒诞和黑暗。

《狄康卡近乡夜话》是果戈理的成名之作，通过描绘乌克兰大自然的诗情画意和对人民生活的幽默讽刺，反映了封建势力和金钱势力对人民的压迫，同时赞美了人民的勇敢、善良和热爱自由的性格。

《小品集》和《密尔格拉德》继承了《狄康卡近乡夜话》的风格，标志着果戈理的创作进入了现实主义阶段。其中，《塔拉斯·布尔巴》描写了哥萨克队长布尔巴反对波兰入侵的英勇斗争，赞美了热爱祖国和为祖国而战的英雄；《旧式地主》则展现了地主阶级的衰落和灭亡；《两个伊

---

① 王明琦．果戈里焚稿 [J]．安徽商贸职业技术学院学报（社会科学版），2006（03）：54-55，59．

凡吵架的故事》则通过两个庸俗地主的形象讽刺了宗法制地主的庸俗和腐朽的生活。

《外套》和《鼻子》这两部作品是果戈理的幽默讽刺的代表作之一。《外套》描写了一个穷官吏因为得到一件新外套而感觉快乐和幸福，但最终却因外套被抢而身败名裂的故事；《鼻子》则讽刺了一个满脑子想升官发财的官场小丑，将鼻子看作升官发财的象征，以荒诞的情节揭示了官场的虚伪和丑恶。

《钦差大臣》这部喜剧通过鲜明、生动的刻画，揭露了俄罗斯官僚社会的腐败和荒诞。主人公是各种小偷、骗子和强盗的集合体，整部剧没有一个正面人物，通过讽刺和笑来揭示了官僚制度的丑恶。

这些作品不仅在当时引起了轰动，也对后世的俄罗斯文学和戏剧产生了深远的影响，成为俄国现实主义文学的重要代表之一。

（二）代表作品：《死魂灵》

《死魂灵》是俄国批判现实主义文学发展的基石，也是果戈理的现实主义创作发展的顶峰。作者原计划创作三部，由于后期创作力的衰退和思想局限，他创作的第二部于1852年被自己焚烧，第三部未及动笔。仅完成并且流传下来的只有第一部。别林斯基高度赞扬它是"俄国文坛上划时代的巨著"，是一部"高出于俄国文学过去以及现在所有作品之上的""既是民族的，同时又是高度艺术的作品"。

小说的书名叫《死魂灵》有几层的含义，"死魂灵"含义一：死农奴。俄语里面"灵魂"一词是指人的心灵或者是灵魂，但是多数的形式就是指农奴，因为当时俄国是农奴制，从俄语这个词也可以看出，农奴只是一些灵魂，不是人，没有人的独立性，只是一个一个的灵魂。这里说出的《死魂灵》实际上就是指死农奴。"死魂灵"含义二：书中人物是行尸走肉。小说用《死魂灵》这个名字来作标题，还有一个隐喻，就是象征、比喻的作用。小说里这些人物是在精神上、在道德上都已经死了的一些人物，没有灵魂了，是死了的一些灵魂，是一些行尸走肉。"死魂灵"含义三：小说人物是虚构的。就是说都是一些死魂灵，虚的，是死的，这是小说家言，不必认真。

这部小说从故事情节来说并不复杂。主人公叫乞乞科夫，是一个收购死魂灵的骗子。出卖死魂灵的五个地主，有的愚昧，有的贪婪，有的霸道,有的无所事事,尽管个性或者情况各不相同,但是他们的一个共同的特点,就是体现出了俄国那种腐朽的封建农奴制的本质。乞乞科夫来到某市,先用一个多星期的时间打通了上至省长下至建筑技师的大小官员的关系,而后去市郊向地主们收买已经死去但尚未注销户口的农奴,准备把他们当作活的农奴抵押给监管委员会,骗取大笔押金。他走访了一个又一个地主,经过激烈的讨价还价,买到一大批死魂灵,当他高高兴兴地凭着早已打通的关系迅速办好了法定的买卖手续后,其罪恶勾当却被人揭穿,检察官竟被谣传吓死,乞乞科夫只好匆匆逃走。乞乞科夫利用国家法律进行死农奴的投机买卖的情节,勾画出了地主阶级丑陋的群像,暴露了官僚集团从上到下的堕落、暴虐及对劳动人民的残酷剥削,写出了劳动群众的走投无路的悲惨境地,有力地抨击了腐朽、没落的沙皇专制制度,具有广泛的社会内容和深刻的思想性。

果戈理通过对各个庄园的外貌、内部陈设和地主本人的外表以及他们的生活嗜好的细致描写,特别是通过人物间的对话和对细节的描写,刻画出五个具有鲜明个性的地主形象。

玛尼洛夫是一个闲散的甜腻腻的梦想家。其相貌倒是讨人喜欢,对人也很热情,但他懒懒散散,从不过问家务事,对一切都不在意。书房的桌上也放着一本打开的书,可两年才读了14页。他永远心满意足,甚至懒得寻找词语来表达自己的思想和所想的东西。对乞乞科夫的到来,深表欢迎。这是一个披着高雅绅士外衣,慵懒且又多愁善感的寄生虫。

科罗包奇卡是一个寡妇,是十分吝啬的女地主。她善于经营,但愚昧闭塞,生性多疑,生怕在出卖死农奴中吃亏。她的生活的全部意义就在于积蓄钱财。她的本质特征是爱财如命,吝啬成性,傻头傻脑。

罗斯特莱夫是一个说谎者、吹牛家。他喜欢打架,爱逛街,并喜欢嘲弄人,喜欢造谣。他的家境也同他的生活一样乱七八糟,但他对人热情、豪爽。他的特征是野蛮,好斗,刚愎自用。

梭巴开维奇是一个贪食者,饕餮之徒,是"俄国人的肚子"的崇拜者。他的外表像头大狗熊,他的家具也像他本人一样,又笨又重。他仇视一切人,是个贪婪而又顽固的地主的典型。他的特征是弱肉强食,蛮横无理。

泼溜希金是一个贪得无厌,吝啬到丧失人性的大地主,也是世界著名的四大吝啬鬼之一。他看上去穷得像个乞丐,实际上却很富有,仓库里的面粉霉得像石头一样硬,可他却常常在农民居住的赤贫的庄子里走来走去,企图捞点什么,就是路上见到一件破衣服、一个铁钉、一个扣子也要捡回去,甚至还偷别人忘在井台上的水桶。他的特征是吝啬成性,堕落腐朽。

果戈理将这些地主分为"浪费者"和"积蓄者"两种,以揭示出地主阶级的寄生性、卑劣、鄙俗和腐朽,认为他们才是真正的"死魂灵"。

乞乞科夫是一个农奴主兼资产阶级商人的典型形象。他出身于贵族家庭,但到父辈已家道中落。早在中学时代便以种种手段骗得老师的赏识。进入官场后,一心投机钻营,巴结上司。虽屡遭失败,但从不灰心。他的生活哲学是"金钱是生活的主宰,朋友可以抛弃你,钱是永远不会抛弃你的"。他曾利用手中的权力参与一个建筑工程,捞了一大笔钱,盖起了京式的小楼。后又骗取了税务检察官的职务,勾结走私集团牟取暴利。官场失败后他发现"死魂灵"的买卖有利可图,于是他就钻法律的空子,开始了新的冒险。在买卖过程中他表现出圆滑世故、狡诈多变、巧取豪夺、唯利是图的本质特征。

他根据不同对象,施展不同手段;对玛尼洛夫是温情脉脉,以高雅的绅士派头博得他的好感;对科罗包奇卡是连骗带诈,逼她就范;对罗斯特莱夫是耐心忍受,以软抗硬;对梭巴开维奇则是针锋相对,斤斤计较;对泼溜希金则大表"关怀"与"同情",把自己装扮成一个慷慨的保护人。

乞乞科夫是俄国资本主义积累时期从贵族地主中分化出来的新型资产阶级掠夺者的代表,在他身上,既有地主的本质特征,又有资产者的特征。

这部小说最突出的艺术特点就是对人物细节的刻画。这几个地主,个性那么突出,全都有赖于对细节的描写。所以果戈理的这种以现实主义艺术的巨大的功力所塑造的人物形象,可以说是这部小说的最杰出的艺术成就。这一点,为历代的文学家、评论家所称道。《死魂灵》也就成了现实主义小说艺术的一部经典作品。

果戈理的语言非常幽默,他的讽刺可以说入木三分。果戈理这种讽刺的笑,也是含泪的笑,这个在《死魂灵》里也可以看出来,表现得很明显。因为果戈理从他的世界观、主观上来说并不想反对沙皇专制制度,但是他整天看到的都是这样一些应当受讽刺的人物。所以,就像鲁迅描写阿Q的劣根性一样,鲁迅对他是一种怒其不争。所以这种讽刺的笑是一种辛酸的笑,是一种含泪的笑。抒情的插笔,叙事与抒情的有机结合,热情赞美俄罗斯人民的智慧,勇敢和创造力,歌颂他们酷爱自由,敢于斗争的精神。作品结尾处把俄罗斯比作一架不可思议的飞奔的三套车,远远的飞奔而去,这象征着祖国的光明前景。所以果戈理的这部作品可以说是俄罗斯批判现实主义文学的一部经典。

《死魂灵》的发表震撼了整个俄国,在作者锋利的笔下,形形色色贪婪愚昧的地主,腐化堕落的官吏以及广大农奴的悲惨处境等可怕的现实,被揭露得淋漓尽致、从而以其深刻的思想内容,鲜明的批判倾向和巨大的艺术力量成为俄国批判现实主义文学的奠定杰作,是俄国文学,也是世界文学中讽刺作品的典范。

但小说较少写到农奴,个别地方写了他们的反抗,对他们的处境表示同情,总的说来,他笔下的农奴是十分愚昧无知的。

总之,果戈理追随普希金的现实主义创作道路,是"自然派"的创始人;他用笔深刻揭露和批判了俄国丑恶社会,塑造出具有超越时代的形象,如赫列斯塔科夫、乞乞科夫、巴什马奇金等;他发展了现实主义,其文学语言对俄国文学贡献很大,其讽刺手法具有民族意义和世界意义。

第二节　赫尔岑、屠格涅夫及其代表作品

一、赫尔岑及其代表作品

赫尔岑的生平经历确实充满了戏剧性和反叛色彩,这也为他日后成为一位著名的社会活动家、思想家和作家奠定了基础。从他出生的背景来看,他的处境是既尊贵又屈辱的,这种身份的复杂性可能对他的个性和价值观产生了深远的影响。

作为私生子,赫尔岑从小就承受着父母不同寻常的关系所带来的压力和困惑。他的父亲虽然无法将自己的姓氏传给他,但给予了他良好的家庭教育和对知识的渴望。这种矛盾的家庭环境可能激发了赫尔岑对社会不公的敏感,以及对平等和正义的追求。

在莫斯科大学求学期间,赫尔岑积极参与了当时的自由主义活动。他成立的"赫尔岑小组"不仅展示了他个人的魅力和影响力,也表明了他对社会变革的迫切渴望。他与奥加廖夫在麻雀山上发出的誓言,展现了他对社会平等和正义的坚定信念,这也成为他后来一生奋斗的动力。

赫尔岑的思想和行动并未止步于校园,他在流亡期间继续致力于反对沙皇专制制度和俄国封建体制的斗争。他的作品不仅是文学上的杰作,也是对社会现实的尖锐批判和呼吁。他的一生都在探索如何使社会更加公正和平等,他的努力和贡献为后来俄国社会的发展和变革铺平了道路。

1847年,赫尔岑选择了离开俄罗斯,前往欧洲,成为一名政治流亡者。然而,欧洲革命的失败使他的思想陷入危机。他曾对西欧的社会主义运动抱有希望,但这场革命的失败,使他开始寻找其他的出路。赫尔岑转而将希望寄托于俄国农民的斗争,错误地认为可以在保留宗法制度的情况下通过农民村社来实现社会主义,这为后来民粹主义的兴起奠定了基础。

赫尔岑的文学作品也反映了他对社会不公的关注和对问题的探索。他的长篇小说《谁之罪》描写了来自不同社会阶层的主人公最终陷入相似的命运,暴露了当时俄国封建农奴制度的严重问题。其他中篇小说也探讨了社会不公正和不合理之处,成为当时社会上引起广泛关注的作品。

赫尔岑的一生充满了挑战和斗争,尽管他在思想上经历了变化和困惑,但始终保持着对正义和自由的追求。他的作品和行动对俄国的革命和社会变革产生了深远的影响,被列宁称赞为俄国革命准备中的重要人物,是反对沙皇专制制度的先驱之一。

二、屠格涅夫及其代表作品

伊凡·谢尔盖耶维奇·屠格涅夫是俄国批判现实主义文学家的杰出代表之一,他的生平经历和作品都展现了他对文学的热爱和对社会现实的深刻关注。

出身于贵族家庭的屠格涅夫,在早年接受了良好的教育。他曾在彼得堡大学学习,后前往柏林大学专攻黑格尔的哲学,并获得了硕士学位。尽管早年醉心于浪漫主义诗歌,但在别林斯基的影响下,他开始走上现实主义的创作道路。

屠格涅夫是《现代人》杂志的积极撰稿者,他的作品对当时的社会产生了深远影响。在政治上,他是一个温和的贵族自由主义者,支持沙皇政府的农奴制改革。然而,随着时间的推移,他与车尔尼雪夫斯基和杜勃罗留波夫等人之间产生了严重分歧,最终在 1860 年脱离了《现代人》杂志。

后来,屠格涅夫长期居住在西欧,但他对祖国的思念从未减少。他经常资助民粹派,并关心俄国的解放事业。1883 年,屠格涅夫在法国病逝,结束了他波澜壮阔的一生。

《猎人笔记》是屠格涅夫的成名作之一,也是他的第一部现实主义力作。这部作品通过 25 个短篇,深刻地揭示了腐朽的农奴制度,展现了作者的民主主义思想。作品以猎人的行猎为线索,刻画了各种人物形象,真实地展现了农奴制下各阶层人民的生活,表现了对农奴制的反感和抗议。屠格涅夫在作品中展现了对美好生活的向往,同时以抒情的笔调描述了大自然的景色,两者形成了鲜明的对比。

屠格涅夫在文学创作中,以其独特的抒情风格和对现实生活的深入观察而闻名。《罗亭》和《贵族之家》等长篇小说深刻地揭示了当时俄国社会的矛盾和人物的命运,反映了农奴制时代的过渡性质。他创作的《前夜》和《父与子》等作品则描写了"新人"的形象,体现了他对民主主义和改革的渴望,但也透露出他对社会现实的深深忧虑和对自由主义事业的疑虑。

尽管屠格涅夫晚年的文学创作较少,但他的散文诗以及充满抒情色彩的作品仍然展现了他对人性和大自然的敏感。他的文学作品不仅在俄国文学史上占有重要地位,也对世界文学产生了深远影响,成为现实主义文学的杰出代表之一。

第三节　陀思妥耶夫斯基、车尔尼雪夫斯基及其代表作品

一、陀思妥耶夫斯基及其代表作品

（一）人物简介

费多尔·米哈伊罗维奇·陀思妥耶夫斯基是俄罗斯文学史上的一颗璀璨明星，他的生平和作品为人们展现了一幅动人心魄的画卷，深深地影响了世界文学和思想的发展。

陀思妥耶夫斯基的文学之路充满了坎坷。他出生于一个平民家庭，从小就在贫困与疾病中度过，早年的经历为他后来的文学创作奠定了坚实的基础。在莫斯科贵族学校和彼得堡军事工程学校接受教育后，他开始了他的文学生涯。1846 年，他以《穷人》一举成名，作品中对贫困人民的生活描写深刻动人，引起了文坛的轰动。然而，1849 年他却因涉嫌参与革命活动而被捕，受到了死刑的判决，后来虽然将刑罚改为流放，但他仍然在西伯利亚的苦役中度过了数年。

流放期间，陀思妥耶夫斯基不仅面临着身体上的煎熬，更有精神层面的挑战。他在苦难中对宗教进行了深刻的思考，并在回归文坛后将这些思想融入了自己的作品之中。《死屋手记》以及后来的《罪与罚》《白痴》等作品都反映了他对罪恶、赎罪、宗教等主题的思考和探索，展现了他深邃的思想和卓越的文学才华。

在创作生涯中，陀思妥耶夫斯基面临着诸多挑战，包括家庭的不幸和精神的折磨，但这些挑战并没有阻碍他成为一位伟大的作家。他的作品如《卡拉马佐夫兄弟》等更是成为世界文学史上的经典之作，对人类思想和文学发展产生了深远的影响。

1881 年，陀思妥耶夫斯基在彼得堡去世，结束了他辉煌的一生。然而，他的文学遗产却永远地留存于人们心中，激励着后人不断探索人

性、道德和宗教等永恒的主题。

　　（二）代表作品：《卡拉马佐夫兄弟》

　　《卡拉马佐夫兄弟》是陀思妥耶夫斯基最具代表性的杰作。这部巨著原本计划写两部，可惜只写完第一部，作者便过早地逝世了。

　　《卡拉马佐夫兄弟》的故事情节，是以陀思妥耶夫斯基在做苦役犯时的一位难友，退伍少尉伊林斯基的经历为基础的，这个形象曾被写进作者的《死屋手记》。伊林斯基被指控犯有杀父罪被判了 20 年苦役，然而这是一桩冤案，10 年以后，这桩冤案才得以昭雪。陀思妥耶夫斯基看到了这一"令人触目惊心的事实"背后所蕴含的悲剧性，这种骇人听闻的指控断送了一个年轻人的一生，这无疑是个极好的素材。同时，父亲早年神秘地死去的往事，一直萦绕在陀思妥耶夫斯基的心头，那是个没有解开的谜。现在，他也有机会把他的许多感受诉诸一部描写恶习与犯罪的伦理小说中了。

　　1878 年到 1880 年，陀思妥耶夫斯基终于完成了这部卓越的小说。这部小说的故事发生在一个名为"畜栏"的外省小城镇的地主家庭。贪婪的老卡拉马佐夫有 3 个儿子，长子米卡粗野率直，狂暴任性；次子伊凡是个无神论者，是一个沉醉于上帝是否存在的怀疑思想之中的人；三子阿廖沙是一位对上帝有着真诚敬仰的人，他坚信用爱可以战胜世间的一切邪恶。

　　在这个家庭里，伦理道德遭到了极大的破坏，父亲老卡拉马佐夫与长子米卡为了争夺同一个情妇以及财产，发展到势不两立的程度，米卡曾口口声声地要杀了自己的父亲。老卡拉马佐夫年轻时与一个傻女人生下了一个私生子斯麦尔佳科夫，在卡拉马佐夫家当厨子。在长期的卑屈环境中成长起来的斯麦尔佳科夫，心中对这个家庭郁积着无法弥消的怨恨情绪，在伊凡"既然无所谓善恶，就什么事都可以做"的玩世不恭思想感染下，他终于利用这一家父子兄弟间的不和，冷酷地谋杀了自己的生父老卡拉马佐夫。米卡涉嫌入狱，走向了苦役场。伊凡对这种犯罪行为深感内疚而导致神经错乱。只有阿廖沙怀着一颗博爱之心，孤身弃家远游，继续以基督的思想去拯救这世界上千千万万迷途的灵魂。

　　在这部小说中，老卡拉马佐夫是作为"恶"的形象出现的。他贪婪无耻，心地卑微，还是一个老色鬼，然而他偏偏是这个家庭的父亲，他的丑陋与他作为一个父亲理应具有的宽厚仁慈形成了巨大的反差。这种反差是理念与现实的矛盾,正是这种矛盾构成了这部小说的悲剧基础。杀了这样一个丑恶的人或许还可以被解释为除暴安良,然而杀了这样的一个父亲,则成了人类难以接受的罪恶。丑恶的父亲,这种违背天性却又活生生的角色,给人类带来的必然是一个悲剧。

斯麦尔佳科夫也是以一种"恶"的形象出现的。作为一个不幸的傻女人与老卡拉马佐夫的私生子,他从小就生活在不幸与苦难之中,恶劣的生活环境导致了他对这个家庭的极度仇恨,在性格上他也变得残暴而冷酷无情。他是被苦难与仇恨所戕害了的道德上的畸形者和精神上的活尸。然而,就是这样一具行尸走肉,陀思妥耶夫斯基也未能让他逃脱作家所认定的人必将进行的灵与肉的搏斗,在他终于忍受不住精神上的折磨而将一切真相告诉伊凡之后,他怀着对恐惧的畏惧悬梁自尽。

卡拉马佐夫家的长子米卡是一个复杂的人物。性格上他极为粗鲁,傲慢自大而行为不检,然而却有着一颗生气勃勃的敏感的心灵。他对于人类的苦难与不幸怀有深深的同情,"今天世界上受苦的人太多了,蒙受的灾难太多了!"说到此处,他竟能号啕大哭。

但是,欲念也如一个魔鬼在他心中飘荡,为了女人,为了财产,他恨他的父亲,并曾扬言要杀了他,这一切使他跌入深渊。在他的身上"善"与"恶"和谐地统一在一起。当他无辜入狱陷入对上帝的沉思以后,他的"善"在上帝的诱导下浮出了他的心田。在作者的笔下,他犹如一个顽皮的孩子,身上满是缺点但心地真诚而善良,当他在上帝的引导下长成一个"大人"的时候,他必将成为一个灵魂高尚的人。这个形象表明了陀思妥耶夫斯基对当代俄国普通人的基本看法,他们虽然身处于罪恶的泥潭中,但他们的心地却是纯洁的,在对上帝的信仰中他们定会摆脱苦难,走向新生。在这个人物形象上,比较深刻地体现了陀思妥耶夫斯基宗教观念中的理想主义成分。

伊凡·卡拉马佐夫,这个家庭的次子,是一位对上帝充满怀疑的思想者。在陀思妥耶夫斯基笔下,他是与哥哥米卡相对立的人物。米卡因为相信上帝的存在,虽然性情粗鲁,心怀杀心,但最终获得了灵魂的宁静;而伊凡虽然文质彬彬,但因为对上帝的存在表示怀疑,最终被卷入杀父案中,因不堪灵魂的折磨而精神分裂。陀思妥耶夫斯基对这一人物的描写是带有惩罚性的。在《叛逆》一章中,伊凡给阿廖沙讲了一段一个将军当着一位母亲的面驱使狼狗群将这位母亲 8 岁的儿子在几分钟里撕成碎片的悲惨故事,他提出了从上帝的角度来看,这位母亲是否应宽恕这种兽行的问题。

这是一个令基督教徒感到十分尴尬的问题,也是基督的崇拜者陀思妥耶夫斯基本人对基督教义的某种困惑。在血腥的时代,基督精神并不能解决一切问题,它只能是一种人生态度的普遍原则。于是,陀思妥耶夫斯基也只能让钟情于基督的宽容思想的阿廖沙说出"枪毙"二字,当一桩罪行发展到令人发指的程度,大抵是没有人会真正宽容的。这里,伊凡通过一桩极端的事件对基督教的普遍原则提出了怀疑与对抗,最终发展成为"既然无所谓善恶,就什么都可以做"的无政府主义的思想。然而,伊凡只是一个沉溺于逻辑推理与理性思维的空想者,他只是怀疑善与恶的存在,却不会去做,但命运之神偏偏捉弄于他,他的那些空想蛊惑了斯麦尔佳科夫,他无意中成了一桩凶杀案的精神上的罪魁祸首,于是他一下子从自己崇高思想的顶峰被甩进疯狂与死亡的深渊,这个理念上的怀疑论者遭到了冷酷现实的悲剧性毁灭。在陀思妥耶夫斯基笔下,这种毁灭不啻于一种惩罚。

阿廖沙是陀思妥耶夫斯基笔下的一个理想人物,在他身上体现着完整、全面的基督精神。他性情柔和,为人善良,心地宽广,面对社会与家庭的丑恶冷静地作壁上观,似乎超然于人间物外。或许,作者对这个人物寄予了太多的希望,反而使他失去了文学上的个性,因而在这部卓越的小说中,他的文学形象并不出色。或许我们可以做这样的推测,在陀思妥耶夫斯基试图完成的这部俄国编年史式的长篇巨著里的第一部分,阿廖沙仅是作为一个旁观者出现的,只是在第二部分里,他才成为一个行动者,一个真正的主人公。由于作者的逝世,第二部小说未能问世,阿廖沙真正的形象也就成了文学史上的一个谜。这部小说里还出色地描写了一些生动的少年儿童形象。即使是一些与作者政治观念相悖的自称为社会主义者的少年形象,也被陀思妥耶夫斯基描写成招人喜爱,具有天赋的人。一个叫柯里亚·克拉索特金的男孩,犹如一位天生的革命家,经常和阿廖沙展开政治性辩论,幻想着"有朝一日能为真理而献身",这是一个性格直率、英勇大胆的少年形象。此外,小说中还通过伊留莎这个形象描写了一个因蒙受屈辱而变得十分凶狠的儿童,他内心充满矛盾,但又怀着十分强烈的反抗心理,敢于为保护自己父亲的名誉而积极斗争。小说的结尾是在阿廖沙对孩子们的演讲中结束的,他号召孩子们要在生活中成为气度豁达和勇敢的人,这体现了陀思妥耶夫斯基对俄国未来的期望。

小说通过弑父故事揭示了一个罪恶家族的精神史。老卡拉马佐夫是罪恶之源。长子米卡是一个处于灵与肉矛盾冲突的夹缝中，曾有弑父意念但最终忏悔复活的人物，是弑父的虚拟凶手；次子伊凡是一个悲观绝望的无神论者，在尼采宣判以前，在他心里，上帝已经死了，是弑父的思想凶手。最小的阿廖沙，是理想化的正面形象，但过于理想化的事物，常常贫乏、苍白。私生子斯麦尔佳科夫是邪恶的化身，为了 3000 卢布，杀死了老卡拉马佐夫，是弑父的真实凶手。文学史将这一家人物性格命名为"卡拉马佐夫性格"：邪恶自私、野蛮残忍、卑鄙堕落，是人类罪恶的集中营。

小说充满了善与恶的冲突，恶与恶的较量，但在这场人心的战争里，没有赢家，因为恶者因其邪恶而疯狂毁灭，善者因其渺小而无能为力，体现了陀思妥耶夫斯基式的绝望。

《卡拉马佐夫兄弟》是一部综合性的长篇小说，其中广泛涉及了当代俄国社会的各种问题，诸如司法制度与报刊的问题、学校与民族性的问题、教会与革命宣传的问题等。作为政论家，陀思妥耶夫斯基在论及这些问题时总是不免站在保守的立场上，试图维护官方的统治现状。然而，作者对于现实社会中各种尖锐的复杂矛盾又是极其敏感的，他本质上的人道主义思想使他对现实中身处苦难的人们怀有深切的同情，而他在艺术上的现实主义使他笔下的环境与人物超越了其保守的政治观念。诚如一位批评家所说："作者对人类的热爱，他对蒙受创伤的心灵寄予的深切同情，遮住了一切。不管他如何竭力维护黑暗，但他仍然是一盏明灯。"这里，充分显示了现实主义的创作方法在陀思妥耶夫斯基身上所激发的巨大力量。

在这部小说中，陀思妥耶夫斯基对于情节的编排是颇具匠心的，所有的人物都被设定在极为紧张激烈的戏剧性冲突之中，从而使情节的进展与人物性格紧密相关，情节被人物命运推动，人物性格在情节的冲突中得到展现。

这也是陀思妥耶夫斯基的一贯手法。在这部小说中，因为它的"杀父主题"，而使整个情节的矛盾冲突更加激烈。米卡的形象就是在情节的跌宕起伏中完成的，一开始，在他身上就隐含着杀父的动机，情节的进展依附于他与父亲为争夺情妇和财产而进行的争斗上，继而，杀父的动机转到斯麦尔佳科夫身上，米卡成了无辜的罪人。故事情节在这里发生了重大变化,而米卡的形象也随之发生了变化。狱中的沉思与法庭上的辩论使这个粗鲁直率的年轻人在性格上更趋沉稳,在灵魂上也变得高尚。

为使情节的进展更有力度,陀思妥耶夫斯基对其笔下的人物环境进行了鲜明的对比性设定:一方面是精神的畸形者老卡拉马佐夫和斯麦尔佳科夫,另一方面是天使般的灵魂阿廖沙和长老佐西马;与"畜栏"小镇相对照的是修道院,与色鬼相对照的是修道院的圣徒,与现实中罪恶的父亲相对照的是理念上慈爱的"圣父"。对比手法的运用,一方面使矛盾的冲突更为激烈生动,另一方面也为小说增添了一种浓重的象征意味。

通过对社会现实的文献式的直接描述,使这部小说在真实性方面达到了令人心悦诚服的程度,同时,通过对人物与环境的象征性概括,这部小说在哲学的深度上又不得不让人吃惊。应当说,小说中的环境与人物都相当具有讽喻性。"畜栏"这个地名暗喻着作者对现实社会的某种态度,兽性在这里泛滥着,苦难的人们犹如牲畜般生活着,有的人是肉体的牲畜,而有的人则是灵魂的牲畜。老卡拉马佐夫象征着好色,伊凡象征着自我中心主义,而米卡体现着放荡不羁,阿廖沙则是纯洁道德的象征。这部小说杀父的主题也是象征性的,它象征着陀思妥耶夫斯基所处时代令他深感不安的一种历史现象——杀君行为。

这部小说中有着许多惊人的场面描写,在这些场面里,主人公们被聚合在一起,使各种矛盾冲突直接激烈地展现出来。卡拉马佐夫一家在修道院里争斗的场面,米卡在被捕前寻欢作乐的场面,以及法庭上伊凡和卡捷琳娜相继被抬走的场面都使矛盾的冲突达到了白热化的程度。各种人物一齐出现,各种矛盾错综复杂,但作者写来有条不紊,每个人物都显示着自己鲜明的个性,这里充分显示了一个小说家的深厚功力。对人物进行内心独白式的描写,一直为陀思妥耶夫斯基所擅长,在这部作品里作者在继续使用这种手法的同时,还进一步通过梦境,通过争辩来直接或间接地展示人物的心理活动。米卡的梦境,伊凡与阿廖沙在酒馆中的争辩对于人们洞悉这些人物的内心活动具有极大的作用。梦的描写也是陀思妥耶夫斯基喜爱的一种手法。就小说所展示的广阔的俄国社会图景,众多鲜明生动的人物形象,以及卷帙浩繁的篇幅而言,《卡拉马佐夫兄弟》堪称一部史诗性的巨著。可以说,这部小说是对陀思妥耶夫斯基一生创作的强有力总结。

《卡拉马佐夫兄弟》是陀思妥耶夫斯基一生创作的总结。弗洛伊德认为它典型地印证了"俄狄浦斯情结",认为它与《俄狄浦斯王》《哈姆莱特》一起是人类文学史的三部杰作。

作为一位伟大的俄国作家,其文学风格对 20 世纪的世界文坛产生了深远的影响。陀思妥耶夫斯基常常描绘那些生活在社会底层却有着不同常人想法的角色,这使他非常了解 19 世纪暗潮汹涌的俄国社会中小人物的心理。部分学者认为他是存在主义的奠基人,如美国哲学家瓦尔特·阿诺德·考夫曼就曾认为"陀思妥耶夫斯基的《地下室手记》是存在主义的完美序曲"。

陀思妥耶夫斯基影响了 20 世纪的很多作家,包括福克纳、加缪、卡夫卡,日本知名大导演黑泽明等,但是也有人对他不屑一顾,比如纳博科夫、亨利·詹姆斯和 D.H. 劳伦斯。他和列夫·托尔斯泰、屠格涅夫并称为俄罗斯文学"三巨头",南京师范大学教授汪介之认为:"屠格涅夫以诗意的眼光看待生活,以诗意的笔调展现美好。列夫·托尔斯泰具有思想家的灵性,能洞悉社会的全貌。而陀思妥耶夫斯基注重人性的发掘,逼视着人性的阴暗面。他沉郁的风格,与他的经历和精神状态密切相关。"

高尔基说过:"就表现力来说,他的才能只有莎士比亚可以同他媲美。"但他的颓废又让列夫·托尔斯泰叹息"不能奉为后世楷模"。哈洛卜伦写《西方正典》,在俄国文学中只选了托尔斯泰,因为陀思妥耶夫斯基的作品总有一股邪气,他本人又是每赌必输的赌徒。鲁迅称他是"人类灵魂的伟大的审问者","到后来,他竟作为罪孽深重的罪人,同时也是残酷的拷问官而出现了。他把小说中的男男女女,放在万难忍受的境遇里,来试炼他们,不但剥去了表面的洁白,拷问出藏在底下的罪恶,还要拷问出藏在那罪恶之下的真正的洁白来。"陀思妥耶夫斯基注重人性的发掘,以近乎残酷的方式,不断拷问着自己的灵魂。于是在最后一部作品《卡拉马佐夫兄弟》中,陀思妥耶夫斯基题词:"我实实在在地告诉你们:一粒麦子落在地里如若不死,仍旧是一粒;若是死了,就会结出许多籽粒来。"此部未完成的杰作,绽放出东正教神学教导的慈爱光辉及透过成吉思汗的草原一统形象,传达世界主义的宏伟理念,尤为杰出不凡。

二、车尔尼雪夫斯基及其代表作品

尼古拉·加夫里洛维奇·车尔尼雪夫斯基是俄国历史上一位杰出的思想家、革命家和作家,他的生平和作品代表着19世纪中叶俄国革命民主主义的思想和斗争。

车尔尼雪夫斯基出生于1828年的萨拉托夫,从小就展现出对文学、史地和科学的浓厚兴趣。年轻时,他就读于彼得堡大学,开始接触黑格尔和费尔巴哈等哲学思想,逐渐成了一位积极的革命民主主义者。他的早期教育生涯展现了他对进步思想的推崇和对社会不公的不满,为后来的革命活动奠定了基础。

车尔尼雪夫斯基的文学和思想活动涉及哲学、经济学、美学、社会学等多个领域。他的著作包括《艺术对现实的审美关系》《俄国文学果戈理时期概观》《对反对公社所有制的哲学偏见的批判》等,涵盖了对社会现实和政治制度的深刻分析和批判。

然而,车尔尼雪夫斯基最知名的作品要数长篇小说《怎么办?》,这部小说被誉为"生活的教科书",描绘了19世纪俄国社会的现实和革命的理想。在这部作品中,他通过三角恋爱的故事,探讨了社会变革的可能性和个人在革命斗争中的角色。小说展现了他对革命民主主义思想的坚定信念和对美好未来的向往。

车尔尼雪夫斯基的作品对俄国革命运动和后来的社会发展产生了深远的影响。他被赞颂为俄国革命的精神领袖,是一代又一代革命者所景仰和崇敬的典范。他的思想和作品在俄国社会中产生了巨大的影响,并激励了许多人为实现社会正义和平等而奋斗。

第四节　列夫·托尔斯泰、契诃夫及其代表作品

一、列夫·托尔斯泰及其代表作品

（一）人物简介

列夫·尼古拉耶维奇·托尔斯泰是俄罗斯历史上最杰出的作家之一，也是世界文学的重要人物之一。他生于一个古老的贵族家庭，在早年经历了母亲和父亲相继去世的悲剧，但这并没有阻止他成为一位伟大的思想家和文学家。

托尔斯泰早年在莫斯科接受教育，后来进入喀山大学学习东方语言和法律。然而，他的内心早已对社会不公和个人信仰产生了强烈的关注。在军队服役期间，他开始了自己的文学创作，成名作品《1854 年 12 月的塞瓦斯托波尔》就是在这一时期诞生的。

1856 年之后，托尔斯泰开始了他的社会改革尝试，并以自己的文学作品不断呼吁对贫苦农民的关注。然而，他的改革措施并没有取得预期的成效，这使他逐渐转向对宗教和道德的关注。他的作品中充满了对人生意义和道德准则的探讨，体现了他对人性和社会问题的深刻洞察。

尽管托尔斯泰具有卓越的文学才华，但他的人生之路并不平坦。他的思想观念经历了多次转变和矛盾，从早期的社会改革者到后来的宗教思想家。他试图通过自己的作品和生活实践来影响社会，但最终却发现社会变革不是简单的事情。他的晚年生活极度简朴，甚至放弃贵族身份，过起了平民化的生活，但这种尝试也充满了矛盾和挣扎。

最终，托尔斯泰在离家出走的途中因病逝世，结束了他波澜壮阔的一生。他的思想和作品对后世产生了深远的影响，不仅在文学上，更在道德和社会观念上留下了宝贵的遗产。

列夫·托尔斯泰的代表作品展示了他在文学创作中的卓越才华和

对人性、道德、社会问题的深刻思考。

《童年·少年·青年》这部作品以自传体的形式,描写了主人公尼科连卡从童年到青年的成长历程。通过尼科连卡的心理描写和成长经历,托尔斯泰探讨了人生的意义、道德的重要性以及个人成长中的矛盾和挣扎。

《一个地主的早晨》(1856)反映了青年托尔斯泰回乡改革的失败,展示了贵族青年对农民改革的天真设想与现实之间的巨大鸿沟。

《哥萨克》(1863)描写了贵族青年奥列宁在高加索山村寻求自由和幸福的经历。通过奥列宁的成长历程,托尔斯泰探讨了个人幸福与道德责任之间的关系。

《战争与和平》(1863—1869)是托尔斯泰的代表作之一,以1805年至1814年的俄法战争为背景,描绘了各种社会阶层人物的生活与命运。通过对众多人物的刻画和对历史事件的描写,托尔斯泰展现了人性的复杂性和社会的多样性,同时探讨了战争、爱情、宗教等议题。

这些作品体现了托尔斯泰对人生、社会和宗教等问题的深刻思考,以及对俄罗斯社会和历史的深刻洞察。他的作品不仅在文学上具有重要意义,更在道德和哲学层面上对后世产生了深远影响。

(二)代表作品:《安娜·卡列尼娜》

《安娜·卡列尼娜》写于19世纪70年代,发表于1877年,当时俄国正处农奴制改革后,资本主义大肆入侵俄国农村时期,正如作者一开始写道的:这里的"一切都翻了个身,一切都刚刚安排下来"。小说标志了托尔斯泰的批判现实主义的新发展,也是他的世界观的集中表现。

《安娜·卡列尼娜》是托尔斯泰的代表作之一。小说主要有两条线索。一条写安娜·卡列尼娜和渥伦斯基之间爱情婚姻的纠葛,展现了彼得堡上流社会、沙皇政府官场的生活;另一条写列文的精神探索以及他与吉提的家庭生活,展现了宗法制农村的生活图画。

安娜是一个坚定地追求新生活,具有个性解放特点的贵族妇女形象,她的悲剧是她的性格与社会环境发生尖锐冲突的必然结果。在作者的最初构思中,安娜是一个堕落的女人。但作者在创作的过程中改变了这种构思,赋予了安娜许多令人同情的和美的因素。安娜还是少女的时候,由姑母做主嫁给了比她大20岁的省长卡列宁。卡列宁伪善自私,过于理性化而生命意识匮乏。他的主要兴趣在官场,是一架"官僚机器"。相反,安娜真诚、善良,富有激情、生命力强盛。她与这样的丈夫生活在一起,不知爱情为何物,这种生活埋藏了她的生命活力。在和渥伦斯基邂逅之后,她那沉睡的爱的激情和生命意识被唤醒了。此后,她身上总流露出一种纯真的、发自内心的对真正生活的热切向往。安娜的不同凡响,首先在于她不屈从于她认为不合理的环境,勇敢地追求和保卫所向往的幸福生活。对渥伦斯基的爱激起了她对真正有价值的生活的强烈欲望,那埋藏在心底的被压抑的东西驱动着她。她不愿再克制自己,不愿再像过去那样把自己身上那个活生生的人压下去。"我是个人,我要生活,我要爱情!"这是觉醒中的安娜的坚定的呼声。安娜对生活的这种渴求是有其合理性的,这不仅可由人的自然天性来证明,而且可由压制她的那个自私伪善的上流社会本身来证明,可由卡列宁冷酷无情的行为来证明。安娜在渥伦斯基的爱中看到了生命的意义,并义无反顾地去追求属于自己的生活。她拒绝丈夫对她的劝说,反抗丈夫的阻挠,冲破社会舆论的压制,公开与渥伦斯基一起生活。在她对爱情自由的执着追求中,表现出了她性格的正直、坦率、勇敢和心灵的高尚、精神境界的崇高,展示出了有生命的、生机勃勃的东西对平庸的、死气沉沉的现实环境的顽强反抗。

然而,这种反抗本身决定了安娜的性格与命运是悲剧性的。她和渥伦斯基一起到国外旅行,尽情地享受了爱的幸福与生活的欢乐之后,对儿子的思念之苦和来自内心的谴责之痛逐渐使她难以忍受,来自社会的压力也使她悲剧的阴影日益扩大。社会已宣判了她这个胆敢破坏既定秩序和道德规范的人不受法律保护;上流社会拒绝接受这个"坏女人";作为一个母亲,她因"抛弃儿子"而遭到了社会舆论的强烈谴责,说她为了"卑鄙的情欲"而不顾家庭的责任。凡是构成她幸福生活的东西,都遭到了严厉的抨击。充满欺骗与虚伪的上流社会对安娜的要求是十分苛刻的,安娜的处境也就十分严峻了,她失去了支配自己命运的权利和可能,她的内心矛盾不断加剧。她一方面不顾一切地力图保卫和抓住已得到的爱和幸福,另一方面心底里又时时升腾起"犯罪"的恐惧,随着时间的推移,恐惧感、危机感愈演愈烈。这种内心的矛盾与痛苦说明了她爱的追求的脆弱性,也是导致她精神分裂、走向毁灭的内在原因。最后,失去一切的安娜绝望地想在渥伦斯基身上找回最初的激情和爱,以安慰那破碎的心,但渥伦斯基对安娜近乎苛刻的要求越来越反感,这使安娜的心灵受到了致命的打击,以致于走上了卧轨自杀之路。安娜无法在这个虚伪冷酷的环境中继续生存,只能以死来表示抗争,用生命向那个罪恶的社会提出了强烈的抗议和控诉。小说也因此体现了强烈的社会批判意义。

托尔斯泰对安娜的态度是矛盾的。他一方面认为安娜的追求合乎自然人性,是合理的;另一方面,从宗教伦理道德观来看,安娜又是缺乏理性的,她对爱情生活的追求有放纵情欲的成分。所以,在小说中作者对安娜既同情又谴责。他没有让安娜完全服从"灵魂"准则的要求,去屈从卡列宁和那个上流社会,而是同情安娜的遭遇,不无肯定地描写她自我意识和生命意识的觉醒以及对自由爱情的追求,但又让安娜带着犯罪的痛苦走向死亡。"申冤在我,我必报应。""我"就是作者一贯探索的那个永恒的道德原则,是维护人类生存与发展的善与人道。安娜的追求尽管有合乎善与人道的一面,但离善与人道的最高形式——爱他人,为他人而活着——还有相当的距离。这就是作者对安娜态度矛盾的根本原因。

卡列宁是一个伪善、僵化、缺少生命活力的贵族官僚的形象,小说通过这一形象严厉批判了那个腐朽的沙皇封建制度和上流社会刻板、虚伪的道德规范。卡列宁严格地按照既定的社会规范生活。他遵守法规,忠于职守,作风严谨,因而被上流社会称作"最优秀、最杰出"的人。然而,正是这个官僚队伍中的"优秀人物",却是一个僵化的、生命意识匮乏的人。他的这一本质特征与渴望自由、不肯循规蹈矩、富有生命活力的安娜正好相反,而与那个僵死的、保守的和平庸的社会环境则恰恰一致。所以,卡列宁从内心深处难以接受安娜的生活准则,正如安娜难以接受卡列宁的一样。他因为有环境的支持便总摆出绝对正确、居高临下的架势;他每每以社会所允许的宗教和道德规范逼迫安娜就范,给她设置种种障碍;他既不考虑自己的情感需要(实际上根本没有这种需要),也不考虑安娜的情感需要。在他这个把个体行为都纳入社会规范的人身上,跳动着的是一个既不敢同外界抗争,又企图占有一切的猥琐、卑怯的灵魂。当安娜请求离婚时,他首先想到的是"如何才能去掉由她的堕落而溅在他身上的污泥",从而不使他的前途与地位受到影响。也正是出于这种自私的考虑,他决定不同意离婚,以使安娜与渥伦斯基的关系不合法,招来上流社会对她的谴责与抛弃,这无疑等于置安娜于绝境。而他倒认为这是他对安娜的宽恕与拯救,因为他对犯了"罪"的安娜是那样地不计前嫌,宽宏大量,因而他是那么道德高尚,富于宗教仁爱之心。这是何等残酷的虚伪,具有一种不自觉的虚伪的卡列宁以及由他这样的人组成的贵族社会无疑是冷酷无情地戕杀安娜、戕杀自然人性的杀人机器。

列文是一个带有自传性的精神探索者形象,他是俄国农奴制改革后资本主义迅速发展条件下力图保持宗法制关系的开明地主。他习惯于用批判的眼光评价现实社会和人们的生活原则,探究人的生活中不可动摇的道德基础。他不愿按照周围的人教给他的那种方式去生活,不怕背离人们普遍认可的时髦的东西,不怕违背上流社会认为高雅的道德准则,在生活中走自己的路,根据自己的信念去行动,追求合乎自己理想的生活。在这点上,他与安娜有精神内质上的相通与一致性。最后,他在宗法农民弗克身上领悟到,生活的意义在于"为上帝、为灵魂而活着";人生在世最重要的是要不断进行"道德自我完善","爱己如人",感到"上帝"在我心中。列文的痛苦探索和最后结局,反映了作者的思想状态,这个人物身上体现了作者"托尔斯泰主义"的进一步发展。

托尔斯泰在这部小说中关心的是家庭的题材,但家庭的冲突是与时代的矛盾、社会生活的激流密切联系的,主人公的生活历史被纳入时代的框架之内,单个人物及其愿望、渴求、欢乐和痛苦是时代与社会生活激流的一部分。作者在描写现实生活时强调了习以为常、故步自封的社会关系对人的沉重的压制,这种压制使人的个性和生命发展受到了严重阻碍。小说以史诗性的笔调描写了资本主义冲击下俄国社会生活和人的内心世界的躁动不安,展现了"一切都翻了个身,一切都刚刚开始安排"的时代特点。小说的悲剧气氛、死亡意识、焦灼不安的人物心态,正是人物同有损人的尊严的环境发生激烈冲突的产物。这种焦虑不安的气氛正是"一切都混乱了"的社会的特点,也是处于"阿尔扎玛斯的恐怖"之中的托尔斯泰自身精神状态的艺术外化。

《安娜·卡列尼娜》的艺术魅力很大程度上取决于其出色的心理描写,人物的心理描写是整个作品艺术描写的重要部分。

首先,小说注重于描述人物心理活动、变化的过程,体现出"心灵辩证法"的主要特点。揭示人物的内心矛盾,并把这种矛盾发展、变化的过程充分展示出来;车尔尼雪夫斯基说:"托尔斯泰伯爵所最最注意的是一些情感和思想怎样发展成别的情感和思想……最感兴趣的是心理过程本身,它的形式,它的规律,用特定的术语来说,就是心灵的辩证法。"

精神探索型的人物列文的心理过程是沿着两条路线发展的：对社会问题特别是农民问题的探索和对个人幸福、生命意义的探索。在农事改革上，他经历了理想的追求到失败后的悲观；在个人生活上，他经历了爱情上的迷恋、挫折、失望到婚后的欢乐、焦虑、猜忌、痛苦，最后在宗教中找到了心灵的宁静。他的心理运动是伴随着精神探索的历程有层次地展开的。小说对安娜的心理过程的描写，则侧重于展示其情感与心理矛盾的多重性和复杂性，她一方面厌恶丈夫，另一方面又时有内疚与负罪感；一方面憎恨伪善的上流社会，另一方面又依恋这种生活条件；一方面不顾一切地追求爱情，另一方面又不断为之感到恐惧不安。作者把她内心的爱与恨、希望与绝望、欢乐与痛苦、信任与猜疑、坚定与软弱等矛盾而复杂的情感与心理流变详尽地描述出来，从而使这一形象富有无穷的艺术感染力。

除了对人物一生的心理活动过程的描述，小说中还有许多对人物瞬间心理变化的描述。这类描写往往准确、深刻地披露了特定情境中人物的心理变化过程。例如，小说在写列文第一次向吉提求婚时，关于吉提内心变化的那段文字，是十分精彩的。在列文到来之前，吉提欢喜地等待着，以外表的平静、从容、优雅显示了内心的镇静。当仆役通报说列文到了时，她顿时脸色苍白，血液涌到了心上，那内心是惊恐万状的，以至于想逃开。因为她虽喜欢列文，但更喜欢渥伦斯基，因而她必须拒绝来求婚的列文，但这又使她感到内疚与痛苦。见到列文后，她又恢复了内心的平静，因为她已决定拒绝列文，但她的目光中又流露出希望列文饶恕的祈求。吉提在见到列文前后这短暂时间内的心理活动，是多层次的，作者对吉提内心思想的把握十分准确。

作品中卡列宁的心理活动也是心灵辩证法的经典呈现。在接到安娜病危电报之前，卡列宁对达丽亚说："我不能宽恕，也不愿意，……我从心底里憎恨她。"——接到电报，一个念头立即闪出：这是诡计和欺骗。——电报中"我快要死了"的字句，使他想到病危，如果是真的——将信将疑动身了。——冷酷。

途中，"她的死会立刻解决他处境的困难"，——把安娜病危的消息当作了喜讯。

走进大门，听到的消息，安娜"平安生产了"，这突如其来的噩耗，使他止住了脚步，变了脸色。仆人告诉他，安娜病情很重，这消息使他重新点起了希望,提起脚步走进门去。深层的心理是他强烈地渴望安娜死。在安娜的病床前,面对渥伦斯基"一种爱和饶恕敌人的感情充溢了他的心"。"我要把另一边脸给人打,要是人家把我的上衣拿去,我连衬衣也给他。""您可以把我践踏在污泥里,使我为世人所耻笑,但是我不能抛弃她,而且我不说一句责备您的话。"心理活动的基本内容是宽恕。表面的真诚的宽恕包藏着深层的虚伪。他对敌人的爱和宽恕的唯一的后果,是加深了安娜和渥伦斯基的负罪感。

小说善于通过描写人物的外部特征来揭示其内心世界,一个笑颜,一个眼神和动作,都成了传达心灵世界的媒介。作者认为,人的感情的本能和非言语的流露,往往比语言表达的感情更为真实。因为语言常常对各种感受进行预先的"修正",而人的脸孔、眼睛所揭示的都是处于直接的、自然的发展中的情感与心理。这种直接的、自然发展中的情感与心理是作者热衷于捕捉的。

"有一股被压抑的生气在她的脸上流露,在她那亮晶晶的眼睛和把她的朱唇弄弯曲了轻微的笑容之间掠过,仿佛有一种过剩的生命力洋溢在她的全身心,违反的她的意志,时而在她的眼睛的闪光里,时而在她的微笑中显现出来。她故意地竭力隐藏她眼睛里的光辉,但它却违反她的意志在隐约可辨的微笑里闪烁着。"安娜因其具有被压抑的生命意识,灵魂深处才蕴蓄着荡漾的激情,时不时地通过无言的外在形态流露出来,使她富有超群的风韵与魅力。

小说第1部第18章中写到安娜与渥伦斯基在车厢门口打了一个照面,两人不约而同地回过头来看对方。接着,作者从渥伦斯基的视角描写了安娜。这段描写中,作者重点抓住了安娜的脸部表情和眼神,发掘出女主人公潜在的心灵世界。"被压抑的生气"正是安娜悲剧性格的内在本原,这种生气与来自外部环境的压制力构成她内心的矛盾冲突,丰富的情感被理智的铁门锁闭着,但无意中又在"眼睛的闪光",脸上的"微笑"中泄露了出来。安娜形象的美主要源于她那丰富的情感与心理世界,这种描写也常见于其他人物身上。

"我为自己的建筑艺术而感到自豪——圆拱顶衔接得使人察觉不出什么地方是拱顶。""这所建筑的联结不是靠情节和人物之间的关系(交往),而有其内在的联系。"即人物行动所包含的各种思想的交锋和对照。利用平行主线结构,形成了总体对照的格局,使所表现的生活互为补充,所塑造的人物互为对比,人物的命运截然有别。

在"一切都翻了个身,一切都刚刚开始安排"的混乱时代,托尔斯泰在安娜和列文的道路上各安排了一位斯芬克斯——他们都必须回答人生的目的是什么,人生的意义何在。在社会大动荡的时代不随波逐流,按照自己的理想选择生活道路,敢于摆脱上流社会的桎梏,寻求新的生活道路。两条主线在这一点上形成了一种内在联系。这属于内在联系的表层部分。

深层部分在异不在同,在于安娜和列文的道路所蕴含的不同意义的对照比较。安娜的人生追求是实现个人的爱情幸福,列文也强烈地追求爱情幸福,但吉提的爱情和家庭的幸福并没使列文摆脱濒于自杀的痛苦,列文的生活道路是以追求普遍的人生理想和社会理想为止境。在这种深层意义的对照上,安娜的情节是列文情节的衬托,列文的人生追求是安娜的生活道路的否定。

安娜为爱情而舍弃一切的路是一条绝路,列文的道路才是贵族理想的出路。列文、渥伦斯基、奥布浪斯基形成一组对照。安娜、吉提、达丽亚构成了第二组对照。贤妻良母式的吉提和恪守妇道、忍辱求全的达丽亚互为补充,共同表达了托尔斯泰的妇女观,托尔斯泰让她们从不同角度否定了安娜的追求。

安娜·卡列尼娜是文学史上一个非常光辉的女性形象。她有一切的美德和智慧,可惜的是,她的命运却是个悲剧。她的生活始终被重重的矛盾所包围,这些矛盾不仅有社会的,也有个人的,而且,在当时的社会历史环境下,这些矛盾是无法调解的。安娜在这些矛盾的冲突斗争中,最终丧失了生命,在文学史上留下了一曲永恒的悲歌。

安娜是列夫·托尔斯泰在《安娜·卡列尼娜》这部小说中塑造的文学史上一个光辉的女性形象。她身上聚集了众多的优点:她有超凡脱俗的美貌,有一种雍容娴雅的风度,永远是那么安详和自然,非常的聪明,单纯又真挚,快活有生气,还有良好的教养,这种种的优点使看见她的每一个人都不得不为她的魅力所征服。然而,她的美好,随着铁轨的震动,化作了一缕轻烟消散在这个茫茫的世界,留给我们的只有无尽的叹息与哀婉。她的悲剧,是什么造成的? 纵观全书,我们可以发现,在安娜的周围,始终包围着重重的矛盾,这些矛盾的冲突与斗争最终导致了安娜的灭亡。

1.安娜与社会的矛盾冲突

安娜在小说中是以上流社会里的一个贵妇人的形象出现的。她活动的圈子主要有三个："一个是她丈夫的政府官员的集团,包括他的同僚和部下,这是一个男性的官僚集团,从来不曾引起她的兴味,她避开它。安娜接近的另一个集团是阿列克谢·亚历山得罗维奇所借以发迹的集团。这个集团的中心是利季娅·伊万诺夫伯爵夫人。这是一个年老色衰、慈善虔诚的妇人和聪明博学、抱负不凡的男子所组成的集团。在她看来好像她和他们所有的人都是虚伪的。与安娜有关系的第三个是地道的社交界——跳舞、宴会和华丽的服装的集团,这个集团一只手抓牢宫廷,以免堕落到娼妓的地步,这个集团的人自以为是地鄙视娼妓,虽然她们的趣味不仅相似,而且实际上是一样的。她和这个集团的联系是通过她的表嫂贝特西·特维尔斯基公爵夫人保持的,这些上流社会的社交圈是浑然一体的,"在那里大家彼此都认识,甚至互相来往"。

在这三个圈子里,安娜都有朋友和密切的关系。

实际上,这三个互相联系的集团无论在心理方面还是在道德方面都有着相同的特点:思想上的狭隘性并带有浓厚的阶级偏见色彩,以及道德问题上的伪善。这个上流社会允许人们偷情幽会,却不能容忍真正纯洁的爱情,因为纯真的爱情是鄙视上流社会的世俗与荣耀的。在书中,人们对于渥伦斯基对安娜的追求所采取的不同态度,很明显地反映出了这一点:当渥伦斯基开始追求安娜的时候,贝特西以及上流社会的其他社交人物都是抱着一种赞许的态度。渥伦斯基本身对这一点也是十分清楚的,"他十分明白他在贝特西或任何其他社交界人们的眼里都没有成为笑柄的危险。他十分明白在他们的心目中做一个少女或任何未婚女性的单恋者的角色也许是可笑的;但是一个男子追求一个已婚的妇人,而且不顾一切,冒着生命危险要把她勾引到手就颇有几分优美和伟大的气概,而绝不会是可笑的"。这一点也可以从社交界人物对自由恋爱的态度反映出来,"公使夫人——恋爱的?您抱着多么陈腐的观念!如今还有谁谈恋爱吗?"自由恋爱在这里被认为是"愚笨的陈规陋习"。可见,社交界允许、赞赏的只是一种风流韵事,而纯真的自由恋爱是这些上流人物所不齿的。人们把这种社交场上的风流韵事当成一种表演与消遣,涉足这种风流韵事的人大多抱着一种玩世不恭、逢场作戏的态度。而安娜这种对爱情与幸福的追求却绝不是逢场作戏,而是抱着一种神圣的态度。为追寻真爱,她敢于冲破传统社会虚伪的道德伦理观,以及宗教的樊篱;她拒绝了卡列宁提出的让她虚伪地和上流社会惯常的情人偷情幽会的建议,不惜放弃了家庭,全身心地投入这爱情当中来。从暗地幽会到自动在丈夫面前暴露自己的隐情,再到和渥伦斯基出国度假,最后公开地同居。她的行为,在上流社会看来,无疑是一种对上流社会公开的挑战和蔑视。人们把她当成一个抛夫弃子,违反了贤妻良母之道的坏女人。甚至连安娜最知心的朋友——达丽亚·亚历山德罗夫娜也无法理解安娜。更何况,在上流社会当中,人们之间的关系非常的冷漠,尔虞我诈,人与人之间常常怀有敌意。对于安娜的地位与非凡的魅力她们非常妒忌,"嫉妒安娜,而且早已听厌了人家称她贞洁的大多数年轻妇人看见她们猜对了,都幸灾乐祸起来,只等待着舆论明确转变了,就把所有轻蔑的压力都投到她身上。她们已准备好一把把泥土,只等时机一到,就向她掷来。"由此可知,安娜这种"出格的行为"无论如何也不会逃过上流人士的攻击。人们不断地用言语来攻击她,在社交场上孤立她,使她处于四面楚歌的境地,卡尔塔索夫夫人甚至当面对她进行侮辱。安娜在精神方面遭到了无情的摧残与迫害。安娜与社会的矛盾冲突是她悲剧命运的根源。

2. 安娜与卡列宁的矛盾冲突

安娜的婚姻生活一开始就是个错误,当她还是个少女根本不知爱情为何物的时候,就由自己的姑母做主嫁给了比自己大20岁的省长卡列宁。安娜是一个充满激情的女人,她要生活,要爱情。而很不幸的是,安娜的丈夫卡列宁却是个毫无生活兴趣的人,除了工作、政治能够激起他极大的热情,再也没有什么能引起他的兴趣。对于安娜的内心生活他是不可能理解也不屑于去关心的,在书中,托尔斯泰写道:"在思想和感情上替别人设身处地着想是阿列克谢·亚历山德罗维奇格格不入的一种精神活动。"安娜的生活欲求与卡列宁的不解风情产生了激烈的矛盾冲突。

卡列宁在彼得堡的官场中高居显位,是俄罗斯政界中不可多得的重要人物。无论在官场上或者生活上,他都奉行官僚主义的因循守旧、形式主义、机械呆滞的原则,把自己变成了一架官僚的机器。当他发现舆论围绕他妻子传开的时候,他"一面考虑要说的话,一面又有几分惋惜他不得不为家务事而消耗自己的智力和时间。但是,摆在他眼前的措辞的形式和顺序已像政府工作报告一样明了清晰地在他的脑子里形成。'我要充分说明下面几点:第一,说明舆论和体面的重要;第二,说明婚姻的宗教意义;第三,如果必要,暗示我们的儿子可能遭到的不幸;第四,暗示她自己的不幸。'"他把生活变成了机械的过程,在他的身上没有一点活的思想与感情。他带给安娜的只是一种幻灭的感觉。与这样一个缺乏激情且过于理性的人生活在一起,安娜感到压抑甚至窒息,"他们不知道八年来他怎样摧毁了我的生命,摧毁了我身体内的一切生命力——他甚至一次都没有想过我是一个需要爱情和生活的女人。他们不知道他动不动就伤害我,而自己却洋洋得意。"虽然如此,安娜还是努力去爱他,但她发觉自己实在做不到,为了寻找精神上的寄托,她把自己的爱全部倾注在儿子的身上,以此来求得精神上的平衡。而渥伦斯基的爱情就像春雨一样,给她的精神生活注入了新的活力,她内心压抑的激情就像火山爆发一样喷涌而出。由此家庭中隐含的矛盾一触即发。

卡列宁也是个非常虚伪残忍的人。他对法律、宗教、社会的舆论的力量深信不疑,他自信自己的言行举止都是符合这一切的,他也要求安娜熟记和执行一切法令、宗教和社会舆论的指示。他说他自己不是一个狠毒的人,但从他对待安娜的态度上看,我们看不出他有丝毫的仁慈。安娜在临产之前以为自己快要死了,写信给他希望他回来,他收到信以后,第一个念头就是:这是安娜的诡计和欺骗,而一会儿又想假如这是真的,而我又拒绝回去,那么我会受到每个人的责备。在他心里,他是多么希望安娜死去,所以当他回到家,得知安娜平安生产了的时候,他感到非常失望。接着仆人又告诉他安娜的情况不好,"他听说还有死的希望,就感到稍稍安心了"。虽然在回家后,看到安娜的病重,他一度原谅了安娜与渥伦斯基,但我们完全可以理解为是他精神错乱所致,他背叛了自己的内心。所以事过之后,他又恢复了自己一贯的作风,以残忍的方式对待安娜,坚决拒绝把儿子给她,纵使他自己对儿子并没有多少爱,就如同对待安娜一样。在利季娅·伊万诺夫伯爵夫人的唆使下,他甚至连母子见面的机会都不给安娜。而安娜失去了儿子是无论如何都不会幸福的。他这种做法使安娜失去了最重要的精神寄托。他这样做的目的只是报复惩罚安娜,他想:"我不应当不幸,但是她和他却不应当是幸福的。"自己得不到幸福,也不能让别人得到,这种自私的心理一点都不符合一个基督徒的信仰,可知他是多么的虚伪与残忍。安娜与卡列宁的矛盾冲突是安娜悲剧的主要原因。

3.安娜与渥伦斯基的矛盾冲突

渥伦斯基激起了安娜对生活的无限激情,安娜是非常爱渥伦斯基的。为了追寻自己的真爱,她失去了家庭、丈夫、儿子、荣誉、地位与尊严,使自己置身于一种孤立无援、四面楚歌的悲惨境地。她除了渥伦斯基的爱,已经一无所有。所以她特别害怕失去这唯一的依靠,不顾一切地抓住已得到的爱和幸福,完全依赖于渥伦斯基。把自己全部的精力都投入这爱情的经营中去,达到了一种狂热的高峰。她非常注意渥伦斯基的一言一行,老是患得患失,整天都在做无谓的猜测,害怕渥伦斯基变心,爱上别的女人。她对渥伦斯基越来越苛刻,让渥伦斯基感到自己失去了自由,"日子越过下去,他越是经常地看到自己为情网所束缚,他也就越时常渴望着,倒不一定想摆脱,而是想试试这情网是否妨碍他的自由。若不是这种越来越增长的渴望自由的愿望——不愿意每次为了到城里去开会或者去赛马都要吵闹一场"。虽然渥伦斯基也很爱安娜,他为了安娜,放弃了自己升官发财的机会,得到安娜的爱情他感到非常的自豪。但是安娜这种近乎失去了理性的爱,让他感到非常的苦闷。他对安娜也渐渐失去耐心。爱情对于他来说固然重要,但只是他生活的一部分,事业、功名、社交仍是不可缺少的。但安娜不能理解这一切,她以为渥伦斯基这样做是故意冷淡她,以为渥伦斯基厌倦了她,不再需要她。她要求渥伦斯基和她一样,生活中只有爱情。显然,这对于渥伦斯基来说是不可思议的,也不可能办到。

安娜想要牢牢地绑住自己的爱情,但是,她却在爱情的误区里越陷越深。她不能改变渥伦斯基的意志,也不能端正自己对待爱情的态度。他们常常争吵,在争吵中双方都感到疲惫不堪,安娜在伤害自己的同时,也深深地伤害了渥伦斯基。爱情在相互折磨之中慢慢地变色,到最后,渥伦斯基对于安娜的感情与其说是爱,还不如说是同情。"生活使我们破裂了,我使他不幸,他也使我不幸。他和我都不能有所改变。"安娜处在这种境地中无法自拔,绝望中感到失去了生存的精神寄托。

安娜与渥伦斯基爱情的破灭直接导致了安娜的悲剧。

4. 安娜本身的矛盾冲突

文学史上都认为安娜是个追求资产阶级个性解放和爱情自由的新女性。她受新的社会风习的熏陶，背叛了没有爱情的婚姻和扼杀她生命力的丈夫。但是她又不完全是个新女性，她内心充满矛盾和自我折磨：她反对传统的伦理道德，认识到社会伦理道德与宗教的虚伪，她不甘于被它束缚，但是她又不能完全地摆脱旧的思想意识。她无法证明自己的爱情是无私的、不伤害他人的"合理追求"，她无法摆脱一个善良的妻子对丈夫不忠的负罪感，尤其是想到儿子及他以后的处境时，她更是感到自己有种无法饶恕的罪过。这使她在面对外来压力的同时，还不得不受到良心的谴责。虽然如此，她又不能舍弃对渥伦斯基的爱情，这种爱情就像吸食鸦片一样让她无法自拔，她把它当成了生命中唯一的东西。她的不幸也正源于把爱情当作了生命的唯一，这使她失去了新的理想和目标，找不到新的出路。当她和渥伦斯基的爱情渐渐变淡，无法挽回的时候，她只得选择了死亡。

对于安娜这样一个19世纪的贵妇来说，爱情是她追求自由和个性解放的唯一道路，否则她只能是卡列宁的附属品，安于做一个没有爱情的贤妻良母。同渥伦斯基的爱情是她张扬生命的唯一途径，她的一切人生价值都寄托在此。赋予她新生的是爱情，置她于死地的也是爱情。她的死有社会原因，但重要的是自身原因：爱情至上主义，但又带着浓厚的旧有传统烙印，来自上流社会的、家庭的、渥伦斯基的压力都承受住了，但她无法战胜自己，当渥伦斯基对她冷淡时，她对自己产生了怀疑，产生了强烈的悔罪意识："上帝，饶恕我的一切！"——最后一语。神权、夫权、爱情的幻灭共同置安娜于死地。

安娜以自己的生命作为代价，给予了这个虚伪、罪恶的社会最为严厉的控诉。安娜的悲剧是值得我们同情的，也是值得我们深思的。她被逼上绝路，是社会的罪过；她的死，是对美好爱情追求与人格自由解放的殉道。她的这种无畏的追求是值得我们学习的，但是我们也应该从她的悲剧中吸取教训，在追求幸福的过程中少走一点岔路。

（三）代表作品:《复活》

这是列夫·托尔斯泰的代表作,也是他的世界观和创作的总结。小说最初名为《柯尼的故事》,是彼得堡法院检查官柯尼讲述的一桩法案。后因作者自己不满意,经过十年数次易稿,最后才写成现在的《复活》。

小说描写贵族青年聂赫留多夫诱奸了少女喀秋莎·玛丝洛娃,并遗弃了她,使她怀孕后被赶出家门,备受凌辱,沦落为娼,最后被诬告犯杀人罪而入狱。主人公聂赫留多夫作为陪审员在法庭上认出玛丝洛娃,受到良心的谴责,并决心为她赎罪,为她奔走申冤。但终因败诉玛丝洛娃被判流放。聂赫留多夫毅然陪她去流放地。他的行为终于感动了玛丝洛娃,使她重新爱上他,但为了不损害他的名誉和地位,玛丝洛娃同一个革命者西蒙松结了婚。

小说无情地暴露了沙皇俄国国家机器的反人民的本质,深刻揭露了俄国官办教会的伪善性和欺骗性,彻底否定了整个俄国的反动统治,充分反映了广大人民群众的思想情绪,同时也进一步宣扬了托尔斯泰主义。

作者以真挚的同情心描绘了俄国一贫如洗的农民,并指出了农民赤贫的真正原因:"人们被地主夺去了他赖以生存的土地。"我们所看到的俄国乡村一片破败,使人惨不忍睹。孩子的腿细如毛毛虫,玛尔娃讨饭还得养活三个孩子和一个害病的老人;寡妇阿尼霞抱着孩子乞讨。到处是愚昧与贫穷。由此,作者提出:"土地不能作为私有财产,土地不能够作为买卖对象,正如空气,阳光一样。"在这里托尔斯泰毫不留情地否定了封建地主土地所有制。这正体现了广大劳动人民的基本要求,也是托尔斯泰的民主主义的精神所在,是宗法制农民思想的突出表现。托尔斯泰在小说中对沙皇官僚统治和宗教欺骗的揭露与批判,正体现了俄国农民的愤怒和仇恨,反映了农民群众中蕴藏着强大的反抗力量。作者正是站在广大农民的立场上,带着宗法制农民的情绪来批判黑暗的现实,可是,他在无情批判的基础上,却又极力反对以革命的形式来解决这个社会问题,相反,他极力主张用宗教道德来挽救人类,从而提出"勿以暴力抗恶""道德自我完善"的谬论,奢望地主贵族进行道德完善。这种荒唐的思想也正反映了宗法制农民的消极情绪和政治素养的缺乏,并由此可见,托尔斯泰反对的是俄国官办教会,而不是宗教本身。

主人公聂赫留多夫在小说中是个"忏悔贵族"形象,是托尔斯泰自身形象的发展与总结,其性格的发展可分为四个阶段:(1)青年时期,他正直无私,充满了理想,充满了爱,热爱生活,热爱工作,对农民深表同情,曾将土地(遗产17亩)送给了农民,暑假在姑妈家写论文时出于真诚爱上玛丝洛娃。(2)堕落时期,三年之后,聂赫留多夫早已出入上流社会,并生活在旧军队中,污秽的环境使他堕落,被上流同化,过着腐朽糜烂的生活,对生活失去兴趣,对人极为冷漠。他路过姑妈家时,诱奸了曾经爱过他的玛丝洛娃,并将她遗弃。这个时期动物的人在他身上战胜了精神的人。(3)贵族老爷时期,在优厚的生活环境中,处在很高的社会地位,生活十分放荡,挥霍无度,是一个十足的贵族老爷。(4)忏悔贵族时期,法庭上他遇见玛丝洛娃,良心受到极大的震撼,唤醒了他那尚未泯灭的精神的人。因此,在他身上精神的人和动物的人展开了激烈的搏斗,终于,精神的人重新占了上风。通过"心灵"的扫除,精神的人得以完全复活,最后又成为一个托尔斯泰主义者。

按托尔斯泰的解释,聂赫留多夫的"复活"称得上是良心和道德在他身上的回归,精神上的人突然战胜动物的人。应该说,聂赫留多夫的精神"复活"全然离不开外部条件。首先是玛丝洛娃的苦难和冤屈触动了他,同时他对玛丝洛娃的犯罪和毁灭更使他产生悔罪和赎罪之心。此外,俄国的现实和人民的苦难又使他不断进行思索,从而克服了自身原有的偏见,进一步认识沙皇统治,批判贵族阶级,最后才使他与贵族阶级决裂。然而聂赫留多夫虽然批判了沙皇统治,批判了贵族阶级的道德原则和生活方式,对人民表示同情,并有改善人民的处境的意愿和行动,但始终没能靠拢人民。他最后向宗教道德寻求出路,奉行的是不抵抗和道德自我完善的原则。可见,这与托尔斯泰的思想观点是一脉相承的。

玛丝洛娃是农奴制的牺牲品,是受凌辱、受损害的典型。她的性格发展也可分为四个阶段。

第一,养女时期:她原是一个吉卜赛人和一个女奴的私生女,后来由两个地主把她作为养女养大。在地主家里,她一半是婢女,一半是小姐。她自幼天真善良,纯洁美丽,即使被聂赫留多夫占有以后,她仍然怀着希望,认为聂赫留多夫还会爱着她,可是小火车站上相会的悲剧,完全吹灭了她的幻想的泡影。从此,她再也不相信上帝,不相信善良,不相信任何人。

第二,妓女时期:被奸污以后,悲剧就已开始,她先是被赶出家门,孩子生下不久就夭折了。贞洁的代价就是一百个卢布,而且很快就用完了。几次给别人当女仆都因忍受不了男主人的调戏和侮辱而落入风尘,最后沦为妓女。这个时期她对生活丧失了信心,不再相信感情。精神和肉体上都受到残酷的折磨。她不考虑任何问题,认为自己的选择是一种报复,并且也愿意从此堕落下去,整个人变得麻木不仁。

第三,犯人时期:旅店的仆役谋财害命并嫁祸于她,又因法官的误判被关押和流放。在和犯人一起生活的过程中,特别是在和一些政治犯的接触中,她被打开了眼界,并逐渐改掉了恶习。起初,她认出聂赫留多夫,满腔悲愤,并向他要钱。为了帮助难友,她恳求聂赫留多夫为曼秀夫母子的冤案奔走申诉。由此她走上精神"复活"之路。

第四,忏悔时期:聂赫留多夫的行为(四次探监)重新打动了她,促使她反思自省,开始觉得人人有罪,开始原谅一切人,原谅聂赫留多夫,并重新爱上他。但又为了不玷污他的身份,假装不知道聂赫留多夫要娶她,从而精神上得以复活,恢复了人的尊严,恢复了对生活的信心,最后嫁给了西蒙松,并开始了新生活。关于这一点,可以这样解释:托尔斯泰虽然不赞成采取革命手段解决俄国的社会问题,但他对革命者却是有所肯定的,因为这些革命的政治犯的舍己救人与为人民谋利益的行为一直为托尔斯泰所钦佩。至于他们的目的和道路他是不能理解的。因此他笔下的革命者的形象并不完整。这充分反映了托尔斯泰世界观的矛盾。

托尔斯泰是一个富有宗教灵性的作家,生性敏感多虑,曾有过"阿尔扎马斯的恐怖"经历,即他于1869年9月因事外出夜宿阿尔扎马斯旅馆时,突然感到一种从未有过的忧愁和恐怖,这使他对宗教产生浓厚的兴趣。为了弄清人生的意义和目的,以及如何对待死亡等问题,他曾四处走访神父、主教和隐修士,潜心钻研宗教书籍。因此,在众多文学作品和论文中,他都表露过对宗教的理解和期望,反映出他本人的宗教情感和心态。

托尔斯泰创作最突出的特点是全景式的史诗性叙事艺术。这种特点不仅表现在他的小说材料广泛,所包含的内容丰富多彩,叙述具有多层次性上,而且表现在能真实地展现现实生活中人的内心世界的千变万化上。叙事的惊人广度和人物内心世界的深刻揭示,对社会恶的大胆暴露以及对崇高道德的追求,对那些应当成为社会生活之基础的真正合乎人道的原则的揭示,使托尔斯泰的小说既具有再现生活的广阔性和丰富性,又具有表现人的心灵世界的深刻性和真实性。他的作品既广泛描写了人的外在生活流,又表现了个体和群体的人的精神——心理现象流,从而使他的创作显得气势磅礴、博大精深。

二、契诃夫及其代表作品

(一)人物简介

安东·巴浦洛维奇·契诃夫,俄国 19 世纪末具有世界声誉的作家,以批判现实主义、幽默讽刺见长,同时也是短篇小说和戏剧领域的巨匠。他的作品如《变色龙》《万卡》《普里希别叶夫中士》等,揭示了俄国社会的黑暗面和小人物的不幸命运。契诃夫的作品充满了幽默、讽刺和深刻的社会批判,受到世界文学界的高度认可,被誉为俄国现实主义文学的杰出代表之一。

在生活经历方面,契诃夫的童年并不幸福,家境贫困,早年在莫斯科大学学医,后来成为一名医生。然而,他的文学天赋很快显露出来,他的作品在文学界引起了轰动。他的创作风格逐渐从幽默小品转向对社会现实的深刻探讨,特别是对底层人民的生活困境和专制统治的揭露。

在文学创作上,契诃夫的作品体现了他对俄国社会现实的深刻关注和对人性的敏锐洞察。他以精湛的笔法刻画了不同类型的人物,从小职员到警官再到底层人民,他的作品展现了俄国社会的多样性和复杂性。契诃夫的短篇小说以幽默、讽刺和深刻的社会观察而闻名,他的作品对俄国现实主义文学产生了深远影响。

除了短篇小说,契诃夫还涉足戏剧创作领域。他的戏剧作品《海鸥》《万尼亚舅舅》《三姐妹》和《樱桃园》等,被认为是 20 世纪现代戏剧的开端,他在戏剧创作上的贡献也是不可忽视的。契诃夫通过戏剧向人们展示了俄国社会的变迁和人们在面对变革时的心理状态,他的作品具有极高的艺术价值和思想深度。

总的来说,契诃夫是一位杰出的俄国文学家,他的作品在世界文学史上占据着重要地位,对俄国文学的发展和现代戏剧的形成都产生了深远影响。

(二)代表作品:《三姐妹》《樱桃园》《装在套子里的人》

《三姐妹》是契诃夫的一部经典戏剧作品,讲述了三个姐妹和她们的家庭在俄罗斯乡村的生活。作品中揭示了人生的苦难、对幸福的渴望以及对现实的不满。

《樱桃园》是契诃夫最知名的戏剧之一,也是他最后完成的作品之一。该剧通过描写一个贵族家庭因无法支付贷款而失去樱桃园的故事,反映了俄国社会变革时期的矛盾和冲突。

《装在套子里的人》是契诃夫的代表作之一,通过对主人公别里科夫的描写深刻展现了他对变革的恐惧以及对现存秩序的极力维护。别里科夫这个角色不仅仅是一个人物,更是当时俄国社会中保守、守旧势力的集中体现。作品中运用了丰富的对比手法,比如将别里科夫与其他人物进行对照,凸显了他的独特性和与周围环境的格格不入。另外,契诃夫的现实主义写作风格也在作品中得到了展现,通过对日常生活的细腻描写,深刻反映了当时俄国社会的状况,呼吁人们追求变革和美好的未来。整个作品的结构安排也非常巧妙,通过开头和结尾的对比,强化了作品的主题和情感张力,使读者在阅读过程中得到更深层次的思考。

这些作品都体现了契诃夫的现实主义创作风格,通过对人物内心世界的描写和对社会现实的关注,深刻反映了当时俄国社会的各种问题和人类生活的复杂性。

第五节　高尔基、肖洛霍夫及其代表作品

一、高尔基及其代表作品

玛克西姆·高尔基出生于 1868 年,在一个贫苦的家庭中长大。他的父亲是一名木匠,母亲是一个家庭主妇。在他很小的时候,父亲去世,使得家庭生活更加困难。正是这种艰难的生活经历,塑造了他坚韧不拔

的性格和对社会不公的敏感。

在受教育方面,高尔基没有得到应有的机会。只上过两年小学的他,为了维持生计不得不早早地踏入社会。然而,他并没有因此放弃对知识的追求,通过自学,他打开了通往文学殿堂的大门,掌握了广泛的文学知识,这为他后来的文学创作奠定了坚实的基础。

高尔基的文学生涯始于 24 岁,当时他发表了处女作《马卡尔·楚德拉》。这部短篇小说反映了吉卜赛人的生活,深受欢迎,为他的文学生涯开辟了一条光明之路。从此,高尔基以其独特的才华和对社会现实的敏锐洞察力,成为无产阶级文学的杰出代表之一。

他的文学作品涉及多种体裁,包括小说、剧本和散文诗。他的作品主题广泛,深刻地描绘了社会底层人民的生活、苦难和抗争,尤其以长篇小说《母亲》最为著名。这部作品塑造了一批无产阶级革命者的英雄形象,成为社会主义现实主义文学的经典之作。

除了文学创作,高尔基还是一位杰出的社会活动家。他积极参与了俄国的革命运动,组织成立了苏联作家协会,并参与了保卫世界和平的事业。他的生平和作品都反映了一个时代的苦难和斗争,成为人们对社会不公和人性抉择的思考对象。

尽管晚年身体状况不佳,但高尔基的文学创作并未停止,他不断地写作和发表作品,为后人留下了宝贵的文学遗产。他的作品被认为是无产阶级文学的经典之作,对俄国和世界文学产生了深远的影响,激励着人们对正义和平等的追求。

《在人间》和《我的大学》这两部作品延续了《童年》中阿廖沙的成长故事,勾勒了他在青少年和成年阶段所面对的挑战和经历。

在《在人间》中,阿廖沙步入了社会,开始了他的谋生之路。他经历了各种艰辛的工作,遭遇了欺凌、侮辱和愚弄,深刻感受到了社会底层生活的残酷。然而,即使在这种艰难中,他也遇到了善良和正直的人,比如善良的外婆、正直的厨师以及博学的玛戈尔皇后,这些人给予了他希望和光明。阿廖沙热爱书籍,不断阅读,尽管面临各种困难和苦楚。

在《我的大学》中,阿廖沙来到喀山,开始了他的大学生活。然而,理想与现实之间的差距让他感到失望和沮丧。他无处栖身,不得不在码头、面包房和杂货店打工维持生计。在喀山的生活也为他提供了新的机遇和启示,他接触到了各种人群,包括大、中学生,秘密团体成员以及西伯利亚流放回来的革命者。这些经历改变了他的思想,他开始阅读革命

民主主义和马克思主义的著作,并最终参加了革命活动。① 在这一过程
中,阿廖沙摆脱了自杀的精神危机,逐渐成长为一个思想开放、富有社
会经验的人。

读者可以看到阿廖沙从一个孩童成长为一个成熟的青年的全过程,
经历了种种艰辛和挑战,但依然保持着乐观和积极的态度。他在社会的
磨砺中逐渐成长,不断探索和追求自己的理想和信念,最终走上了属于
自己的道路。同时,作品也通过描绘社会底层人民的生活状况,反映了
当时俄罗斯社会的状况,以及人们对美好生活的向往和追求。

二、肖洛霍夫及其代表作品

肖洛霍夫(1905—1984),是一位享有盛誉的苏联作家,出身于顿河
河畔一个商人世家。他的作品《被开垦的处女地》和《静静的顿河》不
仅为世人所熟知,更成为文学界的瑰宝。肖洛霍夫是一位在苏维埃政权
熏陶下成长起来的作家,他的创作生涯与苏维埃国家的崛起紧密相连。
在 20 世纪俄罗斯的文学长河中,肖洛霍夫独领风骚。这不仅源于他独
特的创作风格和所取得的杰出成就,更因为他的作品犹如一部生动的编
年史,深刻反映了十月革命后苏联数十年的社会变革与发展历程。此
外,肖洛霍夫还以其承前启后的艺术成就,将苏联文学推向了世界文学
的巅峰。值得一提的是,1965 年,肖洛霍夫因其在描绘俄国人民生活各
历史阶段的顿河史诗中所展现出的卓越才华和正直品格,荣获了诺贝尔
文学奖。这一殊荣无疑是对他毕生创作成就的最高赞誉,也充分证明了
他在世界文学史上的卓越地位。

肖洛霍夫诞生于顿河岸畔的维约申斯克镇。他的家族渊源可追溯
到俄罗斯中部梁费省扎拉伊斯克的商人世家。在 19 世纪中叶,他的祖
父携家带口来到顿河地区,开始在这片土地上进行商贸活动,并最终定
居。由于他们是"外来者",并非哥萨克族人,肖洛霍夫的祖父起初并无
土地,而是凭借给人当雇工、开设店铺或独立经商,逐渐积累起生活的
资本。数年的辛勤付出与不懈努力,至 19 世纪 80 年代,肖洛霍夫的祖
父已然成为当地颇具声望的二级商人,不仅获得了官方认可,还累积起
可观的财富。这样的家族背景,无疑为肖洛霍夫的成长奠定了坚实的基

---

① 栗鹏.高尔基自传体三部曲浅析[J].海外英语,2010(11):386,397.

础。肖洛霍夫的父亲,一位受过良好教育的文化人,曾在店铺中担任店员,并管理过蒸汽磨坊。他深知教育的重要性,因此对儿子的文化教育极为重视。在肖洛霍夫年幼时,因患眼疾,父亲毅然带他远赴莫斯科寻求名医治疗。在治疗期间,为了确保儿子的学业不被耽误,他费尽心思,拜托朋友安排在莫斯科求学。由于莫斯科离家很远且生活费用较高,后来肖洛霍夫转至离家较近的博古怡尔市继续学业。在那里,他度过了求学时光,直至第一次世界大战爆发,战乱导致学校停课,他才无奈返回故乡。这段经历不仅丰富了肖洛霍夫的人生阅历,也为他日后的文学创作提供了宝贵的素材。在家乡的日子里,他更加深刻地感受到生活的百般滋味,这些感受都融入了他的作品中,使得他的创作更加生动、真实且富有感染力。

十月革命后的十年国内战争期间,肖洛霍夫身处其家乡顿河地区,因此他成为该地区众多事件的目击者和见证人。他目睹了 1919 年初红军部队进驻叶兰斯克镇的情景,同时也见证了同年春天维约申斯克爆发的一场暴动。更令他印象深刻的是,1919 年 5 月末,这些暴动者最终失败、仓皇撤退的凄凉场面。随着时间的推移,1920 年顿河地区建立了苏维埃政权。鉴于当时顿河地区各个哥萨克镇的行政机关急需有文化的人才参与工作,而当地哥萨克人普遍为文盲,受过教育的寥寥无几。肖洛霍夫的父亲、叔父及他本人,因具备文化素养,纷纷投身于相关工作中。尽管当时肖洛霍夫年仅十五六岁,但他已肩负起村执委会文书、统计员等职责。有一段时间肖洛霍夫在卡尔金镇一个粮食采购站工作,作为粮食系统的一员,他获得了前往罗斯托夫参加粮食工作培训班的机会。罗斯托夫作为该地区的中心城市,为肖洛霍夫提供了宝贵的学习平台。培训结束后,他获得了一张“粮食税收督察员”的委任状,并被派往布康诺夫镇开展工作。这段时期的生活和工作经历使肖洛霍夫接触到了各种各样的人和事,为他日后的文学创作积累了丰富的素材。

苏维埃政权稳固建立以后,各个村镇时常举办丰富多彩的文艺演出活动,旨在广泛传播革命精神与文化理念。在这样的时代背景下,肖洛霍夫也积极贡献着自己的力量。他巧妙地将自己过去研读的一些古典文学作品重新创作,赋予它们全新的生命力。他将原著的情节与角色改头换面,巧妙地融入哥萨克顿河地区独特的地域风情和人物形象,使之焕发出别样的风采。经过肖洛霍夫的精心改编,这些剧本在演出中呈现出别具一格的艺术魅力,赢得了广大观众的热烈反响。通过这样的演出活动,肖洛霍夫不仅成功地将古典文学作品的精髓传递给观众,还巧妙地将革命精神与地域文化相融合,为苏维埃政权的宣传工作注入了新的活力。这些演出活动取得了良好的社会效应,为苏维埃政权的稳固与发展奠定了坚实的文化基础。

1922年,俄国国内战争终于落下帷幕,白匪和外国敢死者被悉数驱逐出境,苏维埃政权得以稳固。此时的生活逐渐回归平静,怀揣着对文学创作的炽热向往,肖洛霍夫踏上了前往莫斯科的旅程,旨在深入学习文学创作。

莫斯科对他来说几乎是一个全新的世界,举目无亲的他只能依靠自己的双手,通过辛勤工作来维持生计。当时苏联的生活条件相当艰苦,肖洛霍夫不得不以打零工的方式赚取微薄的生活费用。幸运的是,通过一位朋友的引荐,他加入了"青年近卫军"文学小组。这个小组汇聚了许多才华横溢的年轻作家和诗人,他们共同学习、交流,为苏联文学界注入了新的活力。在这个小组中,肖洛霍夫结识了诸如别兹敏斯基、斯维特洛夫、韦肖雷等著名诗人和作家。他们共同探讨文学创作的技巧和方法,互相激发创作灵感。此外,法捷耶夫和利别金斯基等文学巨匠也与这个小组保持着密切的联系,时常为他们提供指导和帮助。而为他们授课的则是赫赫有名的文艺理论家什克洛夫斯基勃里克,他与马雅可夫斯基是挚友。在"青年近卫军"文学小组中,肖洛霍夫一边学习一边创作。1924年,他在《青年列宁主义者报》上发表了自己的处女作短篇小说《胎记》。随后,他又陆续发表了《放牛娃》《看瓜田的人》《两个丈夫的女人》《死敌》等20多篇中篇和短篇小说。这些作品最终都被收录在他的中短篇小说集《顿河故事》中,于1926年正式出版。《顿河故事》中的作品大多以肖洛霍夫在国内战争期间的亲身经历和见闻为素材,生动地描绘了顿河上游地区尖锐复杂的阶级斗争,展现了哥萨克劳动者善良美好的心灵和他们对新生活的热切向往。这些作品不仅展示了肖洛霍夫的文学才华,也为后人留下了宝贵的历史记忆。

十月革命后的国内战争时期,顿河流域的斗争尤为激烈且残酷,正如《死敌》中所描述的。这部小说生动展现了顿河农村中势如水火的对立场景。在村子里,贫困的农民们一致推选复员归来的红军战士叶菲姆担任村苏维埃主席,即我们常说的村长。然而,掌握村里实权的却是富农伊格纳特及其女婿普罗霍夫。他们肆意欺压百姓,横行霸道,而叶菲姆则一心为贫苦农民谋福利,因此成为他们的眼中钉,被视作"死敌"。

为了除掉叶菲姆,伊格纳特和普罗霍夫多次暗害他,但均未得逞。最终,他们不惜采取极端手段,残忍地将叶菲姆杀害。这便是《死敌》这部小说的主要情节,深刻揭示了当时社会阶级矛盾的尖锐和残酷现实。

还有一篇名为《看瓜田的人》的作品,它描绘了一幅生动的画面:在瓜熟之际,为了守护辛勤种植的瓜果不被偷盗,人们会在瓜田中搭建简陋的窝棚,日夜看守,这样的人被称为"看瓜田的人"。而在这部作品中,作者更是以独特的视角,展示了国内战争时期一个家庭内部因为立场不同而分崩离析的悲惨故事。在这个家庭中,父亲担任白军战地法庭警卫队长一职,大儿子菲多尔则是一名英勇的红军战士。他们站在了生死对立的两个阵营,彼此间的矛盾与冲突日益加剧。一次偶然的机会,父亲发现妻子竟然偷偷给红军俘虏送食物,愤怒之下,他残忍地杀害了妻子。小儿子米嘉目睹了这一切,惊恐之下逃离了家园,最终成为一名看瓜田的人。某天,他在瓜田附近的窝棚里发现了一个受伤的红军战士,仔细一看,竟然是他的哥哥菲多尔。然而,父亲顺着菲多尔留下的血迹一路找来。在父亲即将开枪打死菲多尔的关键时刻,米嘉毫不犹豫地拿起斧头,从背后将其一击毙命。最终,兄弟二人携手投奔了红军。这部小说深刻地揭示了一家人在战争时期的生死对立与抉择。菲多尔作为哥哥,他清醒地认识到"真理在谁的一边",坚定地支持红军和苏维埃政权。他坚信"为了让世界上人人平等,没有富人,也没有穷人,大家一律平等",因此毅然决然地投身红军,为土地和穷人的利益而战。通过对这一家庭故事的细腻描绘,作者成功地展现了战争给普通人带来的痛苦与挣扎,以及他们在面对生死抉择时所展现出的勇气和信念。这部作品不仅具有深刻的历史内涵,更是一部充满人性光辉的文学佳作。

另一篇引人入胜的作品名为《人家的骨肉》,深刻描绘了一对年迈的哥萨克夫妇无私地拯救一个红军战士的感人故事。这对老夫妇,曾经有一个儿子,但他选择了加入白军,不幸在战争中失踪,下落不明。当村里来了一名红军中央队员,负责征收余粮时,突然遭遇了白军的袭击。在激烈的遭遇战中,这名红军战士不幸受伤倒地。待战火散去,老夫妇发现院子里躺着这位身受重伤的红军战士。虽然伤势严重,但战士尚有生命气息。于是,这对老夫妇义无反顾地承担起救治他的重任。经过一个多月的精心照料,红军战士奇迹般地康复了。在战士康复的过程中,老夫妇萌生了让他留下来,像儿子一样陪伴他们、照顾他们的愿望。然而,国内战争结束后,这位红军战士的身份揭晓,他原是乌拉尔工厂的一名工人。他的同伴们纷纷来信,希望他能重返工厂,继续投身社会主义建设。面对这样的召唤,红军战士告别了老夫妇,回到了自己熟悉的生活和事业中。老夫妇虽然心中满是不舍,但他们也理解并尊重红军战士的选择。他们明白,这位年轻人不应被束缚在这个偏远的农村,而应去更广阔的天地施展才华。于是,他们怀着祝福和期待,将红军战士送上了新的征程。这个故事生动展现了哥萨克老夫妇淳朴、敦厚、善良的品质,以及他们对生命的尊重和对他人的关爱。这些作品虽然是肖洛霍夫早期的创作,但已经显露出他独具一格的现实主义艺术风格,为后来的文学创作奠定了坚实的基础。

肖洛霍夫以卓越的胆识和笔触,生动地展现了现实生活中的纷繁矛盾和激烈冲突。他巧妙地将宏大斗争场景融入个体间的微妙关系,通过细腻描绘家庭纷争、父子兄弟间的纠葛,以及夫妻间的情感碰撞,深刻地揭示斗争的残酷与激烈。这种独特的创作手法,使肖洛霍夫的作品在深刻性上独树一帜,显著区别于同时代的作家。在塑造人物方面,肖洛霍夫始终坚持从生活实际出发,全方位、多角度地展现角色的性格特点和心理状态。他的人物形象饱满而立体,让人感受到生活的多样性和复杂性。尽管《顿河故事》这部作品在艺术技巧上略显稚嫩,透露出作者初出茅庐的些许生涩,但其中已经隐约可见一位伟大艺术家的影子。肖洛霍夫在处理复杂题材时展现出的无畏勇气和过人胆识,令人敬佩。他敢于直面生活中的冲突和悲剧,用文字勾勒出一幅幅生动而真实的画面。

1925 年,肖洛霍夫重返他的故乡维约申斯克,怀揣着满腔热血,立志创作一部描绘革命中哥萨克生活面貌的长篇小说,这便是日后脍炙人口的巨著《静静的顿河》。这部作品的创作历程可谓漫长而艰辛,从1925 年至 1940 年,最终得以圆满收笔。在这漫长的写作过程中,苏联国内发生了深刻的农业集体化运动。这一运动始于 20 世纪 30 年代,旨在将分散的小农经济整合为规模化经营的集体农庄,以推动农业生产力的提升。肖洛霍夫作为一个深深扎根于农村、始终关心农民命运的作家,自然无法置身事外。他不仅没有沉浸在自己的小说创作中,反而毅然放下笔杆,投身于这场波澜壮阔的社会变革之中。在参与集体化运动的过程中,肖洛霍夫敏锐地察觉到了一些问题。他发现,部分苏维埃政权的农村干部在执行政策时存在偏差,对农民采取了过于强硬甚至粗暴的手段。他们强行没收农民的牲畜、粮食乃至种子,严重损害了农民的生产积极性,同时也破坏了农民群众对苏维埃政权的信任。面对这种严峻的情况,肖洛霍夫没有选择沉默,他勇敢地拿起笔,直接给斯大林写信,反映了"集体农庄出现了十分危急的情况"。这封信引起了斯大林的重视,他及时给予了回复,并采取措施纠正了一些问题。肖洛霍夫的勇敢举动不仅展现了他作为作家的良知与担当,也为改善苏联农村的社会状况做出了积极的贡献。

肖洛霍夫,凭借自己亲身参与这场运动所积累的深刻体验和真挚感受,创作了另外一部引人深思的长篇小说——《被开垦的处女地》,这部作品在某些译本中也被称为《新垦地》。小说的核心人物是达维多夫等三位领导集体化运动的共产党员。尽管他们三人在思想觉悟、领导能力和个性特点上呈现出不同的风貌,但他们都凝聚着共产党员特有的精神:那种无畏的勇敢、坚定不移的信念、对党和人民的忠诚,以及面对困难不屈不挠的斗争意志。他们始终坚守着为人民服务的宗旨,甘愿为人民的利益付出一切,甚至是自己的生命。肖洛霍夫通过这部作品,生动地刻画了这些共产党员的光辉形象,让读者深刻感受到了他们为集体化运动所付出的艰辛与努力,以及他们身上所散发出的那种无私奉献和坚定信念。

这部小说巧妙地运用真实且生动的艺术手法,大胆地呈现了苏联农业集体化运动中涌现出的各种矛盾与冲突。它不仅仅反映了当时一些敌对势力或明或暗的抵抗与破坏行为,更细腻地刻画了农民劳动者对于加入集体农庄所持有的重重疑虑与观望态度。肖洛霍夫本人对农业集体化持有满腔的热情和积极肯定的态度,他深信,集体农庄是农民摆脱贫困、迈向富裕的必由之路。这一观点,在当时无疑是那一代人的共同认知。尽管小说中描写了一些领导者所犯的错误、存在的偏差和过激的行为,但集体农庄最终取得了胜利与成功。站在今天的角度回望,我们或许会对这场运动有不同的评价,但不可否认的是,20 世纪 30 年代苏联农村发生的这些历史事件,都是历史的真实写照。肖洛霍夫的小说正是这一历史真实的生动反映。小说中的主人公达维多夫等人物的性格、思想和当时的心理活动,都深刻地体现了那一代人的思想状况与心理状态。因此,这部小说不仅具有极高的艺术价值,更富有深刻的认知价值。它让我们得以窥见那个时代的风貌,理解那个时代人们的情感与追求。

1941 年,德国法西斯出其不意、背信弃义地向苏联发动了猛烈的进攻,这一历史事件在苏联历史上被铭记为伟大的卫国战争。随着战争的爆发,肖洛霍夫如同众多心怀国家的苏联作家一般,毅然决然地放下了手中的笔,投身到了硝烟弥漫的前线。在艰苦卓绝的战争岁月中,肖洛霍夫不仅积极进行通信报道的撰写工作,更是以笔为剑,创作了短篇小说《学会仇恨》,深刻反映了战争对人们心灵的深刻影响。而且在战争期间就着手创作长篇小说《他们为祖国而战》,这部作品按照作者的构想,将是一部描绘苏联人民英勇抗敌、保家卫国的宏伟史诗画卷。从已经发表的部分章节来看,小说以细腻的笔触描绘了数个普通战士的形象。通过描绘他们在战争期间的英勇战斗和日常生活的点点滴滴,作品生动地揭示了普通人心灵深处的美好与坚韧。小说中的战斗场面紧张激烈,与战士们平静而充满希望的日常生活相互穿插,形成了一种独特的艺术张力,使整部小说既充满了战斗的热血与激情,又展现了人性的光辉与温暖。从人物的巧妙布局到历史背景的细腻铺陈,这部作品无疑将成为一部恢宏壮丽的战争史诗画卷。然而,令人遗憾的是,这部作品并未完成。因此,我们目前所能接触到的,仅仅是作者以往所发表的一些精彩章节和片段。

二战后,肖洛霍夫作为苏联文坛上一颗璀璨的明星,其创作才华赢得了广泛的赞誉。他的作品对 20 世纪后半叶的苏联文学产生了深远而重大的影响。特别是他的一系列表现顿河农民命运的作品,直接引领并推动了 20 世纪 50 年代以来苏联文学中一个重要的流派——农村小说的形成与发展。这些作品不仅展现了农民阶层的苦难与抗争,也深刻揭示了社会变革中的种种矛盾和冲突,为后世文学创作提供了宝贵的素材和启示。

1956 年,肖洛霍夫创作了连载短篇小说《一个人的遭遇》。这部作品借由主人公索科洛夫的曲折经历,栩栩如生地描绘了苏联平民在卫国战争及战后岁月中所历经的磨难与困苦。这部小说突破了传统战争文学的既定框架,不再局限于颂扬苏军的英勇战绩或领袖的雄才大略,而是深入剖析战争阴霾下普通民众的真实生活场景,深刻揭示了他们所承受的苦难与牺牲。作品的一大创新在于,它摒弃了传统战争文学对英雄主义的过度渲染,聚焦于普通士兵的生存状态与心灵蜕变。索科洛夫,这位平凡的主人公,历经战争的残酷洗礼、战俘生涯的严酷折磨及家庭破碎的悲痛,其命运轨迹映射出千百万苏联人民的共同遭遇。作者通过这一角色,真实而生动地展现了普通人的坚韧与顽强,既未加以美化,也未刻意夸大,而是以其鲜活的形象映射出他们在历史洪流中的无奈与抗争。《一个人的遭遇》,堪称苏联解冻文学的开篇之作。它勇敢地揭开了社会黑暗现实的面纱,对官僚主义的种种弊端进行了深刻的批判。这一思潮在苏联文学界掀起了一场思想解放的风暴,尽管后来遭遇了种种阻碍与挑战,但地下解冻文学依然顽强地发展壮大,为苏联文学的多样性注入了新的生机。作为这一时期文学界的佼佼者,肖洛霍夫通过《一个人的遭遇》这部作品展现了他对普通人命运的深切关怀与对社会现实的深刻反思。这部作品不仅揭示了苏联人民在特定历史时期的生存状态,更在文学史上留下了浓墨重彩的一笔,启发了后来的作家们继续探索与拓展文学创作的边界,共同推动苏联文学的发展与变革。

第五章　中国俄侨文学的多维度解读

第一节　中国俄罗斯侨民的文学创作

中国的俄罗斯侨民文学是 20 世纪俄罗斯文学的重要组成部分,也是人类文化的独特风景。中国的俄罗斯侨民诗人和作家的数量、创作成果、影响力和声望在世界侨民文学中都是一个独特现象。根据部分文献和《风雨浮萍——俄国侨民在中国(1917—1945)》的统计,当时每万人中有 3—6 人是说俄语的作家,一共约有 120 个俄罗斯作者。"作家在读者中占有这么高的比例,足以列入吉尼斯纪录。"[1] 不同时期,不同国家都存在侨民文学,但是很少有在数量和质量上像 20 世纪中国俄罗斯侨民文学那样的。俄罗斯侨民文学完全可以在创作成果、世界影响力,甚至在作者和作品的数量方面与俄罗斯文学竞争。[2]

20 世纪上半叶,来到中国的俄罗斯侨民作家坚持创作,并通过不懈努力取得了丰硕的成果。他们保留了俄罗斯的文学传统,并在中国以及通过中国在整个世界传播,他们形成了新的文学现实。他们作品的内容和创作风格构建了新的、独特的体裁。

俄罗斯侨民文学有众多杰出成果的重要原因,在于部分作家关注了这种文学形式与其家乡——俄罗斯国内的文学在思想基础、世界观和价

---

① 孙凌齐 . 俄《真理报》文章评《风雨浮萍——俄国侨民在中国 1917—1945》一书 [J]. 国外理论动态, 1998 (10): 31-33.

② 刘文飞 . 从俄罗斯到哈尔滨 [N]. 中国图书商报, 2003-08-22 (A06).

值观上的区别。这些区别成为俄罗斯侨民作家自我表现和自我肯定的基础。

我们认为作品独特性的成因复杂,但中国传统文化在作品中的体现是重要因素之一。俄罗斯侨民文学还存在很多创作风格多样化的俄罗斯侨民作家和诗人的作品。由于居住地点的变化,这些俄罗斯侨民作家和诗人看到了中国文化现实,他们的作品内容也有所变化。因此,俄罗斯侨民文学虽然从本质上看属于俄罗斯文化,但它也吸收了部分中国文化元素,从这个角度来看,俄罗斯侨民文学是一个比俄罗斯传统文学更加复杂的现象。可以说,俄罗斯侨民文学是一个全新的概念,比如,它体现在俄罗斯传统文学历史中所没有的女诗人的创作上,如杨科夫斯卡娅、哈因德洛娃、巴尔考等。为了更好地描述新的生活,作品中使用了很多创作手法,虽然这也是俄罗斯传统文学的特征,但任何一位研究者一眼就能发现,俄罗斯侨民作家对中国文化和中国人民怀有友好情义与心态,同时也以深深的乡愁体现出了自己对祖国的爱。

出于多种原因,许多作家和诗人离开俄罗斯,离开了他们所熟悉的生活环境。他们失去了与出版方和编辑部的工作联系及私人关系、既有读者和物质基础等,这些都需要他们去重新寻找。

俄罗斯文学家纷纷来到具有独特文化底蕴的异国他乡,来到中国哈尔滨居住下来。可能一开始他们对回到祖国还抱有幻想,但是在生活中他们慢慢发现,他们要长期离开自己的家乡了。在创作方面,他们也需要学会和接受新的现实。于是,俄罗斯侨民文学家便开始从不同的角度,用不同的情感来描写他们从未见过的中国自然风景、民俗习惯、生活现象等,也就是那些中国文学家不太关注或已经习惯的东西。俄罗斯侨民作家和诗人在中国的作品与中国人的作品相比在主题上更加丰富,数量也逐渐增多。

中东铁路的修建带来了很多社会现象,这些情况反映在俄罗斯侨民作家的作品中,引起了俄罗斯和中国读者的兴趣。俄罗斯侨民文学家在作品中描写了一些他们所看到的独特的中国风景。比如,在动植物方面,他们满怀激情地描写对他们来说很特别的荷花——对中国人来说这个很普通,还描写了一些与俄罗斯森林不同的中国东北针叶林;在山河、城市方面,描写了大兴安岭、松花江、漠河、杭州、哈尔滨、郏城、齐齐哈尔、北京、大连等,以及听起来非常浪漫的碧云寺、山海关、湖心亭、东陵、万里长城等;在侨民文学作品中我们还可以找到中国的高粱地、谷田、水稻、湖上的波浪、竹林、霜下的红叶、农场、灯笼、马、桥梁、扇子、喷泉、漆盒等形象。这些事物和风景对俄罗斯侨民来说非常新奇,让他们感到惊讶和兴奋,觉得这些不仅要留在人的记忆里,而且应该永远记录在故事、诗歌和散文里。

中国人的传统文化也吸引着俄罗斯的侨民文学家们。比如,许多作品反映了日常生活主题——中国扇子上的画、甜饼(玉米做的大饼)、瓷器、漆盒、独特形状和独特声音的钟、鼓上的画、茶、杜香、糖葫芦(水果串)、丝绸、二胡(乐器)等;神话题材,包括俄罗斯文化中没有的凤凰和龙;还有算命人、中国农历年等。俄罗斯侨民作家记录了很多历史感浓郁而且发音特别的名字,如李泰伯、杨贵妃、慈禧等。"落叶归根"的葬礼传统、道教的独特性、中国哲学等也让他们非常着迷。

俄罗斯侨民文学家喜欢选择反映普通中国人日常生活的题材来描写。比如,在俄罗斯侨民文学作品中我们经常可以发现对抽烟人、咖啡厅、水果亭、中国画册、饭店、苏州和宁波的姑娘、上海女人、中国北方的农民、人力车等事物和人物的描写。俄罗斯文学作品中没有这些文学元素。这些题材作为俄罗斯侨民了解和接受中国现实的成果主要反映了中国人的生活,这些对俄罗斯文化来说很新颖。俄罗斯侨民作家和诗人在中国生活期间了解了中国的社会现实,作品的主题也因此更加多样化。从主题的多样性、内容的丰富性来看,没有其他国家的侨民文学能与中国的俄罗斯侨民文学相比。俄罗斯侨民已经成为一个历史现象,而且,他们留下来的作品如今仍被许多有思想的读者喜欢。所以说,俄罗斯侨民作家和诗人所创造的人类精神财富是一种伟大的、无与伦比的文化。

研究俄罗斯侨民作家和诗人的作品,还可以发现他们创作的另一个特点,那就是中俄文化的结合。俄罗斯侨民文学作品是用俄语来写的,但是作品的创作背景、主题、描写对象的特点反映的却是中国文化,其作品中充满了中国文化的元素和气息。

俄罗斯侨民的文学作品打破了民族文化的边界,有跨文化、多文化的特点,也就是说有丰富的文化内涵。俄罗斯侨民作家和诗人的文学作品是特定文化历史条件下由特定作家和诗人群体创作的,最重要的是这些作品具有独特性,并且成为20世纪世界文学的重要组成部分。

对俄罗斯侨民来说,中国不仅仅是他们居住的国家,也给予了他们创作的自由,培养了一批来到第二个故乡——中国的俄罗斯侨民作家,其以自己的文化、习俗、道德、自然和社会环境丰富了俄罗斯侨民的作品。中国对俄罗斯侨民产生了很大的影响，不少人把中国称为"第二个故乡"或"温柔的继母"。俄罗斯侨民文学最大的特点在于它在很大程度上达到了在主题、创作手法和创作风格方面的中俄文化融合。这个特点成为俄罗斯侨民文学与俄罗斯侨民离开的家乡——俄罗斯国内文学的最大区别。俄罗斯侨民诗人集体的创作也值得我们去研究和关注，这个现象在俄罗斯暂时还没有人研究过。

俄罗斯侨民文学创作中诗歌占据非常重要的地位。比如李延龄教授主编的十卷本"中国俄罗斯侨民文学丛书"（俄文版）中有两本诗歌卷，五卷本"中国俄罗斯侨民文学丛书"（中文版）中有三本诗歌卷，这足以说明诗歌在俄罗斯侨民文学中所占据的重要位置。在广大诗人群体中女诗人众多。张坤指出，"十卷本"中一共收录了 100 位诗人和作家的作品，其中有 31 位是女诗人；"五卷本"中一共有 72 位作家和诗人的作品，其中有 28 位是女诗人。[1] 中文丛书中的一卷《松花江畔紫丁香》收录的全部是女诗人的作品，有著名的俄罗斯侨民女诗人巴尔考、斯阔毕浅克、哈因德洛娃、科罗斯托维茨、伏拉吉、杨科夫斯卡娅、奥尔洛娃、因耶夫列娃、克鲁克等。

李延龄教授指出：俄罗斯侨民文学中诗歌占有重要地位，而在诗人当中女诗人独具魅力，可以说她们在帕纳索斯获得了荣誉和地位。她们的一些作品从艺术价值来看堪称真正的珍珠，出生在俄罗斯，而形成在中国。[2]

俄罗斯男诗人的成就很大，但是我们不能低估女诗人的创作成果。很多作品反映了俄罗斯侨民女诗人独特和正确的世界观，她们的作品不仅体现了女主角的命运，还有她们自己的心理状态。她们经常描述祖国不平静的历史、异国他乡的生活、中国的自然风光、个人的感受等。她们研究存在、道德以及伦理的问题，反映时代精神、现实生活与普通人的苦难。通过塑造生动的形象讨论自由和奴隶制、痛苦和幸福等问题，她们讲述了新家园——中国的具体历史，也为了更充分、更清楚地记住自己的故乡——俄罗斯。一些女诗人还关注外面的世界，她们致力于给读者提供一定的事实。但也有一些女诗人主要深入分析了情感的内涵，并

---

① 张坤.论中国俄侨女诗人的群体崛起[J].俄罗斯文艺，2012（01）：42-44.
② 李延龄.松花江畔紫丁香[M].哈尔滨：北方文艺出版社，2002.

把情感表现为一定的形象,这让物质和情感的世界与精神和理想的世界融合为一体。

俄罗斯侨民诗人的文学作品的特点在于其现实主义和批判现实主义的创作框架,这一特点反映了他们对社会现象的深刻观察和批判。他们常常通过对普通人生活的描写,展现真实生活的方方面面,从而使作品更加具体、生动、真实。在俄罗斯侨民文学作品中,对小人物生活的关注是显著的。作家们对普通人的日常生活、梦想、欲望以及行动非常感兴趣,通过对生活细节的描写,这些形象更加具体和生动,增强了作品的真实性和可信度。

对于俄罗斯文学,可以确定他们作品中的浪漫主义在某种程度上是现实主义的体现。浪漫主义无疑初步展现在"乡愁"主题上。俄罗斯侨民女诗人哈因德洛娃在《大哭的星光》中以象征主义创作抒情作品。诗中"夜卧进了雪白的云间""如蓝色幽暗""因大风雪而哮喘"等不代表真实的情况,而是夸张了对社会现实的绝望,最后的结局"黎明时太阳不会出现"更多地反映了女诗人的情绪,而不是现实生活。

才华出众的女诗人伏拉吉(叶列娜·伏拉吉米罗夫娜·尼叶奥巴泽)被视为文学"素描"流派的代表,她把中国的生活描写得惟妙惟肖,避免了对现实的夸张,她的作品经常被认为是中国人创作的。她的创作风格"近乎东北乡土文学"①,最具代表性的作品是《搪瓷上的小画儿》《回忆哈尔滨》。

来到中国的俄罗斯作家和诗人的作品反映了他们的想法,他们的关注点,描写的是能唤醒他们想象力和梦想的东西。他们自由地转换主题,讲述生活,讲述公众人物及他们的工作、感情和生活中的喜怒哀乐。诗人和作家在这里不受外界的影响,在创作中他们遵从自己的意愿和创作美感,满足于为自己的作品而感到骄傲。阅读他们的作品,你可以感受到他们从内战和外国干预的痛苦中解脱出来的喜悦,同时你也可以听到他们的哭泣,对自己家乡——俄罗斯的思念。

这并不意味着俄罗斯侨民文学除了乡思就没有其他的情怀。实际上,俄罗斯侨民创作的文学是多方面的,除了浪漫主义,还存在其他的主题和创作风格——象征主义、表现主义、未来主义等。尽管如此,最常

---

① 曲雪平.探索"紫丁香"——对摇曳于东方的俄侨女诗人的研究[D].齐齐哈尔:齐齐哈尔大学,2012.

见的主题依然是对家乡的思念和爱国主义。这是俄罗斯侨民的共同特征，包括普通工人、职员和知识分子，他们都深爱自己的故乡。俄罗斯是他们出生和成长的地方，也是家族根源之地。他们把俄罗斯当作自己的母亲，家乡的山河、森林和田野，老家的房子都永远牢记在他们心中。

俄罗斯人对故乡的爱具有民族性，其来源于大自然，生活只是把这份爱演变成习惯，把它融入生活的每一部分和自我意识中，而俄罗斯人还把这份爱作为伟大的精神财富传递给了下一代。可以说，俄罗斯侨民作家中没有人没写过关于家乡的作品，也没有人对俄罗斯的命运持无所谓、不参与的态度。在异国他乡的生活让他们经常想起自己的故乡俄罗斯，一次又一次地讨论这个主题，有时是带着对失去家乡的遗憾，有时是对迫使他们离开家乡的现实情况的不满。对过去生活的回忆、对家乡的眷恋成为俄罗斯侨民文学的重要主题之一。这些作品不仅反映了作者对俄罗斯文化的热爱，而且表达了其离开家乡后的悲伤和痛苦。

斯阔毕浅克在《大连和伏尔加》①一诗中这样写道。

> 大海啊，我迷恋你久矣！
> 我是你波浪的小侄女。
> 你叫我想起伏尔加河，
> 伏尔加河，大地女皇帝。
>
> 大海！你统治着永恒空间，
> 在宫廷里水的居室中，
> 我，不向你隐瞒自己的苦痛，
> 而且也不想遮住面孔。

大连是一座美丽的海滨城市。当女诗人在大连看到海的时候，非常激动。对家乡、对俄罗斯伏尔加河的深刻回忆保留在她的记忆中，这些回忆在睡觉的时候、在没有意识的时候也扰动着女诗人的心。这种在异国他乡无意识地对家乡的回忆唤起了她的想象力，使她能够将现实的两种景象——中国的大连和俄罗斯的伏尔加河放在一起进行比较。对女诗人来说，"伟大的伏尔加河"已经是她的过去，但是现在也值得被爱和

---

① 李延龄. 哈尔滨——我的绿洲 [M]. 北京：中国青年出版社，2005.

欣赏。伏尔加河是俄罗斯的象征,它在俄罗斯侨民作者心中占据重要的位置,这也成为女诗人的创作动因。

为了让新老读者读懂他们的作品,俄罗斯侨民诗人和作家让自己的作品适应新的社会和文化现实,更多地关注社会问题。20世纪上半叶,俄罗斯侨民文化与文学活动表现在很多的作品中,这些作品在中俄两国文化的相互交流中留下深刻的文化印迹,俄罗斯侨民文学已经成为连接两个民族的文化桥梁。

俄罗斯侨民文学作为一种独特的文学现象,是不可替代的遗产,是20世纪俄罗斯文学的特殊篇章,无疑具有持久的思想和艺术价值。在反映部分中国生活现实的同时,俄罗斯侨民文学从自己的角度来理解和描述它所不熟悉的中国文化。俄罗斯侨民文学有自己的特点,它不能完全属于俄罗斯或中国文化。中国和俄罗斯文学的区别让俄罗斯侨民文学具有独特性和艺术吸引力,因此,其可以被看作一种特殊的文化。

总之,在世界民族文化交流与互动史中,俄罗斯侨民文学有其特殊的地位,它的独特性使我们认为它是俄罗斯文化相对独立的一部分。俄罗斯侨民文学具有"二元性",从基础上来看,它属于俄罗斯文化,但是它也吸纳了很多中国文化因素,俄罗斯与中国人民都有充分的理由以它为骄傲。

俄罗斯侨民文学家的创作目标是反映俄罗斯侨民接触的新的文化现实,形成同时包含中俄文化的全新世界观,乡思和爱国是贯穿整个俄罗斯侨民文学发展历程的主题。俄罗斯侨民文学的主要特征是应用了现实主义、批判现实主义、浪漫主义的文学方法。

第二节　俄侨作家在中俄文学发展中的地位与作用

19世纪末至20世纪初,俄罗斯的文化世界发生了巨大变化。在此期间,社会因素成了很多作家的创作灵感,也造就了不同类型的俄罗斯文学,更确切地说,是成就了它的艺术文化。这个时期,很多俄罗斯人,包括白银时代的文学精英们先后离开俄罗斯,定居在其他国家。他们继承着俄罗斯的文化传统,适应异国的条件,有时也尝试通过自己的创作、思想、价值观、创作方法等去影响这些条件。

忽然之间失去家乡的俄罗斯诗人和作家大部分都承受了革命、内战和外国干涉等带来的巨大精神压力。李延龄教授把侨民文学作品称作"带心理创伤"的文学:战争恐怖的创伤、流浪的创伤、失去土地的创伤、自己阶级失败的创伤等深深影响了俄罗斯侨民的灵魂,并反映在他们的作品中。

如今在俄罗斯,俄罗斯侨民文学,特别是十月革命后的创作,很少有人研究。离开自己的家乡、定居在异国他乡的俄罗斯侨民诗人和作家没有放弃创作,而是继续自己的文学事业。俄罗斯侨民在中国创办了很多文学组织、协会、社团,学校等。20世纪20年代中期到30年代,俄罗斯侨民文学达到了自己的发展高峰。存在50多年的俄罗斯侨民文学具有多样性,它最大的特点就是"受中国文化的影响显著"。①

俄罗斯侨民文学是由一些著名的诗人和作家开创与发展的,如涅斯梅洛夫、别列列申、巴依阔夫、伊瓦诺夫、赫伊多克、阿恰伊尔、哈因德洛娃等。他们的作品视角对俄罗斯人来说是非常独特的,但对中国读者来说却是自然的,如对山脉、田野、河流、农村和普通人日常生活的描写。俄罗斯作家和诗人的作品反映了俄罗斯侨民和中国人民的社会及文化生活的多样性,反映了中国传统文化的现实。

作品中出现了很多地名,如"西湖""宝山""东陵""山海关""松花江"等。还出现了俄语中没有的特定名词,如"龙""李泰伯""杨贵妃""凤凰"等,部分词语具有中国特色,如"扇子""高粱""荷花""帆船""茶"等。俄罗斯侨民在自己的作品中融入了对中国人生活的感受,对中国文化、自然环境、建筑物的理解,表达了对这个国家的崇拜和热爱,向全世界介绍了中国文化。可以说,这个20世纪初的现象给中俄文化的进一步交流和相互理解奠定了基础。

东方俄罗斯侨民创作和整个文学语言中的中国传统文化元素不是单独的插件,也不是独立的例子,而是形成诗歌和散文的物质本身。他们作品中的词汇手段主要用于名称功能(用于外部世界的描写),并且作为文学文本手段的一部分,是诗人和作家了解周围世界以及他们写作动力的来源。

---

① 苏丽杰.俄罗斯侨民文学的中国情结[J].理论界,2010(01):152-153.

在我们看来,俄罗斯侨民文学是同时属于俄罗斯和中国的文学。[①]

远离欧洲文明中心的俄罗斯侨民文学代表在保留原有的民族特征的同时,具有了东方、中国的特色,因而有了自己的风格。俄罗斯侨民创作了多种东方、中国主题和题材的作品。读者可能会问一些关于侨民作品属性的问题——俄罗斯是西方世界的东方还是东方世界的西方?可能最正确的解释是李仁年的观点,他认为,俄罗斯侨民文学有很多东方和西方的元素,这些元素互相渗透、互相影响,很多侨民为居住在亚洲古代文明的国度而感到骄傲。[②]

在俄罗斯侨民文学存在期间我们可以看到,尽管在异国他乡长期定居,但俄罗斯侨民诗人和作家心中对俄罗斯的情感却始终不变,他们关心祖国的命运,经常想念自己的家乡——城市或农村、朋友和家人。发生在"家"里的一切事情都让他们牵挂,他们的生活就像跟祖国永远联系在一起,对祖国过去的美好回忆成为俄罗斯侨民诗人和作家生存的精神基础。

他们尝试从自己的角度和理解来描写新的、已经是苏联的社会政治生活,而他们的理解包含了对革命前日常生活的回忆和世界上流浪人的精神世界。可以说,俄罗斯侨民把他们多样、复杂的生活体现在了自己的作品中,并介绍给世界。俄罗斯侨民文学无疑是俄罗斯民族文化财富的一部分,同时也是俄罗斯民族精神财富的一部分。另外,中国俄罗斯侨民文学形成和发展在俄罗斯境外,因此不能不在自己的内容里反映新的文化现实,这给予中国俄罗斯侨民文学独特性、复杂性和多宗教性。

值得指出的是,俄罗斯侨民文学在向俄罗斯侨民传播中国文化和语言方面发挥了重要作用,中国为远东文学创作提供了源泉,为不同文学类型的发展奠定了基础。俄罗斯文学的价值和创作风格具有丰富的地理特征和独特性,中国学者苏丽杰认为,俄罗斯侨民文学最大、最明显的特点是受到了中国文化的影响,这给予俄罗斯侨民文学独特性和文化价值。

在中俄民族关系的发展和巩固过程中,俄罗斯学者,包括语言学家、历史学家和文学家对中国精神生活的影响会一直存在。俄罗斯侨民作

---

① 苗慧.是俄罗斯的,也是中国的——论中国俄罗斯侨民文学也是中国文学 [J].俄罗斯文艺,2003(04):75-77.

② 李仁年.俄侨文学在中国 [J].北京图书馆馆刊,1995(Z1):37-45,12.

家和诗人的作品及传记会成为这些学者的关注点,这有利于全面展现俄
罗斯侨民作家和诗人在中国土地上的独创性和独特性。

当然,俄罗斯侨民文学的成果,包括它的东方文学,毫无疑问不仅在
中国和俄罗斯,而且在整个世界都得到了认可。需要补充的是,20世纪
二三十年代俄罗斯侨民文学的大部分作品属于俄罗斯白银时代,其具备
这个时代独有的特点,体现为一些艺术文学潮流,如象征主义、未来主
义、表现主义等对文学一定程度的影响,这是俄罗斯和中国学者在研究
中同时强调的。20世纪20—40年代俄罗斯侨民文学活动是多种多样
的。这一时期涌现了数百部优秀的文学作品,其中很大部分最近才被我
们关注。

形成于中国的俄罗斯侨民文学在俄罗斯和中国文学发展中无疑都
占据了重要的地位,更广泛地说,在整个精神文化历史上同样占据重要
地位。

需要指出的是,20世纪世界文学背景下的俄罗斯侨民作家的作品,
由于时代特征和作者的苦难经历,在内容方面反映了不同的思想层次、
情感和风格。虽然一些作品没有特别多的内容,但是有很高的文化价
值。俄罗斯侨民文学最全面地体现了东方俄罗斯文学的特点,这就是它
的独特性所在。

俄罗斯侨民作家和诗人的文化创作在文学发展过程中具有很高价
值,出现了很多在教育界享有名望和赞誉的作品。十月革命后来到中国
的俄罗斯侨民在中国的文学生活中取得了丰硕成果,这些成果主要集中
在哈尔滨和上海这两个文化和文学中心。

展望未来,俄罗斯侨民文学因超越中国和俄罗斯传统文化边界、与
民族生活相关的丰富主题,批判现实主义与浪漫主义方法的综合运用,
描写大自然和生活情境的崇高情感色彩,以及对中国"小人物"生活的
同情,有充分的理由获得世界的认可。

一方面,俄罗斯侨民文学家是在最艰难的时候被中国收留的,他们
感谢这个收留他们的陌生国度;另一方面,他们不希望失去与家乡的
联系以及心灵上的沟通,他们梦想有朝一日能重返故乡,希望能"落叶
归根"。

俄罗斯侨民作家和诗人作品中体现的中国传统文化并不是一种偶
然现象,而是侨民对中华人民共和国友情及感激之情的自然流露。因为
尽管中国人自己仍处于艰难境况,但是他们依然能够给予俄罗斯侨民帮

助和支持。

总之,俄罗斯侨民文学吸纳了很多中国传统文化,主要表现为鲜明的个性、地方特色、对所离开家乡的深切和真诚的思念以及独特的民族风格。在他们的意识里,中国似乎是个美丽的神话,是一幅栩栩如生的画。他们不由自主地把中国看作自己被迫失去的、思念一辈子的第二个故乡。中国给他们提供了开始新生活的机会,促使他们寻找新的体现民族现实的方法、灵感、力量和创作动力。

在中国发展的俄罗斯侨民文学在整个文学发展过程中占据重要地位,它超越了俄罗斯和中国的国界,被列入世界文化遗产中。

俄罗斯侨民文学在加强中俄两国人民之间的文化交往方面也发挥了重要作用。通过创作独特的作品,俄罗斯侨民文学家在中国的新环境中保存和发展了俄罗斯文化。

来到中国的俄罗斯侨民诗人和作家不回避他们所不熟悉的生活环境,而把这些新的元素——中国的历史与文化、习俗和仪式、神话、象征、哲学、美学、中俄两国人民之间建立的新关系等,体现在他们的作品中。这些作品因为首次尝试了解他国文化,所以对俄罗斯、中国,甚至世界的读者来说都有非常大的价值,给其他民族的文学创作以启示。

俄罗斯侨民文学家不仅反映东方的传统民族文化,以尊重的态度对待中国人民的精神生活,他们也尝试找到一些能够让不同民族进行交流的共同点,为此他们付出了很大的努力。他们的作品不仅为自己国家的文化做出了贡献,也对西方和东方文化的交流影响深远,因此具有全人类的价值。

俄罗斯侨民通过其独特的文学作品延续了 20 世纪俄罗斯文学的传统,扩大了其在中国的影响,进一步增强了它在世界文学中的作用与价值。这是一种精神上的壮举,同时他们也利用自己的才能创作出了具有高艺术品位和深层次思想内涵的作品。

俄罗斯侨民文学对在中国社会传播俄罗斯文化和语言发挥了重要作用。在两个民族文化交流、建立友谊的事业上,俄罗斯侨民文学扮演着文化中介的角色,巩固了两个民族的精神联系。

第三节 儒释道文化对俄罗斯侨民文学的影响

一、中国俄罗斯侨民文学与儒释道文化的渊源

中国俄罗斯侨民文学与儒释道文化密切相关,儒家的人伦道德、释家的慈悲与智慧、道家的自然观念等深刻影响了在中国生活的俄罗斯侨民作家,使其作品不仅具有东方特色,也表达了对中国传统文化的珍视与情感共鸣,丰富了人们对文学作品的理解与欣赏。

(一)中国俄侨文学与儒家文化的渊源

中国俄侨文学与儒家文化的联系是深远而多维的。

首先,儒家文化作为中国传统文化的主流思想之一,对中国人的思维方式、价值观念、行为规范等产生了深刻的影响,这种影响也自然地渗透到了在中国生活的俄罗斯侨民作家的文学创作中。儒家思想强调的人伦道德、礼乐教化、治国理政等理念为俄侨作家提供了丰富的创作素材和思想资源,使他们的作品充满了智慧和内涵。

其次,儒家文化在人与人的关系、人与自然的关系方面提供了明确的规范和指导。儒家思想强调的"仁"的理念,即爱人之心,影响了俄侨作家对人性、情感、道德的认知。同时,儒家的天人观和生态保护意识也对俄侨作家的环境意识和情感表达产生了深远影响,使他们的作品更加贴近自然、贴近生活。

最后,儒家思想在中国社会的深刻影响下,成为俄罗斯侨民创作的灵感之源。在中国居住的俄罗斯侨民在与中国文化的交融中,自然而然地受到儒家思想的影响,而对十月革命前苏联社会的怀念也使他们更加向往中国的稳定、规范的生活。因此,儒家思想成为他们文学创作的重要灵感来源,使他们的作品充满了对传统文化的珍视和对人性、道德的深刻思考。

综上所述,中国俄侨文学与儒家文化之间的联系不仅体现在作品的主题、情感表达上,更体现在作品的价值取向、道德准则和人生观念上,为文学创作提供了丰富的内涵和深刻的思想意蕴。

(二)中国俄侨文学与释家文化的渊源

中国俄侨文学与释家文化之间具有深远而复杂的渊源。佛教在中国历史和文化中扮演着重要角色,其独特的信仰体系为人们提供了精神上的慰藉和指引。佛教的教义和价值观也逐渐得到了中国的俄罗斯侨民的认同,成为他们生活和创作的一部分。

首先,佛教作为精神寄托在俄侨文学中扮演着重要角色。佛教的信仰和教导,如因果报应和轮回转世,为作家提供了丰富的创作素材和灵感。作品中常见的关于善恶行为的反思、对人生命运的探讨以及对超凡脱俗的追求,都是受到佛教思想的影响而产生的。

其次,俄侨文学中呈现出的信仰多样性反映了佛教与其他宗教信仰之间的关系。作品中表现出的对佛教、东正教等信仰的探索和描写,展现了不同信仰体系的相互影响和交融。这种探索既是对个人信仰的追寻,也体现了文化认同和多元性。

最后,佛教的"出世"思想在俄罗斯侨民的文学创作中引发了深刻的思考和表达。作家们通过对现实社会和个人命运的观察,以及对因果报应和超脱世俗的向往,展现了对人生意义和精神追求的思索。这种复杂性和深刻性不仅丰富了俄侨文学的内涵,也为读者提供了对人生、信仰和文化的深度思考。

综上所述,中国俄侨文学与释家文化的紧密联系体现了信仰、价值观和文化认同等方面的交流与融合,为文学创作提供了丰富的主题和情感表达的可能性。

(三)中国俄侨文学与道家文化的渊源

中国俄侨文学与道家文化的渊源深厚,体现了道家哲学在人们思想和生活态度中的深远影响。道家作为中国古代哲学的重要流派之一,以其独特的处世哲学和生活智慧,对中国文化和思想产生了深刻的影响,并在一定程度上影响了中国的俄罗斯侨民文学创作。

首先，道家文化强调清静无为、返璞归真，主张顺应自然，不强求于物，从而达到心灵的解放和自由。这种理念在俄侨文学中得到了体现，作家们以超然的态度面对人生的苦难和挑战，追求内心的宁静和平和，从而达到了心灵上的净化和升华。

其次，道家思想中的"自然"观念成为文学创作的重要灵感来源。道家强调顺应自然，不过分干预，这种思想启发了作家们对自然、人生和社会的深刻思考，激发了他们创作中的灵感和想象力。在俄侨文学作品中，常见的关于自然、宇宙和人生的描写，都是在道家自然观的影响下产生的。

最后，道教作为中国的自有宗教，吸收了中国自然神教的元素，形成了独特的信仰体系。这种宗教文化的特点也成了中国俄侨文学的素材来源之一，作家们常常通过描写神秘、超自然的情节和场景，在其作品中展现道教文化。

综上所述，中国俄侨文学与道家文化的渊源体现了对道家哲学思想的传承和发扬，同时也展现了在不同文化和宗教背景下的文学创作的丰富多样性和深度内涵。

二、儒家文化视角下的中国俄罗斯侨民文学

（一）中国俄侨作品中的儒家"天人合一"生态观

"天人合一"是儒家思想中的重要概念，具有丰富的哲学内涵，旨在研究和规范天与人之间的关系。现代新儒学大师唐君毅指出，"孔孟之精神，为一继天而体仁，并实现天人合一于人伦、人文之精神。"[1] 这一说法强调了儒家思想通过"仁"的概念来实现天人合一，并将其具体应用于人伦和人文之中。

"天人合一"的儒家生态观念探讨了人文主体与自然环境之间的互动。它强调了人类与自然的相互依存和共生，主张人类应当尊重自然、保护环境、与自然和谐共处。这一思想不仅在儒家传统中具有重要地位，也为当代生态文明建设提供了有益的借鉴和启示。

---

① 李艳菊.中国俄罗斯侨民文学中的儒释道文化研究[D].齐齐哈尔：齐齐哈尔大学，2013.

1.《大王》之天讨有罪

尼古拉·巴依阔夫以其卓越的文学才华和深厚的自然情怀著称。
他长期居住在中国东北地区,深爱这里的自然风光,14 年的生活经历使
他非常了解黑龙江和吉林的山林。他被各国文学评论家誉为"有史以
来最优秀的自然小说家"之一,其中代表作之一为中篇小说《大王》。

《大王》以一只小老虎的生命周期为主线,叙述了东北原始森林的
生态由平衡转向失衡的现实。尼古拉·巴依阔夫于 1901 年来到中国,
当时中东铁路已经开始修建,火车穿过东北大森林。这本小说以虎大王
的视角,描绘了森林逐渐被人类活动侵蚀的过程。[①] 在此之前,尽管人
类和动物之间也存在冲突,但并没有破坏原始森林的生态平衡,两者之
间和平共处。

小说反映了人类活动对自然环境造成的破坏,进而强调了人与自然
和谐相处的重要性。在西方近代文化中,人类往往视自然为可以改造和
征服的对象,但这种观念已经破坏了自然生态的平衡。小说通过负面的
例证呼吁人们重视人与自然之间的和谐共生关系,而通过猎人老佟力的
形象,进一步渲染了这一观念的正面意义。

2.《大王》之天人和谐

《大王》中的人物老佟力被塑造成了一个人与自然和谐共处的典范。
他所具备的品质不仅符合儒家经典中"大人"的特征,也体现了天人合
一的观念。

儒家经典《周易》中提到,"大人"具有与天地、日月、四时、鬼神合
拍的德行,能够与自然规律相应。

儒家所言的"先天天弗违,后天奉天时"也能在老佟力身上找到呼
应。老佟力的行为不违背自然规律,而且能够顺应自然规律,因此他所
做的一切都与自然和社会的规律相符。他在林海中的行为不仅使自己
获得尊重,也使人类社会对他充满敬畏。他的存在不仅是个体的,更是

① 李艳菊.中国俄罗斯侨民文学中的儒释道文化研究[D].齐齐哈尔:齐齐哈尔
大学,2013.

整个社会的规律体现。

尼古拉·巴依阔夫在《大王》中,不仅展现了人与自然和谐相处的理想状态,也提醒人们重视人与自然和社会规律的和谐共生。

（二）中国俄侨作品中的儒家传统婚姻家庭观

中国的文化历史源远流长,其伦理思想的丰富与深厚影响着人们的生活方式和社会秩序。儒家思想在中国的婚姻家庭观念中扮演着重要角色,体现在"父子有亲,夫妇有别,长幼有序"的道德规范上。

"父子有亲"强调了家庭中父子之间的亲情和责任。在中国传统家庭中,父亲作为家庭的主要责任人,承担着教育子女、处理家庭事务的重任,而子女则应尊重父母、听从教诲,形成尊老爱幼的家庭氛围。

"夫妇有别"突出了夫妻之间的相互尊重和独立性。在传统婚姻观念中,夫妻之间应相互尊重、支持,但又有着独立的社会角色和责任。妻子在家庭中负责照顾家务和子女,而丈夫则负责养家和维护家庭的稳定。

"长幼有序"则强调了家庭成员之间的尊卑有序。在中国传统文化中,长辈享有尊崇的地位,年幼者则应遵从长者的安排和指导,形成了家庭中的权威结构和秩序。

这些传统的婚姻家庭观念也体现在中国俄罗斯侨民文学中。通过对传统家庭道德规范的再现和探索,作家们展现了人们对家庭伦理的理解和追求,同时也反映了在异国他乡的生活中,他们对传统文化价值的思考和传承。

1.《迷途的勇士》《母亲等候孩子们帮助》之父子有亲、父慈子孝

瓦西里·别列列申在《迷途的勇士》中写道:

我倒愿生在中国南方——
例如宝山或者是成都——
生在和睦的官吏家庭,
多子多福的名门望族。

> 我的祖父是饱学之士，
> 说"月笛"二字适宜命名，
> 或叫"龙岩"，意在庄重，
> 或叫"静光"，取其轻灵。

> 炎热的太阳当空照耀，
> 晒黑了我的稚嫩的面庞，
> 脖子上戴着纯银项圈，
> 上面还有浮雕的纹样。

> 我像鱼池中一条小鱼，大约长到了一十五岁，
> 池上的灌木形成蓬帐，严父的意志不可违背，
> 我在奇妙的网中长大，我娶商人的女儿为妻，
> 学文习字，诵读诗章。她不好看却出身富贵。

中国文化中的家庭观念根深蒂固，深受儒家思想的影响。在中国传统家庭中，有着一家之长，通常爷爷是家庭的主要领导者。在家庭中，父慈子孝、兄友弟恭、夫义妇顺等传统伦理观念被奉为重要准则。儒家思想强调修身、齐家、治国、平天下，因此家长对孩子的教育往往从儒家经典"四书五经"开始，重视先成人后成才的教育理念。

"父慈子孝"作为儒家伦理的重要内容之一，强调了父母与子女之间的亲情和责任。父母应该爱护、教育子女成人，而子女则应该尊敬父母、孝顺父母，维护家族的传统和荣誉。这种孝道观念在中国文化中占据着重要地位，体现了家庭成员之间的和谐与尊重。

在婚姻观念方面，中国历来注重门当户对，认为"婚姻大事，父母之命，媒妁之言"。这种传统的婚姻制度虽然受到现代社会的挑战，但在封建社会中具有一定的合理性和稳定性。对于俄侨诗人来说，他们对中国式大家庭的温馨与安宁充满向往，这种渴望源自对中国传统文化的理解和珍视。

在中国社会中，家庭不仅是个人成长的摇篮，也是个人的情感寄托和奋斗目标。尤其对于俄侨诗人来说，经历过背井离乡的生活后，对平静安宁的家庭生活充满渴望。因此，他们深刻体会到儒家传统文化对家

庭的重要性,对孝道、家族责任等传统观念保持着深刻的认同。

在俄侨诗人眼中,对父母的赡养是孝道的重要体现之一。这种孝道观念不仅体现了个人对家庭的责任与尊重,也传承着中国传统文化中的家庭伦理观念,使其在异国他乡依然保持着对家庭的深厚情感与向往。莉迪娅·哈因德洛娃在《母亲等候孩子们帮助》中写道:

> 人不会永远在,别来晚。
> 这些不屈不挠的肩膀,
> 在最后的日子也会弯。
> 我们来他们跟前太晚!
>
> 若是早来点儿该多好,
> 记住他们多么爱我们,
> 用体温温暖我们多好……
> 母亲这里,可别来晚。

"反哺之情,养老敬老"是中华民族优良的道德传统,代代相传,广泛影响社会生活,塑造着我国人民的道德品质和社会心理。这种传统美德体现了对父母的孝道,是中国传统文化中的重要价值观。

在《孟子》中,对不孝行为进行了明确的界定,包括惰于赡养父母,沉迷于博弈、酗酒、贪财私欲等行为。赡养父母被视为子女应尽的道德义务,体现了家庭成员之间的亲情和责任。这种义务不仅是对父母的回报,也是人类社会繁衍发展的需要,是符合自然规律的。

俄侨诗人韦涅季克特·马尔特在《三生有幸》中描述了老有所养,老有所依的场景,体现了对父母的孝敬和关爱。这种画面展现了家庭成员间的温馨和谐,同时也表达了对传统道德观念的尊重和坚持。

总之,"反哺之情,养老敬老"不仅是中华民族的优良传统,也是全人类共同的道德准则。它提醒着我们在现代社会中保持对家庭的尊重和关爱,传承着人类文明的精神基因,使社会更加和谐、美好。

2.《大王》之女性观

《大王》中展现了一种受儒家文化影响的女性观。在小说中,母老虎被描绘得忠实、温柔、贤惠,展现了传统儒家文化中理想的女性形象。这种形象强调了女性应该婉顺、贤惠、纯洁,与儒家传统对女性的要求相符。

儒家传统女性文化强调女性应该"顺",即顺从丈夫,保持家庭和睦。在儒家经典《礼记·昏义》中,对妇女"顺"的意义做了明确的阐述,认为妇女的顺从是家庭和睦的基础,是使家庭长久和谐的关键。这种思想在传统中国社会中深受重视,体现了儒家文化对女性的规范和期望。

虽然现代社会对女性地位的认知有了较大的改变,但传统儒家文化对女性的影响仍然存在。在俄侨诗人看来,即使中国女性已经不再像封建时期那样受到严格的束缚,但儒家传统的"顺"字观念的影响仍然是深远的。这种影响不仅体现在家庭中,也渗透到社会各个方面,塑造了中国传统文化中独特的女性形象和价值观念。

三、释家文化视角下的中国俄罗斯侨民文学

（一）中国俄侨作品中独特的佛教文化意象

佛教文化意象在中国俄侨的作品中常常被运用,展现了一种独特的文化内涵和审美情趣。这些象征意义的符号不仅仅是文学作品中的装饰,更是一种精神追求和文化认同的体现。

首先,菩萨被描绘成智慧和慈悲的化身。他们既具有超凡的智慧和深刻的洞察力,又怀有无限的同情心和悲悯之心。菩萨常常被描绘成救苦救难、普度众生的形象,给予人们精神上的慰藉和启示。

其次,罗汉在作品中常常被塑造成虔诚修行、精进苦行的圣者形象。他们通过断尽三界、见思之惑、证得尽智,达到了一种超越尘世的境界,成为世间供养的圣者。罗汉的形象象征着内心境界的洗礼和升华,表达了对于精神境界的追求和向往。

最后,"佛珠"和莲花在作品中也扮演着重要的角色。佛珠作为佛教修行者的信仰之物,代表着对于生命的尊重和珍惜,提醒人们不可诛杀任何有生命的东西,弘扬慈悲与仁爱的价值观。而莲花则常常被视为生命的象征,代表着诞生与再生以及内心的净化与升华。莲花的出现常常伴随着对于生命、自然和宇宙的敬畏和赞美,呈现出一种超脱世俗的美学观念。

总的来说,这些佛教文化意象在中国俄侨的作品中呈现出丰富的内涵和多样的表现形式,既反映了文化传统的延续和发展,又体现了作家对于精神追求和道德理念的探索。这些象征意义的符号不仅丰富了作品的意蕴,也深刻地影响着读者的思想。

1.《千手观音》《给苏州姑娘》之慈悲的菩萨

在这两部作品中,作者通过对观音菩萨的描写展现了慈悲之心和信仰的力量。

首先,《千手观音》通过对观音菩萨的崇敬和信仰,表达了人们在生活困境中仍心怀希望。作者描述了主人公在异乡生活的孤独和困惑,最终选择信仰佛教,将观音菩萨看作慈悲和美好的化身。即使生活给予主人公的是悲伤和困苦,但他仍然相信观音菩萨的慈悲会带来美好的未来。这种对观音菩萨的信仰不仅是一种精神支撑,也是对生活的期许。

而在《给苏州姑娘》中,作者则通过苏州姑娘对佛教的信仰,展现了一种圣洁的形象。尽管苏州姑娘身处异乡,远离亲人,但她信奉佛教,远离罪恶,与堕落无缘。作者借助苏州姑娘的信仰,表达了对美好和纯洁的向往,以及对家乡和亲情的思念。这种对信仰的执着和对家乡的眷恋,在诗中呈现出一种温情和感动。

总的来说,《千手观音》和《给苏州姑娘》通过对观音菩萨的描写,展现了对慈悲和信仰的追求,以及对美好和希望的向往。这些作品不仅传达了作者的情感体验,也给予了读者心灵上的启迪和共鸣。

2.《中海》《湖心亭》之庄严清净的寺庙

寺庙在佛教中扮演着重要的角色,不仅是宗教仪式和修行的场所,也是人们修身养性、追求内心平静的地方。寺庙的存在不仅仅是为了满足宗教信仰的需要,更是提供了一个远离尘世烦扰、沉淀心灵的空间。

在佛教的理念中,修行者通过修行和参禅,追求心灵的解脱和超越。寺庙作为修行者的归处,提供了一个安静的环境,帮助他们摆脱世俗的诱惑和纷扰,专心修行。在这样的环境里,人们可以静心冥想、悟道修禅,洗涤内心的杂念,培养清净的心态。

除了作为修行的场所,寺庙也是佛教文化的传承和展示之地。寺庙内的佛像、经文、壁画等都承载着丰富的宗教文化,向人们传达着佛法的智慧和启示。因此,寺庙不仅是修行者的净土,也是人们学习佛法、感悟人生意义的重要场所。

瓦西里·别列列申的《湖心亭》中写道:

> 燥热的风令人不悦,
> 没有树叶洒下的阴凉,
> 草地散发干旱的气味,
> 草叶的斑点微微发黄……
> 走进一座空空的小庙
> 寂静中我们默默无言。
> ……
> 依依不舍离开了寺庙,
> 我们将重新看待生活,
> 生活的画卷斑驳多彩,
> 我们的心将变得温和。

作者通过描述外界的环境,如燥热的风、草地的干旱气味等,凸显了人们内心的不安和烦躁。然而,当他们踏入寺庙之后,一切都变得不同了。寺庙内部的空旷和宁静,以及充满禅意的氛围,使人们得以平复内心的波澜,体会到真正的平静。

他认为寺庙是一种象征,代表着净土和理想的世界,是人们追求内心安宁和精神升华的圣地。在寺庙里,人们可以摆脱世俗的纷扰,沉淀心灵,修行自己的心性。佛教的"净""空"思想也给了作者精神上的慰藉与启示,使他对理想世界充满了向往和憧憬。

在感受到寺庙带来的宁静之后,作者的心情也发生了改变,他留恋于寺庙的温馨和宁静,但也意识到新的生活即将到来,于是心怀着温和和宁静,迎接未来斑驳多彩的生活。

(二)《不受赏识的美德》《三颗哑弹》《大王》之佛教因果报应

佛教的因果报应观念是一种深刻的哲学理念,强调个体行为必然会在某种程度上得到回报。在文学作品中,这种观念常常被用来解释人物的遭遇和命运的安排。

在《大王》中,作者通过描述大王的轮回转世,呈现了佛教的轮回观念。大王从一个伟人的灵魂转世为一朵黄色莲花,最终得到彻底的净化,融为宇宙的世界之灵。这体现了佛教的轮回思想,即一切生命都处在不断的轮回中,个体的死亡不是终点,而是一个新的开始。

在《三颗哑弹》和《不受赏识的美德》中,作者通过人物的行为和遭遇展现了因果报应的观念。格尔热宾对菩萨的亵渎导致他付出了沉重的代价,而乞丐老顾因未得到食物而心怀不满,最终也遭到了报应。这些故事反映了佛教中"善有善报,恶有恶报"的观念,强调个体行为的善恶将会影响其未来的命运。

此外,佛教的因果报应观念对人们的生活和思想产生了深远的影响。人们普遍认为,善恶有报,人有宿命,这种观念已经深入人心,成为生活中的一部分。在文学作品中,作者通过塑造不同的人物形象和情节,巧妙地体现了这种观念,使读者对人生的意义和价值产生深刻的思考。

(三)中国俄侨作品中的佛教处世观

佛教思想在传入中国后,与当时已经存在的儒家和道家思想交融,对中国士人的思想和行为产生了深远的影响。在古代中国,士人在不同的时期会受到儒家和道家思想的交替影响。当仕途顺利时,儒家思想通常占据上风,而当仕途失意时,则更容易被道家思想吸引。

儒家思想强调的是仁义礼智信等道德品质,以及对社会秩序和政治权威的尊重。当士人事业成功时,他们往往会借助儒家思想来巩固自己的地位,并为社会做出更多的贡献。然而,当事业受挫时,士人可能会转向道家思想,寻求心灵上的安慰和自我修养。道家思想强调返璞归真、追求自然,主张远离尘世俗务,追求心灵的平静与自由。

佛教传入中国后,与归隐思想有着密切的联系。佛教倡导超越世俗的欲望,追求内心的宁静与解脱,强调远离尘世的名利与纷扰。佛教寺庙通常建在清静幽远的地方,其生活方式与道家的隐居修行类似,都是在远离喧嚣的环境中默默修行。因此,对于那些希望远离世俗纷扰、寻求内心平静与超脱的士人来说,佛教的归隐思想提供了一种理想的选择。

1.《中海》之超脱尘埃

瓦西里·别列列申作为生活在中国的俄罗斯侨民诗人,对佛教思想有着深厚的了解和浓厚的兴趣,这也体现在他的诗歌作品中。他在1938 年成为居士,并于 1943 年在上海出家为僧,皈依佛门,这一转变也影响了他的创作和思想。

在别列列申的诗歌中,可以感受到他对中国宗教,尤其是佛教和道教的喜爱和钦佩。他苦心钻研佛教的精神内涵,以及其中蕴含的智慧和解脱之道。通过他的诗歌作品,我们可以看到他对佛教思想的认同和理解,以及对中国文化的热爱和尊重。

谷雨先生在《流落天涯译〈离骚〉——俄罗斯侨民诗人佩列列申》中指出,别列列申的诗歌作品中充满了对中国宗教的赞美和抒情,特别是对佛教和道教的赞颂。这种对佛教精神的欣赏和体验,反映了他对中国文化的深刻理解和对人生境界的追求。

因此,以别列列申为代表的中国俄罗斯侨民诗人在其作品中展现了对佛教思想的深刻领悟和情感体验,为我们呈现了一幅丰富多彩的文化交流与融合的画面。

诗歌《中海》就浸透着浓浓的佛教思想:

> ……
> 花园当中我最爱中海,
> 水色澄碧水面宽广:
> 此地岂非神仙的天堂,
> 法衣洁净才有幸观赏!
>
> 他们的一生远离罪恶,
> 或了解罪恶抗击堕落。
> 我在此觉得人的一生,
> 如无形幽魂倏忽飘过。
> ……

别列列申深刻地体悟到佛家思想所倡导的超凡与解脱,从而找到心灵的安宁与平静。这种自然与心灵的交融与沉浸,使他的创作和思想更加丰富和深刻,也为他的生命注入了超越尘世的清新与灵动。在《湖心亭》中,诗人也塑造了和尚及圣贤的形象:

> ……
> 无名的智化来到这里,
> 他是画家,也是和尚:
> 一幅幅图画言语精妙,
> 似在墙壁上放声歌唱。
>
> 啊,这荷花永不凋谢,
> 雨中的荷叶卓然挺立;
> 有几位圣贤不知疲倦,
> 端坐在松林的浓阴里。
> ……

佛家思想强调亲近自然与追求宁静,禅宗信徒并非试图逃避现实生活,而是通过内心的洞察,以接纳、认同、包容和感化世间的一切罪恶和阴暗。他们追求内心的平静与和平,以平和心态来处理和面对生活中的各种挑战和变化。

2.《从碧云寺俯瞰北京》之淡漠尘世

诗人在《从碧云寺俯瞰北京》中,更是表达了对清静生活的向往:

> 身为游子长期无家可归,
> 我站在白色大理石柱一旁,
> 脚下是一个庞大的城市,
> 人们熙熙攘攘如喧嚣的海洋。
>
> 我站在高山上,
> 碧云寺,庙宇高耸,
> 巍然壮观,如此庄严,

名利烟消云散，
只听见永恒的风在呼唤。

啊，我真想停止飘零，
像鸽子飞回方舟来此休憩，
第一次安居在松树下，
心情恬淡，轻轻地叹息。

但愿能像颤抖的鸟儿，
在这里躲避逼近的雷雨，
忘却尘世的生死与荣辱，
在此生存，在此隐居。

我平静，可做到无声无息，
我是个毫无用处的摩尔人。
全能的上帝啊，没有桂冠，
我也感到高兴，感到幸运！

　　诗人站在高山之巅，俯瞰山脚下喧嚣的人群，像看到奔流的海洋。面对气势恢宏、威严高耸的碧云寺，诗人突然想抛开世间的名利荣誉，找到一个安稳的栖身之所。碧云寺成了他心中的理想居所，因为寺庙象征着佛光普照的空净之地，淡泊冷峭的特质正是参佛者所向往的平静之境。

　　诗人深切体会到了飘零的痛苦，意识到学佛能够洗净心灵，消除世间的烦扰，带来心灵的平静与解脱。因此，他选择出家，投身于佛门之中。信仰佛法成为他的精神支柱，让他能够摆脱战乱困扰和世俗喧嚣，获得内心的平静和安宁。

四、道家文化视角下的中国俄罗斯侨民文学

（一）《画》《湘潭城》之道家"虚静"的隐逸思想

　　道家思想的根源可以追溯到老子，老子姓李名耳，字聃，所以又被称为老聃,是中国古代杰出的哲学家和思想家之一,著有《道德经》(又称《老子》)。老子的思想影响深远,不仅在中国享有盛誉,也被世界文化所重视。俄罗斯侨民诗人米哈伊尔·斯普尔戈特在他的作品中表达了对老子的崇敬,认为其是拥有超凡智慧的伟大人物。

瓦西里·别列列申作为一位杰出的俄罗斯侨民诗人和翻译家,于1917年随父母来到中国。他不仅精通汉语,而且对中国传统文化有着深刻的理解。在定居巴西后,别列列申完成了对老子《道德经》的翻译工作,对道家文化极为欣赏。[①]他的诗歌作品也融入了浓郁的道家思想,体现了对道家哲学的推崇和尊重。他的诗歌《画》如下。

> 我有一幅画:山峰之间,
> 天空开阔,明亮无比。
> 中国的国画大师绘制,
> 笔触轻灵,堪称神奇。
>
> 峡谷在下,绿草如茵,
> 牛羊走来,牧童吹笛,
> 人生的目的不宜渺小,
> 仿佛是这画中的真意。
>
> 上面的山岭有条小径,
> 攀登山径者当受鼓励,
> 樱花树开花花团锦簇,
> 树木的阴凉凉风习习。
>
> 贤哲把家事托付子辈,
> 嫁了孙女,来此栖居,
> 他们叹息说青春如花,
> 骄矜与欢乐俱成往昔。

---

① 李艳菊.中国俄罗斯侨民文学中的儒释道文化研究[D].齐齐哈尔:齐齐哈尔大学,2013.

> 山岩光裸,如同冰峰,
> 高峻的峭壁倚天而立——
> 很少人喜欢危崖高耸,
> 唯独鹚鹰深爱这峭壁。
>
> 悬崖之上有孤松凌空,
> 冷静恬淡,身姿飘逸,
> 那里笼罩着一片宁静,
> 恭顺的心灵为之痴迷。
> ……

在别列列申的诗作《画》中,我们可以看到对"虚静"理论的深刻体现和延伸。诗中所描绘的蔚蓝天空下起伏的山峦、绿草茵茵、点缀着零星羊群的景象,以及通往山岭的樱花小径,无不展现出自然景观的美丽。然而,整幅画中最引人注目的是那座高耸入云的山峰,一棵挺立在悬崖上的松树,以及在峭壁间翱翔的鹰。诗人自己仿佛也融入其中,如鹰一般感受这峭壁,展现了道家思想中"物我合一"和"自由超脱"的精神。

在庄子的《大宗师》中有"两忘"之说,即泉水干涸,鱼用唾沫浸湿彼此的身体,此时不如相忘于江湖。道家认为人与人之间不应该有是非之别,也不需要多余的情感纠葛。因此,道家剔除了情感活动以及与之相关的外在物质诱惑和内在心理欲望,只留下一种恬淡宁静的审美心境。

虽然别列列申不是一位画家,但他的诗作就像一幅画,"诗中有画,画中有诗",这还是道家思想的意境。他通过诗歌描绘了中国画家的作品,展现了对道家"虚静"理论的深刻领悟,体现了对超然和隐逸生活方式的向往,以及对内心世界超脱的追求。

道家对自然美的追求体现了他们"乘物游心"的理念,即以自然之道来驭制自然,从而达到超然自在的境界。在道家看来,自然是最高的艺术家,而人应该学习借鉴自然的美妙,以调适自身的心境,达到内心的宁静与超脱。

观察自然、融入自然、领悟自然的法则,道家追求的不仅是自然之美,更是一种内心的解脱和心灵的宁静。他们认为,与自然和谐共生,人可以逐渐摆脱尘世的束缚,达到一种超然自在的境界。这种境界不受外界物质和情感的干扰,而是建立在对自然的敬畏和融合之上,最终达到一种有声有色的逍遥境界。诗人的《湘潭城》也更是别具一番风味:

> 黎明,云彩飘逸想休息,
> 早早飘向湘潭城,
> 清风吹响湘潭城,
> 河水流向湘潭城。

> 白天,鸽群飞向山冈,
> 山冈后面是湘潭城,
> 傍晚,霞光像只五彩凤,
> 它愿栖息湘潭城。

> 微笑向往湘潭城,
> 幻想聚会湘潭城,
> 胡琴赞美湘潭城,
> 花朵倾慕湘潭城。
> 夜晚挥舞天鹅绒的旗帜,
> 寂静笼罩了丘陵,
> 匆匆忙忙我逃离监狱,
> 梦中飞向湘潭城。

> 一路欢欣奔向湘潭城,
> 奔向和平与宁静!
> 谁能够禁止梦中飞行?
> 飞向隐秘的幸福仙境。
> ……

这首诗通过描绘自然景物,如云彩、清风、河水、鸽群、霞光、花朵等,以及诗人的微笑和幻想,表达了对湘潭城的向往和渴望。在诗中,诗人已经很难区分自己和自然之物,仿佛与自然融为一体。庄子的经典之一《齐物论》中提到的庄周梦为蝴蝶,蝴蝶梦为庄周的意象也被引用,加深了诗人与自然之间的融合。在这种融合状态下,自然景物与诗人的心灵律动交融,使诗中所描绘的自然风景生动活泼,而诗人的心灵感受和精神也更加纯真自由。这种融合不仅是对自然的赞美,也是对人性本真的认同和尊重。

湘潭城在诗人的笔下成为一片避世的净土,人们在那里能够远离尘嚣,享受环境的优美,摆脱烦恼,实现人与人之间的和谐相处。诗中描述的万物欢欣奔向湘潭城的场景,以及对梦中飞行的向往,都展现了诗人对这个仙境般的地方的向往和憧憬。

在别列列申的眼里,湘潭城是一处隐秘的幸福乐园,象征着和平与宁静。这种对湘潭城的描绘,与道教对仙境的理想化表达异曲同工,反映了人们对于和谐、安宁、幸福的向往和追求。

(二)道教文化及形象

道教的形象代表包括道观、道士、拂尘、天地、神龙、玉女等。道观是道教的宗教场所,也是道士修行的地方,通常建在山林幽谷之间,建筑风格富有中国特色。道士则是道教的修道者,通过修行追求长生不老和精神解脱。拂尘是道家的标志,象征着清净和超脱世俗。

天地在道教中具有重要的地位,被视为宇宙间至高无上的存在,道教强调顺应天地之道,追求与自然的和谐统一。神龙象征着神秘和权威,常常出现在道教的神话传说中,代表着吉祥、权力和变化。玉女是道教神话中的仙女形象,代表着纯洁和美好。

这些形象体现了道教对自然、宇宙、人生等的理解和信仰,体现了中国古代人们对宇宙和生命的探索和向往。道教的思想和文化传统,深刻影响了中国人民的思想观念、道德观念、审美情趣等,成为中国传统文化中不可或缺的重要组成部分。

俄侨诗人米哈伊尔·斯普尔戈特在《坐在小酒馆里同中国人吃饭……》中这样写道:

> 烫嘴的烧酒几乎弄昏了头脑,
> 它本来就已受热烈语言烘烤,
> 精灵鬼怪,四方神仙,各显相貌,
> 静悄悄地在迷雾中游荡蹦跳。

　　这颗心却突然间凶猛得跃起，
　　仿佛看到了台风或者雷雨，
　　唯一呈现天青色泼洒的心思，
　　便是老子的聪慧过人的歌曲！
　　……

　　诗人将道教的神仙鬼怪与老子的形象融入了诗歌之中，呈现了一种神秘而多彩的景象。他们在迷雾中静悄悄地游荡蹦跳，构成了一幅神奇的画面。而诗人的心情也因此变得激荡起来，仿佛经历了一场台风或雷雨。这段文字展示了诗人对道教神仙鬼怪和老子的独特理解，以及对道教理想境界的向往和想象。

　　1.《死人还乡》《满洲公主》之道士形象

　　在《满洲公主》和《死人还乡》中，道士形象展现了作者对中国传统文化的理解。道士在中国传统文化中具有重要地位，承载着信仰和神秘，为作品增添了一抹神秘而古老的色彩。
　　在《满洲公主》中，道士的形象与巴格罗夫的画《满洲公主》交织在一起，使故事笼罩上了一层神秘色彩。而巴格罗夫最终选择在道观出家，也反映了他对中国文化的兴趣，同时也暗示了他内心追求的转变和探索。
　　在《死人还乡》中，道士作重要角色，具有一种超自然的力量，帮助死去的人安然回到故乡。这一情节不仅展示了中国传统文化中对于生死的思考和尊重，也反映了作者对道教信仰的一种肯定和敬畏。
　　通过描绘道士形象，作者展现了对中国传统文化的尊重和理解，神秘和古老的故事，丰富了作品的内涵和情感。

　　2.《游山海关》《坐在小酒馆里同中国人吃饭……》之道教神仙

　　在《游山海关》和《坐在小酒馆里同中国人吃饭……》中，出现了神仙形象，这些神仙形象既承载了中国古代宗教和神话的传统，又在作者笔下呈现出一种神秘而古老的魅力。

诗人瓦西里·别列列申的《游山海关》中描绘了道教的功名利禄之神——文昌君：

> 西天映出了鼓楼的剪影，
> 庙中供奉着圣明的文昌君，
> 为了在考场不至于胆怯，
> 学子们带来了香烛做贡品。
> ……

在《游山海关》中，诗人描述了路过供奉文昌君的庙宇时，看到学子们为了在考场上不胆怯而向其献香烛的场景。文昌君是道教神仙体系中主宰功名利禄的神明。[①] 作者在诗中展现了中国传统文化中对功名利禄的重视和祭祀信仰。

而在《坐在小酒馆里同中国人吃饭……》中，出现了更加广义的道教神仙和鬼怪信仰，如精灵鬼怪、四方神仙等。这些形象在迷雾中游荡，为故事增添了一种神秘的色彩，反映了道教神仙体系的复杂。

（三）佩列文笔下的"梦境典故"与道家学说

在当代俄罗斯文坛，佩列文是一位备受欢迎又充满神秘的后现代主义作家。他的作品屡获殊荣，例如著名的"小布克奖""独立外国小说奖"等，为他赢得了广泛的读者群体。对于他的神秘，研究者认为，主要体现在他与媒体的距离以及对东方思想的独特迷恋上。佩列文的作品中有对东方哲学思想的深入思考，尤其是中国文化在他的作品中占有重要地位。

佩列文的创作生涯始于 1987 年，他在杂志社工作并担任特约记者，其间接触了大量有关东方神秘主义的出版物，并参与了汉语书籍的翻译工作。在他的作品中常能看见中国元素，或借用中国典故为作品增添异域特色。在其早期作品中，曾引用唐传奇《南柯太守传》，并借鉴《易经》和老子《道德经》等经典文化。这些作品不仅展现了佩列文对中国文化

---

① 李艳菊.中国俄罗斯侨民文学中的儒释道文化研究 [D].齐齐哈尔：齐齐哈尔大学，2013.

的深刻理解和喜爱,也为他后来的创作奠定了基础。

通过分析佩列文的早期创作,可以看出他对中国文化的迷恋和倾慕。中国元素在他的作品中扮演着重要角色,为他赢得了众多读者。佩列文的创作有对东方哲学的思索,深受中国文化的影响,这也是他在文坛上独树一帜的原因。

1.《苏联太守传》中的"南柯梦"典故及其故事形态构建

《苏联太守传》运用了"南柯梦"典故,可追溯至中国古代小说《南柯太守传》,但作者对其做了改编和重新诠释。在故事中主人公经历了一系列离奇而具有象征性的梦境,其中包括南柯一梦,他变换身份,拥有不同的人生境遇和社会角色。这些梦境不仅折射出主人公内心挣扎和追求,也是对社会现实的一种隐喻和批判。

运用"南柯梦"典故,作者在《苏联太守传》中构建了一个独特而深刻的故事形态。这些梦境并非简单的虚构,而是通过象征性的意象,呈现了主人公对权力、人性、自我认知等问题的思考和挣扎。同时,这些梦境也暗示了社会现实中的种种弊病和不公,引发了读者对现实世界的反思和探讨。

总体而言,《苏联太守传》以其独特的叙事手法和象征意义丰富了故事的内涵,深化了对主题的探讨,为读者提供了一个思考人生、社会和现实的重要窗口。这种情节安排不仅使故事更加生动有趣,也为读者带来了更多层次的思考,使作品的意义更加深远和丰富。

2.《夏伯阳与虚空》中的"庄周梦蝶"典故及其象征意义

在《夏伯阳与虚空》中,作者引用了《庄子·逍遥游》中的典故"庄周梦蝶"。这个典故讲述庄子梦到自己变成了一只蝴蝶,感受到了蝴蝶的自由快乐。当他醒来后,他开始怀疑自己到底是庄周还是一只蝴蝶,或者他现在是不是在做梦。他觉得很迷惑,从而提出了"庄周梦蝶"的疑问。这个典故的象征意义在于强调了相对性和虚幻性。庄子在梦中变成蝴蝶,而醒来后又怀疑自己是否真实存在,是人类对于现实和梦境的混淆和疑惑。这个典故反映了庄子哲学中的"自由游"思想,即超越物质世界的束缚,达到心灵的自由。人们常常被现实世界限制,而庄周梦蝶的故事则提醒人们思考现实和梦境之间的关系,以及人生的真实意义。

（1）《夏伯阳与虚空》中的"庄周梦蝶"典故

在这个小说中,梦境与现实被混淆了,主人公彼得·虚空的梦和现实生活产生了交错。他在梦中一系列虚幻的经历,使他意识到了现实的虚幻性。彼得对于自己身处何处、何时苏醒的困惑,以及梦境中的种种挣扎,都表达了现实与梦境之间的不确定性和混乱。

在这种情境下,夏伯阳的对话强调了梦境的重要性,认为梦境是一种解脱、超越现实的可能途径。夏伯阳指出,当彼得明白一切都只是梦时,他才能真正苏醒,摆脱梦境的束缚。这里的"梦"并非单纯指睡眠中的梦境,而是对现实的一种超越、解构和觉醒。通过这样的对话,作者试图探讨人类存在的本质、现实与虚幻的辨析,以及将梦境作为一种解脱和超越的可能性。

整体而言,这个小说通过引用庄子的典故和对梦境的深入探讨,呈现了现实与梦境之间的复杂关系,并探讨了人类对于真实性和存在的认知。

（2）《夏伯阳与虚空》中的"黑男爵"形象分析

《夏伯阳与虚空》中的"黑男爵"是一个富有神秘色彩的角色,他的存在和言论充满了象征意义和深刻的思想内涵。在小说中,黑男爵不仅是一个具体的人物形象,更是作者通过他传达一系列哲学观念的载体。

黑男爵这一形象首先象征着虚无与幻觉。他的名字"黑男爵"本身就暗示了一种神秘和黑暗。对他的描述充满了虚幻的元素,如他神秘的出现、不真实的外貌,以及他所掌控的"瓦尔哈拉宫"等。这些元素都暗示着现实世界之外有一种超越常规认知的存在,这种存在可能是一种精神的投影,一种幻觉的构建。

在黑男爵的言论中,融合了道家和佛家的哲学思想。他对"虚无"的讨论是对个体意识、自我的认知和现实世界的质疑,这反映了佛教中对于世界万物虚幻性的理解。同时,他对于王位、成功等的讨论则体现了道家对于世俗欲望和功利追求的否定。

黑男爵的存在和言论引发了对人性、存在和意义的深刻反思。他对于成功、王位等的讨论,以及他对内蒙古、吴国等的描述,都暗示了对人类欲望、追求和归宿的思考。通过他的角色,读者被引导去思考人生的意义,以及个体在宇宙中的地位和角色。

总的来说,《夏伯阳与虚空》中的黑男爵形象不仅是一个虚构角色,更是作者对于人类存在、现实世界、精神世界等问题进行探讨的一种载体和象征。通过黑男爵的角色,读者得以深入思考生命的意义、现实与幻觉的界限以及人类对于世界的认知。

3.《变形者圣书》中隐含的道家思想与"神变"主题

《变形者圣书》中的"狐变"与"狼变"代表了不同的自然观和宇宙观,展现了中国道家和西方工具理性之间的碰撞。阿狐狸的狩猎仪式旨在追求与自然的和谐共生,追寻野兽时期的记忆,使自身融入自然从而洗涤灵魂,这体现了道家思想中的天人合一和追求与自然和谐共生的理念。而萨沙的狼变则带有浓重的西方工具理性色彩,他的狩猎仪式意在从自然中获取资源,体现了对自然的征服与利用,以及人与自然的分离。

在小说中,隐含了道家的"神变"思想。"神变"是一种高级思维,是对宇宙万物和社会现象隐微规律和本质的把握、联系和思辨综合的结果。[1] 在道家哲学中,"神变"体现了道的能生性,即能变能化的特性。超级变形者的传说暗示了这种"神变"的概念,表现在超级变形者通晓世间之"道"并归化于虹流的能力上。阿狐狸作为中国狐妖,其能力体现了神变的概念,通过狐妖化人来实现自身的变化和控制外物的能力。

此外,小说中的虹流具有深刻的宗教意义,代表着"道"的归处和悟道成佛。进入虹流需要忘记一切描述和追寻,暗示了佛教中的"悟"的概念,即在日常生活中的每一处细节都存在悟的契机。因此,《变形者圣书》通过讲述狐妖与狼人之间的故事,巧妙地融合了道家哲学中的"神变"思想和佛教的悟道成佛的理念,探讨了人与自然、人与自我之间的关系,以及对真理的追求。

---

[1]　魏梦莹.新时期俄罗斯文学中的中国形象[D].哈尔滨:黑龙江大学,2020.

第六章　中俄文学关系研究

第一节　俄罗斯文学在中国的传播方式

一、译介

中国对俄罗斯文学的译介有着悠久的历史,早在 19 世纪 70 年代就有了初步的尝试。这一时期的译介工作主要由留学海外的中国学子承担,像鲁迅和周作人等人在日本留学期间就曾翻译过不少俄罗斯文学作品。然而,在当时,中国翻译界更重视英法等西欧国家的文学,因此俄罗斯文学并未受到特别关注。

到了 20 世纪初期,随着俄罗斯文学的逐渐引入,一些著名作品开始在中国被翻译和传播,比如普希金的中篇小说《上尉的女儿》。随后,列夫·托尔斯泰、契诃夫、屠格涅夫等作家的作品也陆续被译介到中国,为俄罗斯文学在中国的推广打下了基础。虽然在这一时期,中国翻译界更青睐西欧国家的文学,但一些翻译家如鲁迅、周作人等仍然为俄罗斯文学的译介做出了重要贡献。

五四时期是中国翻译界对俄罗斯文学进行广泛传播的重要时期。在新文化运动的推动下,先进的知识分子将俄罗斯文学视为对抗封建社会和资本主义的工具,寄希望于其能够推动中国社会的思想和文化变革。因此,俄罗斯文学在中国的译介与传播进入了第一个高潮期。这一时期,中国成立了多个文学社团,如创造社和文学研究会等,倡导文学应该反映社会现实,俄罗斯文学作为进步文学被大量翻译,逐渐占据了外国文学在中国译介出版领域的首要位置。据统计，五四运动后 8 年内翻译的外国文学作品中，俄苏文学占了三分之一，其中包括了列夫·托尔斯泰、契诃夫、屠格涅夫等多位俄罗斯文学巨匠的作品。①

鲁迅、瞿秋白、耿济之、林纾、郁达夫、茅盾、郑振铎、巴金、梁实秋、郭沫若、曹靖华等翻译家翻译了许多俄罗斯名家名作，形式和体裁多样，包括小说、散文、寓言、诗歌、戏剧、文艺理论等。翻译方式以"直译"为主，强调翻译应忠于原文。尽管翻译活动具有强烈的目的性，但由于缺乏统一的标准和规范，出现了"一书多译"和"一名多译"的现象，导致部分文学作品"译名"混乱。

20 世纪二三十年代，鲁迅翻译了果戈理的长篇小说《死魂灵》等；瞿秋白翻译了高尔基的《海燕》、普希金的长诗《茨冈》等；夏衍翻译了高尔基的《母亲》等；郭沫若翻译了铁霍诺夫的小说《战争》等；蒋光慈翻译了谢廖也夫的《都霞》等；周扬和周立波合作翻译了顾米列夫斯基的《大学生私生活》等；曹靖华翻译了绥拉菲莫维奇的《铁流》等；田汉翻译了列夫·托尔斯泰的长篇小说《复活》等；冯雪峰翻译了《列夫·托尔斯泰是俄国革命的镜子》等；董秋斯翻译了列昂诺夫的小说《索溪》等。除了左翼作家，还有许多翻译家和知识分子也参与到俄罗斯文学的译介工作中，如巴金、金人、耿济之等，他们翻译了屠格涅夫、左琴科、安德烈耶夫等人的作品，向中国读者展示了俄罗斯文学的丰富多彩。

中华人民共和国成立后，俄罗斯文学译介工作数量更大，范围更广，分类系统，翻译质量高，对俄罗斯文学在中国的传播起到了重要作用。

20 世纪 80 年代，俄罗斯文学作为重要的译介对象，在中国呈现出了井喷式的传播。参与俄罗斯文学译介工作的新老翻译家包括巴金、戴骢、刘辽逸、汝龙、谢素台、力冈、戈宝权、姜椿芳、田大畏、草婴、陈冰夷、臧仲伦、顾蕴璞、蓝英年、张秉衡、王士燮、魏荒弩、非琴、石枕川、夏仲翼、李毓榛、芳信等。这些翻译家在 80 年代引入了大量俄罗斯文学的精华。他们重新翻译了许多经典作品，并将之前未被重视的作品引入了读者和评论界的视野。这一时期的翻译工作不仅是对经典作品的重译，还为中国读者呈现了俄罗斯文学的丰富多彩和内在特殊价值。②

---

① 都翔巍.俄罗斯文学在中国的传播效应研究[D].呼和浩特：内蒙古大学，2021.

② 同上。

二、文学传播

俄罗斯文学在中国的传播历史可以追溯到清末。1903 年，普希金的经典之作《上尉的女儿》在上海大宣书局印刷成汉译单行本公开发行，标志着俄罗斯文学在中国传播的正式开始。随后，俄罗斯文学单行本在中国的译介数量逐步增长，涵盖了普希金、契诃夫、果戈理、屠格涅夫和列夫·托尔斯泰等众多俄罗斯作家的作品。到了"五四"时期，中国掀起了对俄罗斯文学的译介高潮，参与俄罗斯文学译介的文学译者逐渐增多。在这一时期，俄罗斯文学的译介出版取得了巨大的成就，大量作品被翻译出版，包括屠格涅夫、托尔斯泰、契诃夫等俄罗斯文学"黄金时代"的作家。"五四运动"后的 8 年间，俄罗斯文学在中国翻译出版单行本的作品数量约占外国文学作品总数量的 1/3，共计 65 部，远超其他国家的译介作品数量。其中，托尔斯泰的作品单行本多达 24 种，同一作品还有多个译者版本；屠格涅夫的作品单行本多达 12 种，少数作品有不同翻译版本。[①] 俄罗斯文学在中国的翻译出版单行本数量迅速增加，显示出了译介活动的蓬勃发展。

进入 20 世纪 30 年代后，中国左翼作家联盟的成立推动了对俄苏社会主义和现实主义题材的文学作品的翻译和出版。这一时期，马克思主义以文学为载体，在中国逐渐为更多人所熟知，为中国的无产阶级革命提供了理论依据和精神支持。左翼文艺运动期间，"新俄文学"的作品广泛译介出版，其中包括高尔基等作家的作品。到了 20 世纪 40 年代，中国出版单位开始译介和出版苏联卫国战争题材文学作品，推动了苏联文学在中国的传播和接受。

中华人民共和国成立后，俄罗斯文学在中国的译介和出版迎来了黄金期，涌现出大量的译作单行本。各大出版社纷纷参与到俄罗斯文学的译介和出版工作中，数量庞大的俄罗斯文学作品被翻译出版，为中国读者提供了丰富的文学选择。

改革开放后，俄罗斯文学的译介出版工作重新获得了发展，出现了"井喷"现象。全国各地的出版社出版了大量的俄罗斯文学作品，丰富

---

① 封荣.从意识形态论林语堂文学翻译创作在国内外的不同影响 [J].现代语文（文学研究版），2009（06）：82-83.

了中国读者的文学阅读体验。20世纪90年代以后,俄罗斯文学作品的译介出版量逐渐减少,但经典作品仍然保持着一定的影响力,其译作单行本依然畅销。

总的来说,俄罗斯文学在中国的传播经历了一个丰富多彩的历史过程,对中国文学和思想产生了深刻的影响。虽然译介出版量在某些时期有所下降,但俄罗斯文学作为世界文学的重要组成部分,仍然在中国的文学界占据一定的地位。俄罗斯文学作品的丰富内涵和深刻思想,不断激发着中国读者的兴趣,并为中俄两国文化交流和理解搭建了重要的桥梁。

值得注意的是,随着信息技术的发展和全球化进程的加速,俄罗斯文学在中国的传播方式也在发生变化。除了传统的纸质图书出版,电子书籍和在线阅读平台也成为俄罗斯文学传播的重要渠道。这种多样化的传播方式为俄罗斯文学在中国的普及提供了新的机遇和可能,促进了中俄文化交流的进一步深化和拓展。

三、文学评论

20世纪90年代以来,随着中国与俄罗斯之间的友好关系不断加强和两国文化交流的增加,俄罗斯文学在中国的研究评论进入了新的发展阶段。学界对俄罗斯文学的研究越来越专业化和国际化,涌现出了一大批优秀的俄罗斯文学研究者和评论家。他们通过对俄罗斯文学作品的深入分析和解读,探讨了其中历史、文化、社会等方面的内涵,为中国读者提供了更加丰富和多元的阅读视角。

同时,随着信息技术的发展和互联网的普及,学者们在国内外学术平台上积极展开对俄罗斯文学的讨论和交流。各种学术会议、研讨会和论坛成为学者们交流思想、分享研究成果的重要平台,促进了俄罗斯文学研究的深入和扩展。此外,一些学术期刊和专业网站也开设了俄罗斯文学专栏,定期发表论文和评论,推动了俄罗斯文学研究的学术交流和合作。

在文学评论的内容方面,除了对经典作品的传统研究,学者们也开始关注当代俄罗斯文学的发展和变化。他们对当代俄罗斯作家的作品进行解读和评价,探讨其反映的时代特征和社会现实,为读者更深入地了解和认识俄罗斯文学提供了便利。同时,俄罗斯文学与中国文学、世

界文学之间的关系也成为研究的热点,通过比较分析和交叉研究,探讨
不同文学体系之间的共通性和差异性,丰富了俄罗斯文学研究的内容和
深度。

总的来说,随着时代的发展和学术研究的深入,俄罗斯文学在中国
的研究评论呈现出蓬勃的生机和活力。学者们在不断探索和创新中,为
俄罗斯文学的传播和发展做出了重要贡献,促进了中俄两国文化的交流
与互鉴。

四、戏剧

俄罗斯文学中的许多经典之作都被改编成戏剧、歌剧、舞剧等多种
舞台艺术形式,这些作品不仅在俄罗斯备受喜爱,还积极"走出去",在
中国等多个国家演出,进一步扩大了俄罗斯文学在海外的影响力。俄罗
斯文学巨匠如普希金、莱蒙托夫、果戈理、列夫·托尔斯泰、高尔基、屠
格涅夫和陀思妥耶夫斯基等人的经典作品,都被搬上剧院舞台,戏剧成
为俄罗斯文学传播的主要媒介之一。

例如,普希金的短篇小说《黑桃皇后》被俄国作曲家柴可夫斯基改
编成同名歌剧,并于 1890 年在圣彼得堡马林斯基剧院公演,逐渐成为
俄罗斯歌剧史上的经典之作。2016 年 10 月 18 日,马林斯基剧院携新
版《黑桃皇后》来到上海大剧院,在中国进行了汇演。同样,普希金的《叶
甫盖尼·奥涅金》作为俄国文学现实主义奠基之作,也多次被改编成话
剧、歌剧和音乐剧,走出俄罗斯国门,在全世界公开演出,深受观众的喜
爱。莱蒙托夫的经典名著《当代英雄》被莫斯科大剧院改编成同名芭蕾
舞剧,并于 2017 年 4 月 9 日在剧院现场表演,中国哔哩哔哩视频网站
同步直播,吸引了大量中国观众在线观看。果戈理的代表作《死魂灵》
被改编成肢体剧和话剧,不仅在俄罗斯本国演出,还来到了中国,受到
了观众的一致好评。

五、电影和电视剧

俄罗斯文学的经典作品经常被改编成电影和电视剧,使其在中国等
地广泛传播,受到观众的喜爱。许多著名作品如《黑桃皇后》《上尉的

女儿》《叶甫盖尼·奥涅金》《当代英雄》《苦难的历程》《钢铁是怎样炼成的》等都被改编成了影视作品,通过电影和电视剧的形式,将俄罗斯文学作品以更生动、形象的方式呈现给观众。据统计,1949—1958年,中国有102部影片在苏联放映,苏联有747部影片在中国放映,观看苏联影片的中国观众多达20亿人次。[①]

例如,《黑桃皇后》先后在1916年和1982年被改编成同名俄语电影,在中国获得了广泛的关注和好评。普希金的另一作品《上尉的女儿》也在1959年被改编成同名俄语电影,随后引入中国,受到观众喜爱。莱蒙托夫的作品《当代英雄》和阿·尼·托尔斯泰的《苦难的历程》等也多次被改编成电影和电视剧,在中国和其他国家播出,受到了热烈的欢迎。

这些影视作品不仅展示了俄罗斯文学的魅力,也丰富了中国观众的文化生活。通过影视的方式,观众能够更直观地感受文学作品所传达的思想和情感,促进了中俄两国文化的交流与合作。

六、学术交流会

中国学界对俄罗斯文学的研究历史可以追溯到五四时期,当时中国处于战乱和列强侵略的时期,许多知名作家和译者积极参与了俄罗斯文学作品的翻译和研究,为俄罗斯文学在中国的传播奠定了基础。中华人民共和国成立以来,中国学界对俄罗斯文学的研究从未间断,尤其是在改革开放后,中俄两国的合作交流更加频繁,俄罗斯文学也得到了更多关注。

重要的学术交流活动不断进行,如1956年签订的合作协定推动了中俄两国在文化领域的合作,促进了学术交流。针对具体文学作品的研讨会也相继举办,如《钢铁是怎样炼成的》的研讨会和电视剧研讨会等,这些活动吸引了众多学者和专家的参与,推动了对俄罗斯文学的深入研究和交流。

国际学术研讨会也在中国举办,如2013年的"俄罗斯文学:传承与创新"国际学术研讨会,吸引了来自不同国家的学者代表以及众多青年学者参与,以多重视角研究俄罗斯经典文学作品,为俄罗斯文学的传播

---

① 刘志青.恩怨历尽后的反思[M].济南:黄河出版社,1998.

和影响力扩大提供了有益的思考。2014 年的座谈会也为中国学界介绍了俄罗斯当代文学的发展现状,促进了中俄两国文学交流和合作。

这些学术交流活动不仅推动了俄罗斯文学在中国的研究,也促进了中俄两国文化的交流与合作,为俄罗斯文学在中国的传播和理解打下了坚实的基础。

七、社群及社交媒体

在当今移动互联网时代,社交媒体和社群平台成为俄罗斯文学传播的新渠道,展现了其在年轻读者群体中的影响力和吸引力。

例如,微博账号"俄罗斯文学 bot"拥有着庞大的粉丝群体和高度的关注,其内容的热度远超同类账号,反映了俄罗斯文学在中国年轻读者中的受欢迎程度。在其他社交媒体平台,如 QQ、豆瓣、小红书和抖音等,俄罗斯文学同样吸引了许多关注和讨论,展示了其在不同社交媒体中的多样化传播形式和广泛的受众基础。

值得注意的是,尽管俄罗斯文学在今天的大众传播环境中算是小众内容,但其在社交媒体上依然有着一定的影响力。

此外,早期俄罗斯文学在中国的繁荣为其今天的传播奠定了良好的基础。在中国的义务教育阶段,俄罗斯文学仍然是语文课程的一部分,这使得社交媒体上的用户对俄罗斯文学并不陌生。此外,一些搞笑内容和段子也在社交媒体上引发了大众对俄罗斯文学的关注和讨论,显示出俄罗斯文学在中国社交媒体用户中的一定影响力和认知度。

总的来说,尽管俄罗斯文学在当今的传播环境中面临着挑战,但通过社交媒体和社群平台的传播,仍然保持着一定的受众基础和影响力。其独特的风格和情感表达方式受到了一部分年轻读者的关注和喜爱,在社交媒体上依然散发着俄罗斯文学的魅力。

第二节 俄罗斯文学对中国的影响与现状

一、俄罗斯文学对中国的影响

(一)概述

俄罗斯文学对中国的影响是多方面而深远的,它在文学思潮、思想触动、文学创作方法和两国文学交流等方面都产生了重要影响。

首先,俄罗斯文学在中国传播的过程中,带来了丰富多彩的文学思潮。19世纪末到20世纪初,俄罗斯文学的作品开始进入中国,其中包括普希金、屠格涅夫、托尔斯泰等伟大作家的作品。这些作品所蕴含的人性探索、社会现实批判等主题,与当时的中国社会风云相呼应,对中国的文学思潮产生了深刻的影响。尤其是高尔基的作品,如《我的大学》等,通过对人性的真实描绘和对社会底层的关注,激发了中国读者对于社会正义和人道主义的思考,推动了中国文学的现实主义转型。

其次,俄罗斯文学作品对中国读者的思想和情感产生了深刻的触动。帕斯捷尔纳克的《日瓦戈医生》等作品,以其深刻的人性关怀和对历史的深层反思,引起了中国读者的共鸣。这些作品所表达的情感和思想,在中国社会中引起了广泛的讨论和反思,深深烙印在中国读者的心中,成为他们人生道路上的精神财富。

再次,俄罗斯文学对中国当代作家的创作方法和理念也有着重要影响。随着改革开放的推进,大量俄罗斯文学作品被翻译引进中国,为中国文学界提供了新的思想源泉和创作范例。俄罗斯作家在人性、社会现实等方面的探索,激发了中国作家对于文学创作的新思路和新方法,提升了中国当代文学的多样性和丰富性。

最后,俄罗斯文学对中国和俄罗斯两国文学之间的交流与认同起到了重要作用。尽管两国之间存在着政治、历史等方面的差异,但俄罗斯文学作家和中国作家在人文精神、理想情怀等方面有着共通之处,这种情感认同促进了两国文学之间的交流与合作,促进了两国人民之间的相互了解和友谊。

综上所述,俄罗斯文学对中国的影响是多维度的、深远的。它不仅丰富了中国读者的文学体验,也为中国文学的发展提供了新的思想和启示。俄罗斯文学作为世界文学的重要组成部分,与中国文学的交流与融合将继续推动两国文学的繁荣与发展。

(二)俄罗斯文学精神与中国新文学

中国新文学对俄罗斯文学的青睐并非偶然。审美心理的平衡对于文学接受至关重要。过于守旧会排斥变革,而过于追求新潮则可能导致盲目跟风。理想的审美心理应当是在习惯与探究之间取得平衡。同时,作品也应当在习惯和探究之间取得平衡,既不过于陈旧而令人厌倦,也不过于新潮而难以理解。正是这种平衡导致了中国新文学对俄罗斯文学的偏好。

中俄两国在经济、政治和文化上有着相似之处,这种相似性加深了两国人民对彼此文学的理解与接受。两国的封建历史和反封建进程也相似,使得两国人民在追求民主、反对封建等方面有着共同的方向。此外,中俄两国的思维方式和文化习惯也颇为接近,都受到亚细亚的生产方式的影响。

虽然中俄两国都相对缺乏哲学家,但文学在两国社会中承担了传播先进思想文化、启迪民众、唤醒人心的重要任务。因此,文学成为两国重要的讲坛。鲁迅等中国文学先驱将俄罗斯文学视为导师和朋友,并将其作为建构中国现代文学格局的主要参照系之一。许多中国作家在翻译、研究和吸收俄罗斯文学方面做出了贡献,俄罗斯文学渗透在中国新文学中并得到了滋养。

因此,中国新文学对俄罗斯文学的青睐并非偶然,而是两国有着相似的历史、文化和思维方式,以及俄罗斯文学在启发、激励和滋养中国作家方面产生重要作用。

1. 民主主义、人道主义精神

民主主义和人道主义精神在中俄两国文学中发挥着重要作用,这与两国历史上的反封建斗争密切相关。俄国文学以普希金等为代表,始终以民主主义和人道主义为旗帜。这种文学繁荣的开始与俄罗斯民主意识觉醒同步。俄国作家不仅张扬个性主义,强调个性的价值,更在人道主义旗帜下反对社会压迫,追求人人平等与自由,反对封建专制,主张民主理想。因此,俄国文学一直与社会解放运动相联系,保持了鲜明的当代性和深刻的人民性。

中国新文学的奠基者们也深刻认识到了俄罗斯文学的这种特点,将其民主主义精神视为宝贵的借鉴。中国现代文学高举"五四"民主旗帜,经历了从张扬个性主义到推崇人道主义,再到正面表现新民主主义运动的发展过程。中国新文学的发展与中国现代民主主义运动是同步的,是反封建思想革命的一部分。中国现代作家们致力于揭露封建社会的黑暗,反对阶级压迫,表现了对人民苦难的同情和呼声。他们关注知识分子与人民的关系,以及普通人的生活与情感,力求采用能为广大读者所接受的艺术形式。

因此,中俄两国文学都浸润着民主主义和人道主义精神,表现了对人民的关怀与支持,对社会正义的追求和呼吁。这种共同的价值观在两国文学中都有所体现,不仅丰富了文学作品的内涵,也为社会的进步和人类的共同发展贡献了力量。

2."为人生"的主导意向

俄罗斯文学展现了强烈的"为人生"的主导意向,关注人的命运以及民族的命运。在社会批判方面,俄罗斯文学描述了社会与个人之间的冲突,揭示了社会的压迫与扭曲,旨在改变现存的社会制度。在民族文化心态批判方面,俄罗斯文学关注人性美点与陋习之间的冲突,揭示了历史积淀形成的习惯心理与思维定式,以促进民族文化心理素质的提高。这种"为人生"的主导意向在俄罗斯文学中得到了全面展示,包括果戈理、契诃夫、高尔基等作家的作品。

中国新文学也以"为人生"的意向为主导,关注社会现象、人生问题以及民族生存与发展。中国新文学的发展经历了从对封建社会的揭露到对革命武装斗争的正面表现,体现了对社会的暴露和歌颂。虽然中国新文学受到俄罗斯文学的影响,但在内容特色上有所不同,在歌颂方面有所突出,特别是 20 世纪 30 年代以后的文学,更集中于社会批判,反映了民族现实的需要。

总的来说，俄罗斯文学和中国新文学都以"为人生"为主导意向，关注人的生活、命运以及社会的现实问题。在不同的历史和文化背景下，它们都表达了对人性、社会正义和民族命运的关注和呼唤。

3. 使命意识：作家创作活动的内驱力

俄罗斯文学中的作家们常常怀有一种强烈的使命意识，他们意识到自己肩负着为民请命、救民于水火的责任，以及唤起民众觉醒的使命。这种内驱力推动着他们进行文学创作，即使未来将遭遇被捕、监禁、流放、苦役。例如，普希金追求自由的诗歌直接抨击沙皇本人，而涅克拉索夫被称为"公民诗人"，他的诗作唤起了人民的觉醒与反抗。车尔尼雪夫斯基将文学作品看作"生活的教科书"，列夫·托尔斯泰担当起传达千百万俄国农民思想情绪的重任，契诃夫一生致力于同俄罗斯人的"庸俗"作斗争，而高尔基则将"唤起人们对于生活的积极态度"作为文学活动的目的。

中国现代作家也有类似的使命意识，受俄罗斯文学的影响，他们也意识到自己肩负着改变国家精神、唤醒民众觉醒的使命。例如，鲁迅以"救国之道，首在立人，人立而后凡事举"的使命意识投身文学活动，茅盾的创作也与他的社会政治理想联系在一起。巴金的创作描绘了旧中国的黑暗现实，带给人们希望的曙光，而左联五烈士更是怀抱着强烈的使命意识投身文学创作，为中国新文学史铺上了一层淡淡的血痕。

即使一些现代作家并未明显表达使命意识，例如朱光潜、沈从文等，但他们的文艺观也反映了对生活的关怀与责任感，这也是使命意识的一种表现。虽然他们的创作与俄罗斯文学的联系不太明显，但在文学创作的追求上，他们或多或少地受到了俄罗斯文学的影响。

4. 主要潮流：现实主义

现实主义在 19 世纪俄罗斯文学中扮演着主导角色，甚至在整个 19 世纪，都没有出现明显的浪漫主义。早在 1800 年至 1825 年，克雷洛夫、纳列日内、格里鲍耶陀夫等作家的作品就为现实主义的兴起铺平了道

路。1825 年以后,现实主义成为俄罗斯文学的主要潮流,并持续到 20
世纪。即使在西欧各国现实主义衰落的情况下,俄罗斯现实主义仍然保
持着强劲的发展势头,并取得了巨大的成就。这种潮流一直延续到 20
世纪,尽管偶尔会陷入低谷,但其影响力和凝聚力始终存在。

中国新文学的现实主义方向的确立也受到了俄罗斯文学的影响。
茅盾指出,中国新文学的现实主义方向得益于俄罗斯文学,特别是高尔
基等作家的创作。他认为,俄罗斯作家的现实主义创作对中国新文学的
发展产生了深远影响,而中国作家通过翻译介绍俄罗斯文学作品和理
论,进一步加深了对现实主义的理解和运用。因此,俄罗斯文学在中国
新文学的发展中起到了重要的推动和引领作用,促进了中国现实主义潮
流的形成和发展。

5. 体裁样式:问题小说与社会小说

欧洲 19 世纪现实主义文学在塑造和完善社会小说这一文学形式方
面做出了重大贡献,使其成为反映时代各个阶层生活和历史事件的重要
样式。在俄罗斯文学中,社会小说和社会心理小说得到了充分的发展,
作家如屠格涅夫、列夫·托尔斯泰、陀思妥耶夫斯基等都有此类作品。
与此同时,俄罗斯现实主义文学又是一种"问题文学",涉及并触及了当
代社会生活中的重大问题。赫尔岑的《谁之罪》、车尔尼雪夫斯基的《怎
么办》和涅克拉索夫的《谁在俄罗斯能过好日子》等作品提出了许多引
发社会关注和思考的问题,展现了文学的积极社会作用。

在俄罗斯文学的影响下,中国新文学从"五四"运动开始便涌现出
问题文学,以问题小说和问题剧为代表,而问题小说成就尤为突出。这
些作品讨论了劳工问题、子女问题、伦理道德等,引发了人们对生活和
社会的思考。作家们密切关注现实,通过这种文学样式表达对社会的关
切。这种趋势一直延续到了中国当代文学中。

中国现代文学史上的许多著名作家,如茅盾、巴金等,其作品大多属
于社会小说或社会心理小说。在他们的创作中,可以看到俄罗斯文学,
特别是列夫·托尔斯泰、屠格涅夫、契诃夫和高尔基等作家的影子。这
些作家的作品体现了对社会现实的关注,并受到俄罗斯文学在体裁样式
上的影响。

6. 描写对象：农民、小人物、知识分子和女性形象

俄罗斯文学的民主主义和现实主义精神以及俄国作家的使命意识，塑造了俄罗斯文学在描写对象方面的独特性。与 19 世纪的法国文学和英国文学侧重于描绘资产阶级社会矛盾和道德沦丧不同，俄罗斯文学着重刻画了农民、小人物、知识分子和女性等形象，反映了俄罗斯社会的历史发展和时代特征。

（1）农民形象

农民形象在俄罗斯文学中占据重要位置。农民是俄罗斯社会的基础和支柱，因此他们的生活、命运和斗争常常成为文学作品的重要题材。俄罗斯作家通过描写农民的生活，展现了他们的坚韧、质朴和对自由的追求。

俄国长期的封建农奴制对农民的命运产生了深远影响，成为俄罗斯作家们关注的重要议题之一。普希金的《上尉的女儿》、果戈理的《死魂灵》、屠格涅夫的《猎人笔记》和《木木》、涅克拉索夫的诗篇，以及托尔斯泰的《复活》和《黑暗的势力》，契诃夫的《农民》和《在峡谷里》，还有高尔基和布宁的小说，都通过不同的作品刻画了不同时代的农民生活，呈现了各种农民形象。

这些作品不仅描绘了农民在农奴制度下的困境，还反映了农奴制度废除后，资本主义侵入农村所带来的变化。它们展示了农民丰富的精神世界，同时也指出了农民自身存在的弱点和陋习。这些作品从不同的角度和深度探讨了农民问题，反映了俄罗斯农民生活的多样性和复杂性。

通过对农民形象的描绘，这些作家展现了俄罗斯文学的人民性，深刻反映了俄罗斯社会的现实和历史，呼应了俄罗斯文学的民主主义和现实主义精神。这些作品不仅具有文学价值，更是对俄罗斯社会的深刻观察和批判，为农民阶层发声，为社会变革发出呼唤。

中国作为一个农业大国，农民问题一直是中国社会的核心问题之一。因此，在中国新文学中，农民形象的塑造一直占据着重要的地位。从鲁迅的《故乡》《祝福》《阿 Q 正传》到茅盾的农村三部曲，再到后来的赵树理、李季、丁玲、周立波、柳青等作家的作品，都对农民形象进行了深入细致的描写。

1949 年以后，苏联文学全面影响中国文学已成为不可避免的事实。

在相当长的时间内,甚至直至 1985 年左右及反修防修时期,苏联文学的影响持续存在。这种影响涵盖了题材选择、人物形象塑造、主题挖掘、情节设置以及叙事结构等方面。大多数中国当代作家在努力保持自身艺术个性的同时,不可避免地受到苏联文学的指引,无论是自觉还是不自觉的。这种情况在农村题材作家身上也普遍存在。尽管周立波的《暴风骤雨》《山乡巨变》,柳青的《创业史》,赵树理的《三里湾》等作品展现了各自的艺术特色,但他们也在不同程度上受到了苏联作家肖洛霍夫等人的影响,可以看到模仿《被开垦的处女地》等作品的痕迹。

《暴风骤雨》《山乡巨变》和《被开垦的处女地》这几部小说的故事情节相似:都是关于农村改革的。主要情节包括工作队进入农村,激发贫困农民的积极性,对抗富裕农民的破坏,最终实现农业集体化。这些相似性不仅是因为苏联和中国在某些历史阶段的相似,也有作者模仿前人的因素。人物角色也有相似之处,分为党组织代表、积极的贫困农民、敌对的富裕农民以及中间摇摆的农民。同时,每部小说都有一个突出的、有个性的角色。它们进入了各自国家文学史上的主要作品行列,成为了解那段历史的重要资料。

但是,尽管这些小说具有一定的历史意义,但并不足以成为文学经典。文学经典通常具有更宏大的历史视野和史诗般的风采,能够深刻地探讨人类存在的意义和价值,并对历史进程进行批判性思考。这些小说虽然描绘了历史事件,但在对历史的解释上往往局限性较大。作者们过于受制于当时的意识形态,难以将个人艺术表达融入对生活的独立思考中。因此,作品缺乏引领读者认识时代本质的能力,无法满足人们对历史真相的渴求。

这些小说虽然有自己的艺术特色,比如对人物的刻画和乡土语言的运用,但它们在叙事技巧上较为欠缺,与人们对经典作品的诗意要求有一定距离。此外,由于对历史的理解有限,这些作品在今天看来往往显得过时,无法满足读者对历史的认知需求。因此,尽管它们具有一定的历史意义,但很难成为真正意义上的文学经典。

《被开垦的处女地》这部小说曾经被认为是苏联的一部经典之作,它描述了农村集体化的过程,展现了共产党员们领导农民走向社会主义的艰辛历程。然而,今天的读者在解读这部作品时可能会有不同的体会。首先,作者对主人公的态度并不完全明确。尽管主人公们在表面上是积极向前的,但作者在描写他们时似乎夹杂了一些嘲讽的语气。他们的言行举止,尤其是在与农民互动时,往往让人感到虚伪和缺乏说服力,这会使读者对他们真实动机产生怀疑。其次,小说中对农民与富农的斗争描写,也引起了读者的关注。作者在描写富农的生活和命运时,表现出了一定的同情。这种叙述方式很可能会让读者将同情心转移到被镇压的富农身上,而非共产党员们。最后,小说中的一些情节和描写可能让人觉得滑稽,甚至带有一些讽刺意味。作者通过一些场景和对话,似乎在暗示一些不同寻常的情感或动机,这让读者对故事的真实性产生了怀疑。总的来说,《被开垦的处女地》这部小说超越了当时的政治框架,提供了一种更加深入的历史解读可能性。然而,作者的态度并不完全明确,这给读者留下了更多的想象空间和思考的余地。

在中国文学界,苏联文学的影响可谓深远而复杂。一些作家受到苏联文学的启发,试图在作品中模仿苏联文学的风格和主题。这种模仿使他们的作品在表现形式上与苏联文学相似,但缺乏对生活本质的深刻理解。这样的作品往往受限于特定历史时期的意识形态,缺乏个人对历史的独立思考,也缺乏对人性的深入挖掘。由于缺乏深刻的见解和对生活的真实理解,这些作品很难触及人们内心,也难有真正传世的价值。

然而,苏联文学给中国作家也带来了一些正面影响。苏联文学在一定程度上启发了中国作家,使他们更加关注社会问题、生活细节和人物性格。这些作品常常展现出高度的敏感性和生动的描述,具有强烈的抒情意识和浓厚的生活气息。然而,这些作品也受到了苏联文学的影响,一些作家倾向于强调国家乌托邦主义,难以超越政治话语的桎梏,也难以思考生活与生命的本质意义。这种片面接受导致了中国当代文学的局限性,表现为教条主义的指导思想、纯政治功利主义的文学观念和庸俗社会学的批评方法。因此,苏联文学对中国作家的影响是复杂而深刻的,既带来了启发和借鉴,也导致了局限和盲目模仿。

（2）小人物形象

各类小人物形象在俄罗斯文学中是常见的描写对象。这些小人物包括小公务员、小手工业者、小商人、城市贫民、潦倒的知识分子和破落贵族子弟等。普希金的《驿站长》,果戈理的《外套》,陀思妥耶夫斯基的《穷人》,契诃夫的《苦恼》和《万卡》等作品都是描写小人物的经典之作。这些作品通过对小人物生活的真实描写,展现了社会环境对小人物的压迫、损害和扭曲。它们可能突出描绘了小人物在社会中的边缘地位和生存困境,或者暴露了小人物自身的精神心理问题。有些作品则将社会环境和小人物的个人因素结合起来,展现了小人物在特定社会背景下的种种挣扎和命运抉择。

俄国作家通过描写这些小人物,不仅展现了他们的真实生活,也通过对社会现实的观察和批判,彰显了作家的使命意识。这些作品向读者展示了俄罗斯社会的各个阶层和群体的生活状态,深刻反映了俄罗斯文学对人类命运的关怀和思考。

俄罗斯文学对中国新文学的影响是深远而且多方面的,特别是在塑造小人物形象方面。作为现实主义文学的代表,俄罗斯文学强调描写普通人的生活和命运,这与中国新文学所追求的社会批判、关注人民生活的理念高度契合。

在果戈理、契诃夫、高尔基等俄国作家的影响下,中国作家也注重描写小人物的生活和内心世界。鲁迅的《狂人日记》与果戈理的同名、巴金的《第四病室》与契诃夫的《第六病室》等都展现了明显的借鉴和影响关系。这些作品不仅继承了俄罗斯文学的民主主义精神和现实主义精神,还反映了俄国作家的使命意识和对社会问题的深刻思考。

在茅盾、老舍、沙汀等中国作家的作品中,也可以看到俄罗斯文学的影响。这些作家通过描写小人物的生活,展现了对人民命运的关怀和对社会现实的批判。他们深刻地表现了小人物的生存状态和内心挣扎,呼应了俄罗斯文学的现实主义精神,并将其融入了中国的文化背景之中。

(3)知识分子形象

知识分子形象在俄罗斯文学中也占有重要地位。他们常常是作品中的主要角色,代表着思想、理想和文化的力量。俄国作家通过塑造知识分子形象,反映了知识分子在社会变革中的作用和责任。

对知识分子的描绘多是作品的精彩之处。"多余的人"和"新人"等形象是俄国文学中的重要角色,通过他们,作家们深入探讨了知识分子与人民、个人与集体之间的关系,以及知识分子在社会中的地位和作用。这些形象展示了知识分子在不同历史时期的心路历程,作家们以其独特的艺术手法描绘了知识分子的内心世界和思想斗争。这些作品往往带有自传性质,反映了作家自身的生活经历和心路历程,同时也展现了整个时代知识分子群体的命运和挣扎。

知识分子形象在中国新文学中也扮演着重要角色,并且受到了俄罗斯文学的深刻影响。鲁迅、茅盾、巴金、叶绍钧、郁达夫等作家的作品中,都有对知识分子形象的描绘,展现了他们在社会中的生存状态和内心世界。

鲁迅的《在酒楼上》《孤独者》《伤逝》等作品,以及茅盾的《蚀》三部曲、《虹》和《路》,都深刻地描绘了知识分子在社会变革中的挣扎和迷茫。巴金的激流三部曲等作品也反映了知识分子对社会现实的关注和反思。在叶绍钧、郁达夫等作家的作品中,也可以看到对知识分子命运的深刻探讨。

这些作家不仅描绘了知识分子的生活和命运,还在其作品中表达了对社会和人生的深刻思考和探索。他们往往将自己的感情和思想凝聚在知识分子形象中,反映了对人生意义和社会责任的追求,这与俄罗斯文学中塑造知识分子形象的传统相呼应。

（4）女性形象

女性形象是文学中不可或缺的一部分。女性形象既可以是家庭的支柱和传统的守护者,也可以是对抗社会不公和压迫的斗士。俄罗斯作家通过描写女性形象,展现了她们的坚强、智慧和对生活的热爱。

俄罗斯文学中的女性形象是丰富多彩的,展现了不同的性格特点、生活境遇和内心世界。这些女性形象不仅令人印象深刻,而且具有深刻的社会意义和人性内涵。

达吉雅娜、娜塔莉娅、丽莎、叶琳娜、叶卡杰琳娜、薇拉、娜斯塔谢娅·费里波夫娜、安娜·卡列尼娜、娜塔莎、玛丝洛娃等形象,都展现了独特的性格和深刻的情感。她们或代表着作者的道德理想,或具有强烈的社会批判意义,或反映出社会变革的脉络。这些女性形象不仅是文学作品中的角色,更是活生生的俄罗斯人,展示了俄罗斯社会的多样性和复杂性。她们的生活经历、情感纠葛和心灵探索,为读者呈现了一个个鲜活的人物形象,同时也反映了俄罗斯文学对人性、情感和社会现实的深刻关怀和审视。

中国新文学中的女性形象可以分为不同类别,知识者女性和下层妇女形象是两大主要类别。知识女性通常具有较高的文化素养和思想境界,而下层妇女则反映了社会底层妇女的生活境遇和命运。

在知识者女性形象中,茅盾笔下的章静、梅行素,巴金笔下的琴、淑英、淑华,叶绍钧笔下的金佩璋,郁茹笔下的罗维娜等都展现了女性在知识界的职业生涯和个人命运。这些形象反映了中国社会中知识女性的地位和角色,也体现了她们在时代变迁中的命运抉择。

而下层妇女形象则更多地关注了社会底层妇女的生存境遇和情感世界。比如,祥林嫂、小福子、路翎笔下的郭素娥等形象都反映了社会底层妇女的艰辛生活和内心挣扎。这些形象描绘了中国社会底层妇女的命运和生存状态,也反映了社会的不公和不平等。这些女性形象的塑造在一定程度上受到了俄罗斯文学的影响,例如巴金笔下的女性形象与屠格涅夫笔下的女性形象之间的关联,以及郭素娥形象与高尔基笔下玛莉娃形象的关联,展现了中俄文学之间的交流和影响。

尽管中国新文学深受俄罗斯文学精神的影响,但并非简单地重复和照搬。中国新文学既是传统文学发展中的一次断裂和转换,也是"五四"以后中国社会生活的必然产物。俄罗斯文学精神的渗透和滋养只是中国新文学形成的外部条件之一,而中国新文学在发展过程中也受到了许多其他因素的影响,包括中国自身的文化传统、社会现实以及其他外国文学的影响。

因此,中国新文学在形成过程中吸收了各种元素,包括俄罗斯文学,但在整体上展现出了自己的特色和风貌。

(三)百年俄苏文论在中国的历史回望

俄苏文学作品曾为中国几代文学工作者提供了灵感和启示,俄苏文论与批评也对中国文学的发展产生了直接影响。然而,这种影响的历史结果既有积极的一面,也有消极的一面。

从积极方面来看,俄罗斯和苏联文学的作品为中国文学提供了文学典范,丰富了中国文学的创作语言和主题。俄苏文论和批评也为中国文学的理论批评和创作实践提供了借鉴和启示,促进了中国文学的发展。

从消极方面来看,中国文学在接受俄苏文学的过程中也存在着偏离、误读和遗漏的问题。有时候,中国文学界可能会过分迷恋俄罗斯和苏联文学的某些特点,而忽略了中国自身的文学传统和现实情境。此外,由于语言和文化的差异,有些俄苏文学的作品和观念在中国的接受和理解上可能存在偏差。

因此,对于俄苏文学对中国文学的影响,我们需要进行客观而深入的分析和总结,认识到其中的积极和消极方面,以更好地借鉴和吸收外来文学的精华,同时保持自身文学的独立性和特色。

1. 19 世纪俄国文论与批评在中国的接受

20 世纪初期，中国开始关注 19 世纪俄罗斯文学理论与批评，这与当时俄罗斯文学的辉煌成就密不可分。在"五四"时期，中国知识界广泛引入欧洲思想文化成果的潮流中，俄国文论与批评著作也开始被翻译介绍到中国。这一时期，俄国文学的人道主义精神、现实主义思潮和社会批判倾向对中国新文学的发展产生了深远影响。诸如鲁迅、胡风、周扬等作家的理论批评活动，都深受 19 世纪俄国文学理论与批评的滋养。

胡风尤其从别林斯基那里领受了现实主义见解，包括对"哪里有生活，哪里就有诗"的理解。19 世纪 50 年代的"百花时代"中关于"写真实""文学典型"和"形象思维"的讨论也受到了俄国文学理论的影响。车尔尼雪夫斯基关于"美是生活"的论断，成为当时中国美学界关于美的本质问题的讨论的理论基础之一。

然而，中国对 19 世纪俄国文论与批评的接受局限在别林斯基、车尔尼雪夫斯基和杜勃罗留波夫等现实主义作家及批评家，其他流派的理论批评几乎被忽视。实际上，在 19 世纪俄罗斯文学的发展过程中，除了现实主义流派，还涌现出了感伤主义、浪漫主义、斯拉夫派、唯美主义、土壤派等多个批评流派。

直到 20 世纪晚期，中国文学界对 19 世纪俄国文论与批评的片面接受局面才有所好转。一些非现实主义的俄国批评家的论著首次被译介到中国，但由于大规模接受俄罗斯文学的高峰期已过，这些资料受到的关注相对有限。一些学者的努力为人们提供了更多关于俄罗斯文学理论与批评的视角，然而在中国当代文学生活中，这些努力尚未引起广泛的回应。

2. 中国文学界对俄国马克思主义文论的接纳

20 世纪中国文学发展始终深受马克思主义的影响。然而，中国接纳马克思主义文论的路径具有特殊性。早期，中国文学界主要通过俄国早期马克思主义批评家的著作、苏联领导人有关文艺问题的言论以及某些时期的文艺政策来接触和传播马克思主义文艺思想。这种特殊的接受路径影响了中国文学理论家和批评家的知识结构和思维方式。

1928 年后,中国出现了一波翻译介绍马克思主义文艺理论著作的热潮,尤其是左翼作家对此表现出了高度的热情和积极性。然而,这些著作中真正属于马克思主义文论与批评数量较少,大部分是苏联"无产阶级文化派"和庸俗社会学代表人物的著作,以及一般性的苏联文艺理论家的论著。

1944 年,周扬编辑出版了《马克思主义与文艺》,这是中国文学界早期介绍马列文论的基础建设成果。该书选录了马克思、恩格斯、普列汉诺夫、列宁、斯大林、毛泽东等人关于文学艺术的文章片段和相关言论,反映了周扬对马克思主义文艺思想的理解。然而,这种选择和编排也存在一定的误差和偏离,导致中国文学界对马克思主义的理解受到了限制。

直到 20 世纪 70 年代末,随着《马克思恩格斯全集》的中文版出版,马恩文艺思想中的丰富内容才开始为中国学术界所注意。1983 年,朱光潜和周扬的一些论文发表,对马克思早期美学思想进行了重要的阐释,标志着中国文学界开始从马克思主义原著中直接理解其文艺思想,这标志着中国文学界在理论上走向成熟和自觉。

3. 苏联文论对 20 世纪中国文学的影响

20 世纪中国文学在很大程度上受到了苏联文论的影响,这种影响主要体现在 20 世纪 20 年代后期到 50 年代初期。中国吸取了苏联的文学理论和批评,其中包括马克思主义批评、苏联早期领导人的文章和讲话、20 世纪 20 年代苏联各种文学思潮与流派的观点,以及 20 世纪 30 年代出现的"社会主义现实主义"理论等。

苏联的极左文学理论在中国被大量接受和运用,导致了对五四文学传统的否定、对一些作家的攻击以及对文学创作方法的过度政治化。这种影响甚至延续到了 20 世纪 50 年代初,将"社会主义现实主义"规定为中国文学创作的基本方法,导致了公式化、概念化作品的大量出现。

然而,在 20 世纪 50 年代中期,苏联的"解冻文学"思潮对中国文学界产生了积极影响。这一思潮促使中国文学迎来了短暂的"百花时代",开始反对粉饰生活,提倡"干预生活"。在这一时期,中国文学界展开了对"社会主义现实主义"的讨论,质疑了这一概念和定义。这些讨论成为中国文学力图摆脱政治禁锢的一次重要尝试,并反映了对极左文学理论的怀疑和否定。

然而,随着苏联对修正主义的警惕与批判,中国开始排斥苏联当代文学的影响,甚至以"苏联修正主义文学"为反面参照。直到 20 世纪70 年代末,中国文学界才再度接纳了苏联文论的影响,开始了对 50 年代初期以来苏联文艺学新成果的补充译介,这些成果对中国文艺理论观念的更新、新的文艺学体系的建构以及旧有批评模式的突破产生了有力的影响。

4.20 世纪晚期中国文学对俄苏文论的补充摄取

20 世纪晚期中国文学对俄苏文论的补充摄取确实是一个引人注目的现象。从 80 年代开始,中国学者逐渐开始关注并研究俄国形式主义、巴赫金的诗学理论以及白银时代的理论批评成果。这些理论的引入对中国文学界产生了深远影响。

首先,俄国形式主义的理论对中国文学界的影响不可小觑。在 20世纪 80 年代中后期,随着张隆溪等学者的研究和翻译工作的展开,中国学者开始正面接触和评述俄国形式主义。这一学派的理论对文学批评方法和文学本体论产生了重要影响,引发了中国学者对文本本身、艺术结构和语言表达的关注。

其次,巴赫金的诗学理论也在中国文学界引起了轰动。其提出的"对话""复调""狂欢化"等概念成为研究者和批评家们常用的术语,使中国学者的研究方法和视角产生了转变。巴赫金的理论不仅强调了文学多样性和创新性,还启示了摆脱传统观念束缚的重要性,对中国当代文学和文化研究产生了积极的影响。

最后,白银时代的理论批评成果在中国文学界的补充摄取也是一个重要趋势。从 20 世纪 80 年代末期开始,中国学者开始重视白银时代的理论批评遗产,并在学术著作中提及其重要性。这些文学理论与批评成果为中国学者提供了新的视角和思路,帮助他们重新审视文化史。

总的来说,20 世纪晚期中国文学对俄苏文论的补充摄取是一个积极的发展趋势,丰富了中国文学理论和批评的内涵,促进了中国文学界与国际学术界的交流与合作。

二、俄罗斯文学在中国的传播现状

（一）中国读者对外国文学选择的多元化

中国读者对外国文学选择的多元化反映了中国社会的开放与多元化趋势。随着改革开放以及市场经济的发展，中国图书市场逐渐呈现出多元化的特点，外国文学的引入和译介也越来越广泛。这种多元化选择不仅仅是因为外国文学种类的增多，也反映了中国读者对不同文学风格、主题和文化背景的兴趣和需求。

首先，中国读者的阅读习惯和文化接受习惯发生了改变。随着社会的发展和文化的多元化，年轻一代读者开始追求更加个性化、多样化的阅读体验。他们不再满足于传统的文学作品，而是更愿意尝试不同国家和地区的文学作品，以丰富自己的阅读体验。因此，他们对外国文学的选择呈现出分层和多元的趋势，不再局限于某一国家或地区的文学作品。

其次，外国文学的译介和出版受到了政府和市场的双重推动。中国政府高度重视文化产业的发展，通过宏观调控和市场经济手段来促进外国文学的引入和传播。与此同时，市场经济的发展也使大量非官方机构和个体加入图书行业中，推动了外国文学作品的译介和出版。这种双重推动下，中国读者可以更方便地接触到不同国家和地区的文学作品，从而拓宽了他们的阅读选择。

最后，外国文学的多元化选择也反映了全球化和文化多元化的趋势。随着全球化进程的加速，各国文学之间的交流和互动日益频繁。中国读者通过阅读外国文学作品，不仅可以了解不同国家和地区的文化传统和历史背景，也可以开阔自己的视野，提升自己的文化素养。因此，他们愿意尝试各种文学作品，以满足自己对世界的好奇心和探索欲。

总的来说，中国读者对外国文学选择的多元化反映了社会的开放与多元化趋势，也体现了人们对世界文化的渴望和追求。在未来，随着社会的发展和人们文化需求的不断提升，外国文学将会更加丰富和多样化，为中国读者提供更广阔的文学世界。

（二）俄语文学优秀译者出现代际断层

俄语文学在中国的传播历程可以说是一部承前启后的史诗。从最早的鲁迅、瞿秋白等第一代翻译家开始，到后来的叶水夫、曹靖华等，再到草婴、高莽等，每一代翻译家都在其时代背景下做出了卓越的贡献，推动了俄语文学在中国的传播。然而，随着时代的变迁和苏联解体后的影响，俄语文学翻译事业面临了一系列挑战，代际断层是挑战之一。

首先，代际断层表现在老一代俄语文学译者年事渐高或已过世，而新一代俄语文学译者尚未完全成长起来。这种断层导致了俄语文学翻译事业缺乏延续性和传承性。老一代译者凭借其深厚的语言功底和丰富的翻译经验，为俄语文学在中国的传播奠定了坚实的基础，但随着时间的推移，他们逐渐退出了翻译的舞台。而新一代译者尚未具备足够的经验和能力来承担起俄语文学翻译的重任，这导致了译者队伍的断层和不稳定性。

其次，经济因素也是导致代际断层的原因之一。随着市场经济的发展，俄语文学译者的翻译报酬逐渐下降，这使年轻一代的俄语专业学生对从事俄语文学翻译事业不感兴趣。相比起老一代译者在翻译工作上的可观收入，新一代译者的经济回报较低，这也打击了年轻人从事翻译事业的积极性。

最后，技术和社会环境的变化也为代际断层埋下了隐患。随着信息技术的发展，人们获取信息的方式发生了巨大变化，网络和数字化媒体的兴起改变了人们的阅读习惯和行为模式。年轻一代读者更倾向于通过网络平台获取信息和阅读文学作品，而传统的纸质书籍已经逐渐失去了市场优势。这也使得年轻一代的俄语文学译者在社会环境和技术条件下面临更大的挑战。

针对代际断层的问题，有必要采取一系列措施。首先，应该加大对俄语文学翻译事业的扶持力度，通过提高翻译报酬、加强翻译人才培养等方式吸引更多年轻人从事俄语文学翻译工作。其次，应该加强老一代译者和新一代译者之间的交流和传承，让老一代译者将自己的经验和技能传授给年轻一代，实现代际的衔接和传承。此外，还可以利用现代技术手段，如网络平台和社交媒体，推动俄语文学的传播和翻译工作，为年轻一代译者提供更多的展示和交流的机会，激发他们的翻译热情和创作潜力。

综上所述,俄语文学翻译事业面临着代际断层的困境,但通过多方面的努力和措施,可以逐步解决这一问题,实现俄语文学翻译事业的可持续发展。

第三节 俄罗斯文学在当代中国的传播展望

在新时代,俄罗斯文学借鉴欧美等外国文学的成功经验,通过构建多元化和立体化的传播模式,包括"互联网 + 出版"、网络文学传播策略等,不断拓展全球传播渠道,强调"内容为王,品质至上"的文学理念,同时政府与民间共同努力推动俄罗斯文学的国际交流与合作,为其在国际舞台上的影响力和地位提升做出努力。

一、构建多元化和立体化的对外传播模式

中华人民共和国成立至改革开放前,俄罗斯文学在中国的传播经历了不同阶段,从以纸质印刷品为主的传播方式逐渐转变为受到大众媒介发展影响,传播渠道丰富多样。然而,传统的纸质媒介在进入 21 世纪后逐渐失去了影响力,主要以纸质媒介进行传播的俄罗斯文学在国内外影响力严重下滑,面临着诸多挑战。

随着"互联网 +"时代的到来,新媒体技术的迅速发展为俄罗斯文学在中国的传播提供了新的机遇和挑战。新媒体平台的兴起使传播渠道变得更加丰富多样,传播方式也更加灵活多变。互联网和移动网络的普及为俄罗斯文学在中国的传播提供了更广阔的空间,打破了时间和空间的限制,实现了文学作品传播的便捷化、平民化和互动化。因此,在新媒体时代,俄罗斯文学在中国的对外传播活动应积极利用互联网和新媒体技术,不断丰富传播渠道和形式,以满足受众多元化的精神文化需求。

为了构建多元化和立体化的对外传播模式,可以采取以下措施。

（一）创新传播方式

利用互联网和新媒体平台,包括社交媒体、自媒体、在线文学平台等,开展俄罗斯文学作品的传播活动。通过知乎网、豆瓣网等社交网络媒体和微博、微信公众号、短视频等自媒体平台上发布内容,吸引更多读者关注和参与。

（二）开展线上线下活动

利用互联网平台举办线上文学讲座、线上文学沙龙等活动,吸引读者参与和互动。同时,结合线下活动,如俄罗斯文学节、文学讲座、书展等,打造立体化的传播模式,提升文学作品的知名度和影响力。

（三）发展视听化传播

借助舞台表演、影视改编等形式,传播俄罗斯文学作品,吸引更多观众的关注和参与。通过话剧、歌剧等形式的表演,展现俄罗斯文学作品的魅力,扩大作品的传播范围。

（四）加强国际交流与合作

俄罗斯文学在中国的传播不仅需要依靠国内力量,还需要加强与俄罗斯等国家的文化交流与合作。通过举办文学节、文学交流活动等,促进中俄文学之间的交流与合作,共同推动俄罗斯文学在国际上的传播和影响力提升。

综上所述,借助新媒体技术和互联网平台,俄罗斯文学可以构建多元化和立体化的对外传播模式,实现更广泛、更深入的传播,为俄罗斯文学在中国的影响力和地位提升做出贡献。

二、借鉴欧美等外国文学的对外传播模式

欧美和日本等国家的文学传播模式在中国市场上确实有着较大的影响力和成功经验,值得借鉴和学习。这些成功的文学传播模式不仅丰富了中国读者的阅读选择,也为中国的文化产业发展提供了宝贵经验和启示。

首先,从传播渠道和形式上看,这些成功的文学传播模式往往具有多样性和立体性。除了传统的纸质图书出版,还可以通过电影、电视剧、舞台剧、动画、游戏等多种形式将文学作品呈现给受众。例如,《哈利·波特》系列不仅是畅销图书,还成功改编成了电影,并衍生出了各种周边产品和主题公园,形成了一个完整的IP生态链。这种多样化的传播方式可以满足不同受众的需求,扩大文学作品的影响力和知名度。

其次,成功的文学传播模式通常注重文学作品的IP化运营和品牌建设。通过将文学作品打造成具有独特魅力和高度识别度的IP,可以吸引更多受众的关注和参与,推动衍生品的销售和文学作品的长期传播。例如,《哈利·波特》系列在全球范围内成功建立了自己的品牌形象,并通过各种方式不断扩大了IP的影响力和商业价值。

最后,成功的文学传播模式还注重跨界合作和跨媒介融合。通过与影视、动漫、游戏等行业的合作,将文学作品推广到更广泛的受众群体中,实现跨界传播和多平台互动。例如,日本的推理小说作品不仅被改编成了电影和电视剧,还被开发成了游戏和动画,形成了一个跨媒介的IP生态系统,为文学作品的传播提供了更多可能性。

综上所述,可以借鉴欧美和日本等国家的文学传播模式,使俄罗斯文学在中国市场上实现更广泛、更深入的传播。通过多样化的传播渠道和形式、注重文学作品的IP化运营和品牌建设、跨界合作和跨媒介融合,俄罗斯文学可以扩大自己在中国市场上的影响力,吸引更多受众,实现文学作品的长期传播和持续价值。

三、借鉴网络文学的传播及运营模式

网络文学的传播和运营模式在当今互联网时代扮演着重要角色,尤

其是在满足读者个性化需求、促进文学作品传播和商业化方面发挥着重要作用。可以从网络文学的成功经验中汲取灵感，创新传播方式，实现更广泛、更深入的传播。

首先，网络文学借助互联网技术和大数据分析，实现了对读者的精准定位和个性化推送。这种个性化的阅读体验符合现代读者的需求，可以提高阅读体验和读者黏性。俄罗斯文学可以借助类似的技术手段，分析中国读者的阅读偏好和行为习惯，有针对性地推广俄罗斯文学作品，提高其在中国市场的曝光度和影响力。

其次，网络文学注重与其他文化产业的合作，形成了多元化的内容衍生和跨界联动。这种合作模式可以使文学作品在不同领域产生更广泛的影响，如影视、动漫、游戏等，进而拓展文学作品的受众群体。俄罗斯文学可以与中国影视、动漫等行业展开合作，对经典文学作品进行改编和衍生，使其进入更多领域，吸引更多读者的关注。

再次，网络文学通过建立自身的 IP 生态系统，实现了文学作品的全方位开发和运营。这种 IP 化运营模式可以使俄罗斯文学在中国市场上建立更具竞争力的品牌形象，推动俄罗斯文学作品从纸质书籍向多种媒介延伸和扩展，增强其市场竞争力和商业价值。

最后，网络文学在国际传播方面也有一定经验可供借鉴。像"武侠世界"等网络文学平台通过开展海外招募翻译工作、积极拓展海外读者市场等方式，成功将中国网络文学推广至全球范围。俄罗斯文学可以借鉴这种国际化传播模式，通过开展文学节、文学展览等活动，加强与国外读者和出版机构的交流与合作，促进俄罗斯文学在国际上的传播和交流。

综上所述，借鉴网络文学的传播和运营模式，可以帮助俄罗斯文学在中国市场上实现更广泛、更深入的传播，推动俄罗斯文学与中国读者之间的文化交流与互动。

四、坚持"内容为王"的文学创作理念

在当今信息爆炸的时代，"内容为王"的文学创作理念显得尤为重要。这种理念不仅是对文学作品质量的要求，更是对文学创作目的和价值的深刻思考。俄罗斯文学作为世界文学的瑰宝之一，其发展历程和经典作品都彰显了"内容为王"的重要性。

首先，坚持"内容为王"的文学创作理念是对文学的一种责任担当。

文学不仅仅是一种艺术表达形式,更是对社会、对人性、对时代的思考和反映。优秀的文学作品应当具有深刻的内涵和丰富的人文价值,能够引发读者思考、感悟人生、启迪心灵。俄罗斯文学作品中的经典之作,如列夫·托尔斯泰的《战争与和平》、陀思妥耶夫斯基的《罪与罚》,正是通过对人性、道德、社会等方面的深入探索,为读者提供了丰富的精神食粮。

其次,坚持"内容为王"的文学创作理念是对文学商业化的一种制约和规范。在商业化的浪潮下,文学作品往往面临着商业利益和创作价值的冲突。一些作品可能会为了商业利益而迎合市场需求,追求短期的畅销和流量,忽视了作品本身的深度和内涵。然而,真正优秀的文学作品应当具有超越时空的永恒价值,其商业价值应当建立在作品内容的基础之上。只有坚持"内容为王",才能保证文学作品的品质和长久传播。

再次,坚持"内容为王"的文学创作理念应该是文学创作者的一种自我要求和追求。作为文学创作者,应当注重对人性、社会、历史等方面的思考和表达,通过作品传递自己的思想观念、情感体验和人生感悟。只有在深入思考和反思的基础上,才能创作出真正具有意义和价值的文学作品。俄罗斯文学的许多伟大作家,如列夫·托尔斯泰、陀思妥耶夫斯基等,都是以自己深刻的思想和情感为基础,创作出了卓越的文学作品,留下了不朽的文学遗产。

最后,坚持"内容为王"的文学创作理念是对读者的一种尊重和关怀。文学作品不仅是作者的创作,更是为读者提供精神享受和心灵慰藉的载体。优秀的文学作品应当能够引起读者共鸣,触动读者内心深处的情感和思想。通过深入的内容和精湛的艺术表达,文学作品能够给读者带来独特的阅读体验和感受,启迪读者的心灵,丰富读者的人生。

综上所述,坚持"内容为王"的文学创作理念是对文学的一种高度要求和追求,是对文学价值和意义的深刻认识和理解。只有在坚持"内容为王"的前提下,文学才能发挥其应有的作用,为人类的精神文化建设做出更大的贡献。

五、推动中俄两国政府和民间的文学交流

中俄两国建交以来,俄罗斯文学一直是两国文化交流的重要内容之一。特别是在 20 世纪的苏联时期,由于两国政治体制的相似性和意识

形态的接近,俄罗斯文学在中国得到了广泛传播和接受。苏联作家的作品通过翻译出版,深入中国读者的生活中,对中国文学界产生了深远的影响。例如,列夫·托尔斯泰、陀思妥耶夫斯基、契诃夫等俄罗斯文学巨匠的作品在中国留下了深刻的烙印,成为中国读者心中的经典。

随着时代的变迁和国际关系的发展,中俄两国的政治、经济、文化等各个领域的交流与合作日益加深。近年来,中俄两国政府和民间相继举办了多种形式的文学交流活动,如"中俄文学作品研讨会""中俄文学合作交流会"和"中俄作家论坛"等,这些活动不仅促进了两国作家之间的直接交流,也为俄罗斯文学在中国的传播提供了重要平台。通过这些交流活动,中国读者有机会更深入地了解俄罗斯文学的现状和发展趋势,俄罗斯作家也能够更直接地感受到中国读者的反响和需求,促进了中俄两国文学界的相互了解与合作。

除了政府和民间的交流活动,中国学界也十分重视俄罗斯文学的研究与传播。全国性的俄罗斯文学研究会的成立,标志着中国学界对俄罗斯文学的关注和重视。该学会致力于推动俄罗斯文学在中国的学术研究和教育传承工作,关注中俄两国之间的文学比较和文化交流,为俄罗斯文学在中国的传播提供了学术支持和理论指导。通过学术研究和学术交流,俄罗斯文学在中国的传播得到了更加系统和深入的推动,为中俄两国的文化交流与合作搭建了坚实的桥梁。

（一）加强两国政府合作

中俄两国政府间的合作对俄罗斯文学在中国的传播起到了重要的推动作用。从历史上看,中俄两国在政治和经济等领域的合作直接影响着文化交流的深度和广度。近几十年来,随着中俄关系的持续改善和深化,两国政府间的合作不断加强,为俄罗斯文学在中国的传播提供了良好的政治环境和支持。

首先,中俄两国政治高层的互访促进了两国关系的发展,为文化交流创造了良好的氛围。20 世纪 90 年代以来,中俄两国领导人频繁互访,签署了一系列重要的友好合作文件,明确了双方在政治、经济、文化等方面的合作意愿和方向。这种政治上的互信和合作助推了文化领域的交流与合作,促进了俄罗斯文学在中国的传播。

其次,中俄两国在文化领域签订了一系列合作协议和文件,为俄罗斯文学在中国的推广提供了政策支持和制度保障。例如,2013 年,中国国家新闻出版广电总局与俄罗斯联邦出版与大众传媒署签订了"互译和出版对方经典文学作品"的协议,为俄罗斯文学作品在中国的出版和推广创造了有利条件。[①] 此外,两国间的"中国俄罗斯年"等文化活动也为俄罗斯文学在中国的传播提供了重要平台和契机。

最后,中俄两国政府通过多种方式支持文学交流与合作,促进了俄罗斯文学在中国的传播。政府间的文学作品研讨会、作家论坛等活动为中俄作家之间的交流提供了机会,促进了文学作品的相互理解与传播。同时,政府间的经济合作也为俄罗斯文学在中国的翻译、出版和推广提供了资金支持和市场保障。

总的来说,中俄两国政府间的合作对俄罗斯文学在中国的传播起到了重要的推动作用。政治上的互信与合作、文化领域的合作协议和政策支持、经济上的资金投入和市场保障,都为俄罗斯文学在中国的传播提供了有力支持。在两国关系不断向好的大背景下,俄罗斯文学在中国的传播将继续蓬勃发展,为中俄两国人民的文化交流与理解做出更大贡献。

(二)推动两国民间互动

俄罗斯文学在中国的传播不仅仅依赖于政府间的合作,民间的互动与交流也起到了至关重要的作用。这种民间互动不仅加深了两国人民之间的文化理解和友谊,也为俄罗斯文学在中国的传播提供了丰富多样的渠道和平台。

首先,中俄两国学者和文化工作者之间的交流合作极大地推动了俄罗斯文学在中国的传播。例如,举办各类论坛、学术研讨会、作家论坛等活动,为两国学者提供了交流思想、分享经验、合作研究的机会。这种学术性的交流不仅有助于俄罗斯文学在中国的学术研究和传播,也促进了两国文化领域的深度合作。

其次,中俄两国作家和文学界人士的交流也是俄罗斯文学在中国传播的重要渠道。通过举办青年作家论坛、文学节、书展等活动,促进了两国作家之间的相互了解和作品交流。这种作家之间的互动不仅有助于

---

① 谢清风.中国出版走进俄罗斯的本土化策略分析[J].中国编辑,2019(12):58-62.

俄罗斯文学作品在中国的引进和推广,也为中俄两国文学界的交流合作搭建了平台。

最后,俄罗斯文学在中国的传播还得益于文学作品的译介和推广活动。通过策划举办经典与现代作品互译出版项目、举办新书发布会、评选出最有影响力的俄罗斯文学作品等活动,促进了俄罗斯文学作品在中国的翻译、出版和推广。这些活动不仅为中国读者提供了更多选择,也为俄罗斯文学在中国的传播打下了良好的基础。

综上所述,民间的互动与交流对俄罗斯文学在中国的传播起到了至关重要的作用。中俄两国学者和文化工作者之间的学术交流、作家之间的作品交流、文学作品的译介与推广等活动,共同构成了俄罗斯文学在中国传播的多维网络,为中俄两国人民的文化交流与理解做出了积极贡献。

(三)培养俄语文学译者

俄语文学译者的培养是促进俄罗斯文学在中国传播的关键环节之一。随着中俄关系的不断加强和两国文化交流的不断深化,培养俄语文学译者的重要性愈加凸显。在这一过程中,我国可以采取一系列措施来促进俄语文学译者的培养和发展。

首先,加强俄语教育,提高俄语水平。俄语教育是培养俄语文学译者的基础。通过完善中小学和高校的俄语教学体系,扩大俄语课程的覆盖范围,提高俄语教学的质量和效果,培养更多具有扎实俄语基础的学生。同时,借助现代化的教学手段和多媒体技术,激发学生学习俄语的兴趣,提高他们的学习积极性和效率。

其次,加强俄语文学的学科建设和研究。俄语文学译者需要具备扎实的文学素养和深厚的文化底蕴,只有通过系统的文学研究和学科建设,才能培养出优秀的俄语文学译者。因此,要加强对俄语文学的研究和教育,建设一支高水平的俄语文学研究团队,为培养俄语文学译者提供学术支持和人才保障。

再次,加强俄语文学译者的培训和实践。除了在学校教育阶段培养学生的俄语能力,还应该加强对俄语文学译者的专业培训和实践指导。可以通过举办翻译比赛、实习项目、讲座和研讨会等活动,提供机会让学生实践翻译技能,增加他们的实践经验和实际能力。

最后,加强与俄罗斯的文化交流和合作。俄罗斯是俄语文学译者学习的重要资源之一,加强与俄罗斯文学界的交流合作,为我国培养俄语文学译者提供更多的学习机会和资源。可以通过举办文学节、研讨会、交流访问等形式,促进中俄文学界的交流与合作,为俄语文学译者的培养提供更广阔的空间。

综上所述,培养俄语文学译者是促进俄罗斯文学在中国传播的重要举措。通过加强俄语教育、加强俄语文学研究、加强培训和实践、加强与俄罗斯的文化交流和合作等多种途径,可以不断提高我国俄语文学译者的素质和水平,推动俄罗斯文学在中国的传播。

参考文献

[1] 2023 年俄罗斯总人口多少 [EB/OL].https//www.xiofo.com/ask/238084.html.

[2] 陈建华.二十世纪中俄文学关系 [M].北京：高等教育出版社，2002.

[3] 丛洁，赵晓彬.简析肖洛霍夫《顿河故事》中的"父与子"母题 [J].黑龙江社会科学，2007（04）：32-34.

[4] 都翔蕤.俄罗斯文学在中国的传播效应研究 [D].呼和浩特：内蒙古大学，2021.

[5] 俄罗斯 [EB/OL].https//baike.so.com/doc/2195528-2323067.html.

[6] 俄罗斯当前煤炭储量可供应 100 年 [EB/OL].https//news.chemnet.com/detail-3718284.html.

[7] 俄罗斯生活的百科全书 [EB/OL].http//www.81.cn/jfjbmap/content/2018-04/28/content_204861.htm.

[8] 封荣.从意识形态论林语堂文学翻译创作在国内外的不同影响 [J].现代语文（文学研究版），2009（06）：82-83.

[9] 傅星寰，贾德惠."现代性"视阈下俄罗斯反乌托邦文学题材辨析 [J].俄罗斯文艺，2010（01）：18-27.

[10] 傅星寰，刘丹.俄罗斯文学知识分子题材形象集群及诗学范式初探 [J].外语与外语教学，2010（03）：80-83，87.

[11] 傅星寰，吕小婉.俄罗斯文学圣徒题材的形象类别与诗学范式初探 [J].辽宁师范大学学报（社会科学版），2011，34（02）：65-69.

[12] 戈宝权.谈中俄文字之交 [J].中国社会科学，1987（05）：171-186.

[13] 李仁年.俄侨文学在中国 [J].北京图书馆馆刊，1995（Z1）：37-45，12.

[14] 李延龄 . 哈尔滨：我的绿洲 [M]. 北京：中国青年出版社，2005.

[15] 李延龄 . 松花江畔紫丁香 [M]. 哈尔滨：北方文艺出版社，2002.

[16] 李艳菊 . 中国俄罗斯侨民文学中的儒释道文化研究 [D]. 齐齐哈尔：齐齐哈尔大学，2013.

[17] 李懿 . 普希金对阿赫玛托娃的影响 [D]. 北京：首都师范大学，2009.

[18] 栗鹏 . 高尔基自传体三部曲浅析 [J]. 海外英语，2010（11）：386,397.

[19] 刘涵之，马丹 . 车尔尼雪夫斯基"美是生活"的美学思想与现实主义艺术观以《艺术与现实的审美关系》为中心 [J]. 俄罗斯文艺，2011（01）：20–28.

[20] 刘森林 . 虚无主义的阶级论界定从马克思看屠格涅夫 [J]. 深圳大学学报（人文社会科学版），2012,29（02）：71–77.

[21] 刘文飞 . 从俄罗斯到哈尔滨 [N]. 中国图书商报，2003–08–22（A06）.

[22] 刘再复，林岗 . 罪与文学 [M]. 北京：中信出版社，2011.

[23] 刘志青 . 恩怨历尽后的反思 [M]. 济南：黄河出版社，1998.

[24] 罗季奥诺夫 . 国家形象与文学传播有关当代俄中文学交流的几点思考 [J]. 文学研究，2020（02）：13–18.

[25] 梅琳 . 俄罗斯的社会与文学及其发展演变历程 [J]. 青年文学家，2012（24）：28.

[26] 苗慧 . 是俄罗斯的，也是中国的——论中国俄罗斯侨民文学也是中国文学 [J]. 俄罗斯文艺，2003（04）：75–77.

[27] 曲雪平 . 探索"紫丁香"——对摇曳于东方的俄侨女诗人的研究 [D]. 齐齐哈尔：齐齐哈尔大学，2012.

[28] 全球最大面积＋最富矿的十大国家 [EB/OL].http//www.360doc.com/content/22/0307/17/39305010_1020501128.shtml.

[29] 苏丽杰 . 俄罗斯侨民文学的中国情结 [J]. 理论界，2010（01）：152–153.

[30] 孙凌齐 . 俄《真理报》文章评《风雨浮萍——俄国侨民在中国》一书 [J]. 国外理论动态，1998（10）：31–33.

[31] 提瓦特神明考据集（下）[EB/OL].https://www.bilibili.com/read/cv25446020/.

[32] 全慧 . 探索与解读独具特色的俄罗斯文化探析 [M]. 北京：新华
出版社,2021.

[33] 汪文一 . 浅谈十九世纪俄国文学 [J]. 青年文学家,2015（27）: 89.

[34] 汪媛 ."陌生化"与"日常化"的交融：论什克洛夫斯基自传三
部曲的叙述艺术 [D]. 南京：南京师范大学,2019.

[35] 王成鹏 . 痴傻世界的边缘人——试论商晚筠小说《痴女阿莲》
中的阿莲之"边缘性"[J]. 名作欣赏,2017（08）: 76-78.

[36] 王娟 . 冲不出去的命运怪圈 [D]. 南京：南京师范大学,2014.

[37] 王明琦 . 果戈理焚稿 [J]. 安徽商贸职业技术学院学报（社会科
学版）,2006（03）: 54-55,59.

[38] 魏梦莹 . 新时期俄罗斯文学中的中国形象 [D]. 哈尔滨：黑龙江
大学,2020.

[39] 谢清风 . 中国出版走进俄罗斯的本土化策略分析 [J]. 中国编辑,
2019（12）: 58-62.

[40] 徐藤 . 新世纪中俄关系发展的动力因素研究 [D]. 青岛：中国石
油大学(华东),2011.

[41] 许传华 . 民粹思想与 19 世纪俄国文学 [J]. 首都师范大学学报
（社会科学版）,2012（01）: 109-113.

[42] 张建华 . 俄罗斯文学的黄金世纪从普希金到契诃夫 [M]. 北京：
生活·读书·新知三联书店,2023.

[43] 张坤 . 论中国俄侨女诗人的群体崛起 [J]. 俄罗斯文艺,2012
（01）: 42-44.

[44] 赵荣 . 俄罗斯文化风情漫谈 [M]. 北京：九州出版社,2022.

[45] 朱雯 . 阿·托尔斯泰和他的《彼得大帝》[J]. 上海师范大学学
报(哲学社会科学版),1986（01）: 1-8,48.